Renate Hartwig

Gefährliche Neugier

Ein Jugendroman

Die Figuren in diesem Roman sind frei erfunden.
Ähnlichkeiten mit lebenden Personen sind nicht beabsichtigt
und rein zufällig.

Dritte Auflage Juli 2000

89278 Nersingen
Postfach 29

ISBN 3-935246-00-5

Kapitel 1

Als es zur großen Pause klingelte, erhoffte die ganze 9. Klasse, dass Frau Ziegler die befreiende Parole „hitzefrei“ ausgeben würde. Die Sonne stand noch nicht hoch am wolkenlosen Himmel, doch es war bereits so heiß, dass die Luft auf dem Schulhof flimmerte. Frau Ziegler, kühl und gelassen wie immer, blies sich jedoch nur die Haare aus der Stirn und sagte zu der voll Erwartung dasitzenden Klasse:
„Na los, raus mit euch, oder seid ihr zu schlapp für die Pause?“
Das gewohnte Stühlerücken begann, nur Lena murrte, laut genug auch für die Ohren der Lehrerin:
„Wann gibt es an dieser Schule eigentlich mal hitzefrei?“
Mit diesem Satz war der Bann gebrochen, alle Schüler beeilten sich, ihre Kommentare zu diesem Thema loszuwerden.
„Ihr wisst genau, dass ich so eine Entscheidung gar nicht treffen kann, und vom Direktor habe ich nichts in dieser Richtung gehört, also, ab in die Pause, und hört auf rumzumaulen“.
Frau Ziegler griff genüsslich in den Obstkorb, der immer gut gefüllt im mittleren Fach ihres Schreibtisches stand. Roman und Claudius machten oft ihre Witze über diese Vorliebe für Früchte, man sah die Lehrerin selten etwas anderes essen. Die Schüler blickten ihr hoffnungsvoll nach, als sie mit einem Apfel in der Hand in Richtung Direktorat entschwand.
Im Schulhof war inzwischen jedes schattige Plätzchen besetzt, nur wenige Schüler setzten sich der prallen Sonne aus. Viele verließen heute das Schulhaus nicht. Sie lungerten in den Gängen herum, stöhnten über die Hitze, rissen Fenster und Türen auf in der Hoffnung, dass von irgendwoher ein Zuglüftchen ein wenig Kühlung bringen würde.
Anna saß an ihrem Platz in der vierten Reihe im Klassenzimmer der 9. Klasse und suchte in der Schulmappe nach ihrem kleinen Geldbeutel. Sie brauchte dringend eine Flasche gekühltes Cola aus dem Automaten im Flur, denn sie war kurz vor dem Verdursten.
Als Frau Ziegler nach der Pause beim Hereinkommen die Türe offen stehen ließ, wurde dies von der wieder versammelten Klasse mit

einem lauten „Ahhhh“ honoriert. Auf dem Stundenplan stand jetzt Deutsch, worauf niemand Bock hatte, und Christian platzte heraus: „Frau Ziegler, wie wär's, sollen wir nicht ein Diktat schreiben über die Qualen armer Schüler an einem heißen Sommertag?“
Frau Ziegler lachte und erst jetzt registrierte die Klasse, dass sie bereits begonnen hatte, ihre Unterlagen einzupacken. Sie schob den Obstkorb nach hinten, schloss die Schublade und sprach endlich das erlösende Wort „Hitzefrei“ aus.
Innerhalb von Sekunden brach ein Höllenlärm in der Klasse los, und die Schüler, noch während der Pause träge und lustlos herumlungernd, rasten nun frisch und munter durch die Gänge Richtung Schultor.
Die Clique aus der 9. Klasse, der Anna, Lena, Roman, Judith, Carsten und Birgit angehörten, musste heute keine langen Diskussionen führen. Alle waren sich einig darüber, dass dieser Tag nur im Schwimmbad oder am Baggersee auf erträgliche Weise zu überstehen war. Da das Taschengeld bei allen knapp war, wurde das eintrittspflichtige Schwimmbad verworfen, man würde sich um 13.00 Uhr am Baggersee treffen, gleich auf der linken Seite, wo der Wald begann.
Als Frau Ziegler mit Direktor Wiebel das Schulhaus verließ, waren alle Schüler, bis auf Markus und Sibylle, schon auf dem Heimweg. Diese beiden saßen nebeneinander auf der Lehne der Bank, die im Schatten der mächtigen, unter Naturschutz stehenden, Linde stand. Markus redete, in einer blauen Broschüre blätternd, eifrig auf Sibylle ein.
„Hallo, ihr beiden, heute ist es wirklich zu heiß zum Denken und Reden, geht doch ins Schwimmbad und macht euch einen schönen Nachmittag. Bis morgen“,
rief ihnen ihre Lehrerin zu, die in ihrer Sehnsucht, endlich ins Kühle zu kommen, nur noch halb die Worte des Direktors registrierte:
„Wir müssen bei der nächsten Lehrerkonferenz über Markus reden. Er hat sich in den letzten Monaten von allem sehr zurückgezogen, eine Veränderung, die nicht nur den Lehrern, sondern auch den Schülern auffällt.“
„Ach was, der steckt halt mitten in der Pubertät. Sie haben doch gesehen wie angeregt er mit Sibylle diskutiert hat. Er hat zwar eine ganze Reihe früherer Freundschaften abgebrochen, das stimmt schon, aber er wird sich schon wieder fangen, und das neunmalkluge Geschwätz, das er sich angewöhnt hat, wird auch aufhören, wenn er merkt, dass er damit in der Klasse nicht landet.“
Sie verabschiedeten sich. Beide freuten sich, ebenso wie die Schüler,

über einen geschenkten Tag.
Frau Ziegler stöhnte, als sie ihre Autotür öffnete. Heiße Luft, wie aus einem Backofen, schlug ihr entgegen. Sie stieg ein und betätigte sofort den automatischen Fensterheber, obwohl sie normalerweise keinen Zug verträgt, der heute angesichts der brütenden Hitze jedoch das kleinere Übel war.
Mit einem: „Bis morgen! Schönen Nachmittag, Frau Ziegler“, verabschiedete sich der Direktor, sie winkte grüßend, und beide fuhren eilig los, denn der Fahrtwind brachte die erhoffte Kühlung.

Kapitel 2

Die Liegeflächen am Baggersee waren überfüllt; Groß und Klein tummelten sich vergnügt im kühlen Nass. Die Clique der 9. Klasse verzog sich in den Wald, denn die Hitze war unerträglich. Man musste von hier aus zum See zwar ein paar Schritte mehr laufen, aber in der prallen Sonne zu liegen, das hielt heute keiner aus. Es schien so, als hätten fast alle Schüler des Schubert-Gymnasiums Taschengeldprobleme, denn trotz des schwierigen Anfahrtsweges tummelten sich bereits zur Mittagszeit Schüler aller Klassenstufen am Baggersee.
Sibylle, die allgemein als Streberin galt, saß auf dem kleinen Steg und blätterte in einer blauen Broschüre. Ihr Bruder Frank, der bereits die 11. Klasse besuchte, stand nicht weit von ihr entfernt auf einem großen Stein und pfiff durch die Finger, um die Schwester auf sich aufmerksam zu machen. Sie reagierte überhaupt nicht, war völlig versunken in ihre Lektüre. Frank schüttelte den Kopf und setzte sich in Richtung Waldrand in Bewegung. Lena saß bei ihrer Clique und beobachtete den Jungen. Sie himmelte Frank seit mehreren Wochen heimlich an. Anna lehnte sich zu Lena und flüsterte ihr ins Ohr:
„Quatsch ihn einfach an. So eine günstige Gelegenheit wie jetzt hast du selten."
Lenas Augen blitzten.
„He, Frank, ich geh gleich ins Wasser, soll ich Sibylle was ausrichten?", rief sie ihm zu.
Frank blieb kurz stehen, schaute zu Lena, schüttelte den Kopf und lief langsam weiter. Seine Arme hielt er ablehnend verschränkt vor seiner Brust, die Hände zu Fäusten geballt. Man konnte erkennen, dass er ärgerlich war. Schon vorbei, drehte er sich noch einmal um und ging auf die Clique der 9. Klasse zu:
„Sagt mal, was läuft eigentlich bei euch in der Klasse ab? Meine Schwester kommt mir vor wie eine Außenseiterin. Niemand hat Kontakt zu ihr, und sie vergräbt sich dauernd in irgendwelchen Büchern, die keiner versteht".
Instinktiv rückte die Clique zusammen und wappnete sich gegen den unüberhörbaren Vorwurf. Lenas Herz klopfte stark, als sie Frank so

dicht vor sich stehen sah, aber sie überwand sich, schluckte und fing an zu sprechen, nachdem Anna ihr von hinten einen aufmunternden Schubs gegeben hatte.
„Also wenn deine Schwester zu Hause nicht mehr redet, dann muss es ja nicht unbedingt mit uns zusammenhängen. Es kann ja wohl auch an dir liegen. Und vorhin, deinen Pfiff, den hat sie vielleicht gar nicht gehört. Du weißt doch selber, dass sie vor lauter Ehrgeiz fast platzt und es absolut nicht vertragen kann, wenn jemand außer ihr eine Eins schreibt. Aber wenn du möchtest, rede ich mal mit ihr. Vielleicht kann ich rausfinden, ob deiner Schwester irgendwas stinkt, zu Hause oder in der Schule".
Frank bemerkte ihre Erwartungshaltung gar nicht, sah Lena nur kurz an und murmelte bereits im Weitergehen:
„Du kannst ja versuchen, mal mit ihr zu reden. Vielleicht gelingt es dir, an diesen Stockfisch heranzukommen."
Er machte eine Bewegung mit dem Kopf in Richtung Sibylle, die immer noch voll konzentriert auf dem kleinen Steg saß. Sie bewegte sich nur beim Umblättern der Seiten. Die Broschüre, in der sie las, schien unheimlich spannend zu sein.
Es war viel zu heiß, um sich mit der Gefühlswelt von Sibylle auseinanderzusetzen. Allein schon aufgrund ihrer Strebsamkeit war sie nicht unbedingt beliebt in der Klasse. Eigentlich interessierte sich niemand für sie, und wenn sie einmal wegen Krankheit fehlte, fiel dies meistens erst auf, wenn beim Abfragen des Lehrstoffes der Finger der Einserschülerin nicht als erster nach oben schoss.
Anna machte den Vorschlag, sich ins kühle Nass zu stürzen, und schon lief sie in Richtung Steg.
Normalerweise benutzte sie diesen nie, um ins Wasser zu gelangen, aber sie war neugierig, was Sibylle nun schon seit geraumer Zeit so im Bann hielt. Sie blieb hinter der Klassenkameradin stehen und schaute über deren Schulter auf das Heft in ihren Händen. Es war eigentlich kein Heft, auch kein Buch, eher eine Art Werbebroschüre. Das einzige, was sie erkennen konnte, war das Wort *„Klärungsprogramm"*, bevor Sibylle das Heft, oder was immer es auch war, zuschlug und Anna ansah:
„Was schnüffelst du denn hier rum? Lass mich doch in Ruhe! Habe ich dich vielleicht gerufen?"
„Wieso bist du denn so sauer? Vorhin hat dein Bruder gepfiffen, und du hast überhaupt nichts gehört. Du sitzt jetzt schon auf diesem Steg, seit wir hier sind, dein Rücken ist knallrot. Ich hab dich beobachtet und wollte nur wissen, was du denn gar so Spannendes liest. Was ist ein *Klärungsprogramm*?"

Sibylle stand auf und verzog ihr Gesicht. Anna wusste nicht, ob sie ärgerlich war wegen der Störung, oder ob sie endlich den Sonnenbrand bemerkte, der ihren ganzen Rücken bis hin zum Haaransatz feuerrot färbte.
„Über das, was ich hier lese, kann, darf und will ich nicht mit dir reden - jetzt noch nicht. Entschuldige, aber vielleicht kann ich es dir irgendwann erklären. Ich denke, ich geh jetzt heim, komisch, mich friert richtig."
Sie drehte sich um, aber Anna, nun aufrichtig besorgt, ließ sich nicht abschütteln, sie ging einfach mit.
„Sibylle, du hast wirklich einen unglaublichen Sonnenbrand, daher kommt auch das Frösteln. Wir gehen jetzt besser erst mal in den Schatten, bevor du mit dem Fahrrad durch die Hitze nach Hause fährst. Die anderen sitzen dahinten unter den Bäumen, ich hole ein T-Shirt, mache es nass, und du ziehst es an. Das kühlt."
Anna steuerte schnurstracks in Richtung Schatten. Als sie aus ihrer Tasche ein T-Shirt herausgezogen hatte, sah sie, wie sich Sibylle hinter ihr an einem Baum festhielt und zu würgen begann.
„Mein Gott, die hat einen Hitzschlag, Sonnenstich oder wie man das nennt. Was mach ich denn jetzt?"
Es wimmelte von Leuten am Rand des Sees, im See, überall - doch Anna kam sich in diesem Moment vor, als wäre sie mit Sibylle allein.
„Vorhin war doch noch Lena hier neben mir, und wo ist jetzt Frank, der Bruder von Sibylle geblieben? Warum müssen solche Sachen immer mir passieren?", murmelte sie vor sich hin.
Wie immer half das Jammern nicht, Handeln war angesagt. Anna holte unter Roman´s Handtuch die Mineralwasserflasche hervor und gab sie Sibylle.
„Hier, setz dich auf das Handtuch, lehn dich mit deiner Schulter an den Baumstamm und versuche, in kleinen Schlucken zu trinken. Ich laufe schnell zum Wasser und mach das T-Shirt nass. Bin gleich wieder da. Bleib ja sitzen und rühr dich nicht."
Sie rannte zum Wasser. Selbst schweißgebadet, kühlte sie sich erst einmal ab, tauchte das T-Shirt in den See, zog es wieder heraus und eilte zurück zu Sibylle. Die weigerte sich zuerst, das triefendnasse T-Shirt überzuziehen, aber es half nichts. Anna fackelte nicht lange und stülpte es ihr einfach über den Kopf. Sibylle stöhnte auf vor Schmerz, als Anna ihr das Kleidungsstück über den Rücken zog. Als Lena zurückkam, fauchte Anna ihre Freundin an:
„Na endlich, Lena, wo warst du denn? Ich spiele hier die Krankenschwester, und ihr tummelt euch im Wasser. Sibylle hat einen

Sonnenbrand, dass es kracht. Außerdem ist ihr schlecht, also kann es auch ein Hitzschlag sein. Unmöglich, dass sie mit dem Fahrrad nach Hause fährt, wir müssen uns irgendwas einfallen lassen. Such ihren Bruder Frank. Vielleicht ist jemand aus seinem Freundeskreis da, der ein Auto hat, damit Sibylle nach Hause kommt."
Lena sah ihre Chance gekommen und rannte in die Richtung los, in welche vorher Frank verschwunden war. Die Jungs von der Clique kamen nacheinander zurück und setzten sich auf ihre Handtücher. Sibylle kauerte am Baum und hielt krampfhaft das blaue Heft in der Hand.
„Sag mal, kennt keiner von euch jemanden, der ein Auto hat und jetzt hier am Baggersee rumliegt? Sibylle muss nach Hause gefahren werden, Lena sucht schon Frank, wir müssen jetzt etwas unternehmen. In dem Zustand kann sie hier nicht länger sitzen",
ergriff Anna erneut die Initiative. Carsten murmelte vor sich hin:
„Wenn sie ins Schwimmbad gegangen wäre, dann könnte jetzt der Bademeister einspringen. Woher sollen wir ein Auto nehmen, so weit weg vom Schuss?"
Alle schauten mitleidig und besorgt auf die eingesunkene Gestalt von Sibylle, die leichenblass und mit kaltem Schweiß bedeckt am Baum lehnte. Niemand bemerkte Markus, der plötzlich vor Sibylle stand. In seiner Hand hielt er eine Stofftasche mit dem Aufdruck „Neue-Zeit-Verlag".
Als würde allein seine Gegenwart Sibylle zu neuem Leben erwecken, stand sie mühsam auf, als sie Markus sah und strahlte ihn an. Sie wies auf das Heft in ihrer Hand, fasziniert sprudelte sie die Worte heraus:
„Ich habe es ausprobiert, Markus, es hat funktioniert. Wir können gleich da mit dem Programm weitermachen, wo wir heute mittag aufgehört haben."
Ihr Gesicht verzerrte sich, als sie sich vorbeugte, so sehr schmerzte sie der Sonnenbrand unter dem T-Shirt, das, inzwischen getrocknet, an ihrem Rücken klebte. Roman stand auf, überlegte nicht lange, nahm die halbvolle Flasche Mineralwasser, schraubte sie auf und leerte sie ohne Ankündigung über Sibylles Rücken. Die schrie entsetzt auf und sprang zur Seite.
„Du glaubst, dass das der richtige Weg und die richtige Handlungsweise ist?"
Der Ton, in dem Markus Roman ansprach, ließ alle Schulkameraden, die auf ihren Handtüchern im Umkreis herumsaßen, aufhorchen.
„Du Klugscheißer! Dann mach du doch was, wenn du es besser

kannst. Erst sitzt sie stundenlang in der prallen Sonne auf dem Steg, und nun versaut sie uns den Nachmittag, weil sie sich vor lauter Dummheit einen Sonnenbrand geholt hat. Anna meint sogar, es könnte ein Hitzschlag sein."

„Ach was! Komm her, Sibylle, ich werde dir den Sonnenbrand weglöschen."

Markus legte seine Hände auf den verbrannten Rücken unter dem wieder feuchten T-Shirt und murmelte Unverständliches vor sich hin. Die anderen sahen gebannt zu, bis Lena seine Vorstellung unterbrach, als sie mit langen Schritten auf die Clique zukam:

„Frank radelt in Richtung Hauptstraße und ruft von der nächsten Telefonzelle seinen Vater an, der soll Sibylle mit dem Auto abholen."

Markus und Sibylle wandten sich von der Clique ab, setzten sich etwas abseits hinter einen Baum und demonstrierten so, dass sie nicht gestört werden wollten.

„Ich komme da nicht mehr mit. Mir schlägt sie das Heft vor der Nase zu, und mit Markus setzt sie sich jetzt hin und liest darin."

Anna forderte Lena mit einer Kopfbewegung auf, mit ihr in Richtung Wasser zu laufen. Schnaubend stürzten sich die beiden Mädchen in die Fluten und schwammen weit hinaus in den See. Lena war aufgeregt, sie hatte endlich eine Gelegenheit bekommen, Frank in ein längeres Gespräch zu verwickeln. Sie hoffte, ihn auf sich aufmerksam gemacht zu haben.

„Anna, du hast sicher Verständnis, wenn ich mich in den nächsten Tagen ein bisschen um Sibylle kümmere, das ist die Chance, oft in Franks Nähe zu sein. Also, sei nicht sauer. Du bist doch meine Freundin und verstehst mich sicher",

keuchte sie, während sie versuchte, mit der sportlichen Freundin mitzukommen.

Anna schüttelte den Kopf, dass das Wasser nur so sprühte, und murmelte:

„Alle durchgeknallt - völlig verrückt."

Lena drehte um und schwamm mit langen Zügen zurück, so eilig, als ginge es um ein Wettschwimmen. Kaum aus dem Wasser, lief sie schnurstracks zu Sibylle, um ja anwesend zu sein, wenn Frank vom Telefonieren zurückkam. Doch weder Sibylle noch Markus hatten Lust, ein Gespräch mit Lena zu führen, sie machten keinerlei Anstalten, diese in ihre Unterhaltung einzubeziehen. Sie hatten die Köpfe über dem blauen Heft zusammengesteckt und diskutierten angespannt. Ein paar Minuten später tauchte Frank, von der Straße kommend, auf. Er schob sein Fahrrad und winkte von weitem. Lena reagierte sofort und sprang ihm entgegen.

„Mein Vater kommt in ein paar Minuten und holt Sibylle ab. Ich muss jetzt erst einmal ins Wasser, bin vollkommen durchgeschwitzt." Er legte das Fahrrad einfach auf den Boden, ließ Lena stehen und rannte zum See.
Die Clique war wieder vollzählig unter den Bäumen versammelt, aber es wollte einfach kein richtiges Gespräch zustandekommen. Hinter dem Baum saßen Markus und Sibylle, vertieft in ihre Lektüre. Markus erklärte, Sibylle nickte nur. Als Frank wieder aus dem Wasser kam, dauerte es nur noch ein paar Minuten, bis Herr Kraus mit seinem Wagen am Straßenrand anhielt.
„Sibylle, komm! Vater ist da. Wir laufen mit dir zum Auto."
Frank sagte diesen Satz freundlich und erleichtert, niemand verstand, aus welchem Grund Sibylle nun ausrastete.
„Behandle mich nicht immer wie ein Baby! Ich weiß überhaupt nicht, was diese Aktion mit Vater soll, ich habe mit Markus noch was zu besprechen und will überhaupt nicht nach Hause. Mir geht es schon viel besser, es ist nur mein Rücken, aber der wird auch nicht besser, wenn ich nach Hause gehe."
Sie verstummte, als sie ihren Vater auf sich zueilen sah.
„Wie kann man sich denn nur einen Sonnenstich, Hitzschlag oder sonst was holen. Hier sind Bäume, Schatten, Wasser, was hast du denn gemacht, Sibylle?"
Niemand reagierte auf die Frage des Vaters, und dieser wandte sich nun an Markus, dessen Stofftasche ihm aufgefallen war:
„Sag mal, die ganzen Hefte, Bücher, Kassetten, die Sibylle in ihrem Zimmer hat, kommen die alle von diesem Neue-Zeit-Verlag?"
Markus stand auf, sah sich kurz um, nahm seine Stofftasche und - ging. Keinerlei Reaktion auf die Frage. Die Jugendlichen blickten sich erstaunt an. Sibylle nickte Anna zu und bewegte sich mit langsamen Schritten quer über die Wiese auf das Auto ihres Vaters zu. Auf halbem Wege drehte sie sich noch einmal um, winkte und rief:
„Ich bringe dir das T-Shirt gewaschen in die Schule mit. Danke für deine Hilfe."

Irgendwie war der Nachmittag für alle gelaufen. Keiner wusste so genau, warum keine Stimmung mehr aufkommen wollte. Die Clique entschloss sich in stillschweigendem Einvernehmen, früher als sonst nach Hause zu gehen.

Kapitel 3

Anna wohnte mit ihren Eltern und Geschwistern auf der anderen Seite des Baggersees. Sie radelte quer über die Feldwege und erreichte die Wohnsiedlung zeitgleich mit ihrem Onkel, der gerade mit seinem neuen Auto am Haus ihrer Eltern vorfuhr.
Sie hatte total vergessen, dass ihr Cousin Robin, der die 8. Klasse des Schubert-Gymnasiums besuchte, ihr in der Pause einen Zettel zugesteckt hatte:
„Ich komme heute Abend mit meinem Vater zu dir. Muss dich dringend sprechen."

Robin stieg aus und ging sofort mit Anna in die Garage, wo sie ihr Fahrrad abstellte.
„Was ist los, Robin? Warum hast du mir so geheimnisvoll den Zettel zugesteckt?"
Robin schaute sich um, ob auch ja niemand in Hörweite war. Die Väter der beiden, zwei Brüder, waren mit dem neuen Auto beschäftigt. Annas Mutter goss hinter dem Haus die Blumen und beaufsichtigte den Rasensprenger, der stetig seine Kreise drehte. Es hatte seit Wochen nicht mehr geregnet.

Robin holte aus der Brusttasche seines Hemdes einen Zettel und fragte:
„Anna, kennst du das Buch ‚Wie man seine Eltern erzieht'?"
Anna schüttelte den Kopf und wunderte sich, warum Robin aus einer einfachen Frage so ein Geheimnis machte.
„Warum kannst du mich das nicht ganz normal in der Schule fragen, oder nachher, wenn wir beieinandersitzen? Was ist daran so interessant und geheimnisvoll?"
„Pass auf, das hier ist ein kleines DIN-A5-Büchlein, es wird von Markus in der Schule an diejenigen verteilt, die immer davon reden, dass sie Ärger mit ihren Eltern haben. Die Betreffenden lesen es und treffen sich dann mit Markus irgendwo in einer Wohnung, und jeder, der da mitmacht, wird verdonnert, zu keinem auch nur ein Wörtchen darüber zu reden."

„Meinst du den Markus aus meiner Klasse? Den Markus Eisenhorn?“
Anna war völlig irritiert. Sie dachte an Sibylle, an den heutigen Nachmittag, an den blauen Stoffbeutel mit der Aufschrift *„Neue-Zeit-Verlag“* und auch daran, wie geheimnisvoll - und irgendwie abgehoben - Markus und Sibylle hinter dem Baum saßen, versunken in das Heft, die Broschüre, das kleine Buch. Keiner konnte so richtig erkennen, um welches Druckwerk es sich handelte, weil es bei jedem Versuch, genauer hinzuschauen, sofort zugeschlagen und umgedreht wurde.
„Robin, komm mit in mein Zimmer, wir legen eine CD auf und überlegen, was das bedeuten kann und was wir eventuell machen können.“
Sie gingen durch die Garage und über die Terrasse ins Haus. Robin winkte seiner Tante zu. Diese war damit beschäftigt, die verwelkten Margaritenblüten an den großen Topfpflanzen abzuschneiden, damit neue nachwachsen konnten.
„Mama, wir gehen in mein Zimmer und hören Musik. Wir nehmen was zum Trinken mit. Ruf uns einfach, wenn das Abendessen fertig ist, wir haben einen Bärenhunger.“
Die Mutter nickte ihnen freundlich zu, die beiden holten aus dem Kühlschrank eine große Flasche Cola, nahmen zwei Gläser und eine Tüte Kartoffelchips aus dem Schrank und trugen ihre Beute in Annas Zimmer.
„Anna, da geht was ab. Ich kann dir sagen, immer mehr von unseren Mitschülern machen da mit bei den komischen Sachen von Markus. Die schreiben so was wie Berichte über die Lehrer, aber auch über die Mitschüler. Sie treffen sich immer außerhalb der Schule. Man weiß nicht so genau, wer dazu gehört, weil sie sich in der Schule einfach nicht zu erkennen geben. Wie ein Geheimbund. Erst dachte ich, das sind ja Kinderspiele, wie in der 4./5. Klasse, als wir alle Bücher wie ‚Emil und die Detektive’ gelesen haben. Nun habe ich außerdem festgestellt, dass Axel, der mit mir in die 8. geht, Markus aus deiner 9., die Corinna aus der 6. und ein paar andere so was wie Hausaufgaben, jedenfalls was Geschriebenes, bei manchen Mitschülern einsammeln und das dann in einem Kuvert an Klaus Wagner aus der 11. weitergeben.
Und einmal in der Woche treffen sich die drei nach der Schule vorne an der Bushaltestelle. Das fiel mir auf, weil ich sie schon vier- oder fünfmal an einem Donnerstag dort gesehen habe, als ich zur Flötenstunde fuhr. Dann spielte sich immer das Gleiche ab: Ein weißer

BMW hielt, Markus gab dem Fahrer eine Mappe und dieser fuhr weiter."
„Sag mal, Robin, wie lange beobachtest du das Ganze schon und warum? Kann es nicht sein, dass dies völlig harmlos ist und die vielleicht alle in einem Verein sind und irgendwelche ehrenamtlichen Arbeiten machen?"
Robin runzelte die Stirn, überlegte, trank einen großen Schluck Cola, lief im Zimmer auf und ab und legte die neue CD von Michael Jackson auf.
„Nein, da stimmt was nicht. Erstens ist Markus völlig unsportlich. Früher war er lustig, hat dafür gesorgt, dass irgendwie immer was los war. Jeder hat ihn gemocht. Der Fleißigste war er nicht und vor Pöstchen, die mit Arbeit verbunden sind, hat er sich gedrückt. Seit ein paar Monaten hat er sich verändert, schaut auch so komisch und grinst mit einer Überheblichkeit, die richtig abstoßend ist. Was mir noch auffällt: Er engagiert sich neuerdings ganz intensiv in der Schülermitverwaltung. Ungewöhnlich, findest du nicht auch?"
Anna war das alles zu vage. Sie konnte mit den Aussagen von Robin gar nichts Rechtes anfangen. Aber immer wieder ging ihr durch den Kopf, was sie heute nachmittag selbst erlebt hatte: Sibylle, die wie festgewachsen in der brütenden Hitze am Steg saß, vertieft in ein Heft, dessen Inhalt scheinbar niemand kennenlernen sollte. Und Markus, seine komische Reaktion, als er merkte, dass Sibylle einen Hitzschlag oder Sonnenstich hatte, wie er seine Hand auf ihren Rücken gelegt und irgendwelches komisches Zeug gemurmelt hatte, das keiner verstand.
Anna, der ihr neugieriges Naturell keine Ruhe mehr ließ, analysierte die ihr bekannten Fakten, addierte zu den eigenen Beobachtungen die ihres Cousins dazu und überlegte dann, wie man am besten herausfinden könnte, was in der Schule abging. Sie war ein kluges und soziales Mädchen, hatte längst erkannt, dass durch die Cliquenbildung viele Schüler isoliert waren. Natürlich war die Zugehörigkeit zu gewissen Gruppen interessenbedingt. Aber es gab viele, die in kein Schema passten, nicht so gewandt waren und nirgends dazugehörten. Einige verleugneten sich selbst und ihre wirklichen Interessen, nur um irgendwo dazuzugehören. Andere blieben für sich. Eine richtige Klassengemeinschaft gab es praktisch nicht und auch niemanden, der sich für eine solche einsetzte.
Mehrmals war Anna bereits als Klassensprecherin vorgeschlagen worden, sie lehnte immer wieder ab und überließ den Job mit Kusshand Sven. Wenn es Probleme gab, kam man trotzdem zu Anna und

nicht zu Sven, und so erfuhr sie nicht nur das, was in ihrer Klasse vorging, sondern auch viel über die Sorgen in anderen Klassen. Sie galt auch bei den Lehrern als gut informiert.
Mit Robin hatte sie sich immer schon gut verstanden. Er war ihr Lieblings-Cousin, mit dem sie alles ganz offen besprechen konnte, ihre Gedanken, familiäre Sorgen, Probleme in ihrem Freundeskreis. Das gleiche galt umgekehrt für Robin. Anna war zwar ein Jahr älter, aber mit ihr konnte er wirklich durch dick und dünn gehen.
An diesem Sommernachmittag nun saßen Robin und Anna im Schneidersitz auf dem Boden in Annas kühlem Zimmer und überlegten, jeder für sich, bis sie zu einem Entschluss kamen.
„Heute ist Mittwoch, morgen ist Donnerstag. Also, wenn das mit dem weißen BMW stimmt, dann werden wir beide morgen genau aufpassen, wer an der Bushaltestelle wartet, ob wieder ein Auto hält und dessen Fahrer irgendeine Mappe abholt."
Dann diskutierten die beiden über die neue CD und die bevorstehenden Ferien, bis sich der Hunger, der sich bereits seit längerem in ihrer Magengrube breitmachte, nicht mehr beherrschen ließ.
Am großen, runden Tisch auf der Terrasse war bereits zum Abendessen gedeckt. Dort saßen inzwischen nicht nur die Eltern von Anna und Onkel Wolfgang, Robin´s Vater, sondern auch Judith und Carola, die erwachsenen Töchter des Hauses. Langsam sank die Sonne, und die drückende Hitze des Tages ließ nach. Die Riesenschüsseln Salat, die auf dem Tisch standen, sowie der köstliche Duft, der vom Grill her in die schnuppernden Nasen der hungrigen Teenager zog, verscheuchten erst einmal alle offenen Fragen über Markus und seine Freunde. Anna und Robin luden sich ihre Teller voll.
„Übrigens, wer von euch kennt die *Organisation für Angewandte Philosophie*, kurz *OfAP* genannt?",
fragte kauend die 21jährige Judith. Alle waren so mit den leckeren Sachen auf ihren Tellern beschäftigt, dass erst einmal niemand reagierte. Nur Onkel Wolfgang schaute kurz auf und meinte beiläufig:
„Ach, das sind bloß ein paar Spinner, die eine neue Zivilisation aufbauen wollen. Irgend so ein Sektenquatsch."
„Ja, das glaubt jeder, der nicht weiß, was dahinter steckt. Aber die ‚Spinner sind militärisch strukturiert, fühlen sich als Elite und versuchen mit großem Geschick und Eifer, ihre Mitglieder in Schlüsselpositionen zu platzieren. Ich kann euch sagen, ich habe da eine Geschichte gehört von einer Freundin, in deren Firma vielleicht was los ist, seit der Chef angefangen hat, bei dieser *OfAP* Kursprogramme zu buchen."

„Wieso ist da was los, wenn der Chef Weiterbildungs-Seminare bucht? Weiterbildung kann ja wohl nichts Schlechtes sein, und in der heutigen Zeit sollte sich jeder so viel wie möglich weiterbilden, denn nur die Besten werden einen Job bekommen und halten können, oder?“

Carola machte eine Kopfbewegung in Richtung Robin und Anna.

„Die Jugend bleibt auf der Strecke und hat nach der Schule kaum eine Chance, einen guten Job zu bekommen.“

„So einfach kannst du diese Art von Weiterbildung nicht abtun“, meinte Judith,

„da geht´s um mehr, und soweit ich gehört habe, bleiben Kollegialität und Anstand ganz schön auf der Strecke.“

„Wenn ich recht überlege, haben wir über unseren Verband inzwischen auch ein Warnschreiben bekommen, dass diese - wie heißt sie doch gleich - ‚*Organisation für Angewandte Philosophie*‘ Seminare an Unternehmen anbietet, mit dem Hintergrund, ihre Mitglieder in Schlüsselpositionen zu hieven und die Firmen unter die Kontrolle der *OfAP* zu bringen“,

sagte Annas Vater, aufmerksam geworden, nachdenklich. Dass gerade er einmal etwas aus der Firma erzählte, war bemerkenswert. Als Prokurist in einem großen Unternehmen, in verantwortlicher Position und beruflich sehr gefordert, wollte er abends und am Wochenende nichts vom Geschäft hören und sehen und äußerte sich daher zu Hause so gut wie gar nicht über sein berufliches Leben.

Robin und Anna hörten kaum zu, für sie war das Ganze viel zu langweilig. Typisches Erwachsenen-Geschwätz: Seminare, Weiterbildung, bleib ja immer dran in der Schule, damit du gute Noten bekommst, denn es ist ja wichtig, dass man in der heutigen Zeit beruflich weiterkommt. Diese Sprüche kannten die beiden inzwischen nicht nur von den Eltern, sondern auch von den erwachsenen Geschwistern, die schon im Berufsleben standen, deshalb interessierte sie der weitere Verlauf dieses Gesprächs nicht.

Keiner der Erwachsenen fragte an diesem Abend, ob es etwas Neues bei ihnen in der Schule gäbe. Deshalb verständigten sich Robin und Anna, endlich gesättigt, mit einem Blick, nahmen ihre leeren Teller, stellten sie in der Küche ab und verzogen sich wieder in Annas Zimmer. Dort konnten sie ungestört das besprechen, was sie wirklich interessierte - oder auch einfach nur genüsslich herumhängen.

Robin nahm einen Block von Annas Schreibtisch und fing an, darauf herumzukritzeln, erst Strichmännchen, dann flossen ihm Symbole aus der Feder, die er tagsüber auf einem Ordner gesehen hatte.

Markus hatte diesen Ordner von seiner Stofftasche in seine Schultasche umgepackt, direkt neben ihm, als sie an der Bushaltestelle warteten. Anna betrachtete die Zeichnungen nachdenklich.
„Frag ihn doch einfach, was das für eine Mappe war, wenn du ihn morgen in der Schule siehst. Und sag, du bist neugierig und grübelst seitdem herum, was dies für Zeichen sind und was sie bedeuten. Vielleicht ist er ja nur in einem ganz besonderen Sportclub, und die Zeichen sind das Logo. Es muss ja nicht so was total Geheimnisvolles sein, wie du meinst."
Anna konnte nicht nachvollziehen, dass es Zusammenhänge zwischen einer Mappe mit Zeichen darauf und ihren heutigen Erlebnissen am Baggersee geben sollte. Zusammenhänge ebenso zwischen Sibylle und Markus und diesem komischen Auto, dessen Fahrer donnerstags irgendwelche Kuverts abholte, überbracht von Schülern, die an der Bushaltestelle warteten. Das alles erschien ihr zu undurchsichtig, zu unverständlich für ihre zupackende Art, an den Haaren herbeigezogen. Außerdem wollte sie nicht glauben, dass der nette Markus in irgendetwas Geheimnisvolles, vielleicht auch Dubioses verwickelt sein sollte, in etwas, was man nicht wissen durfte.
„Anna, ich wollte dir ja schon lange sagen, dass ich die Sache beobachte, das ist keine plötzliche Schnapsidee von mir, aber irgendwie hatten wir nie die Gelegenheit, darüber zu reden. Ich war mit den ganzen Schulaufgaben so beschäftigt, dass ich das Ganze immer nur registriert und nicht weiter überdacht habe. Aber es werden immer mehr, die da beteiligt sind. Es ist ja nicht nur Markus, es ist inzwischen aus jeder Klasse mindestens einer, der da irgendwas aufschreibt, und Markus sammelt das Ganze, er führt praktisch die Oberaufsicht. Also, man muss sich doch fragen, was schreiben die auf, was geben sie weiter, für wen und für was. Vor allem stinkt mir, dass man nachfragt und keine Antwort bekommt, sondern sie schauen einen immer nur so an, ohne was zu sagen. Du hast ja recht. Im Grunde kann es uns egal sein, was einer nach der Schule macht, aber ich habe auch das Gefühl, bei uns in der 8. Klasse ist die Stimmung gar nicht mehr so gut, wie sie vorher war, weil es irgendwo einen gibt, der alles verpetzt, und keiner weiß, wer es ist."
„Du, da fällt mir was ein. Sag mal, Robin, habt ihr auch diese gelben Zettel bekommen, von wegen Nachhilfeunterricht? Ist das nicht auch von Markus ausgegangen, dass die Zettel verteilt wurden in den Klassen? Ich muss morgen mal nachfragen, vielleicht ist ja auch das ganz harmlos. Markus ist aber, wenn ich so überlege, erst, seit er zu dem Nachhilfeunterricht geht, so ein Streber geworden, und jetzt

steckt er andere damit an.
Komm, lass uns jetzt einfach ‘ne Runde Tischtennis spielen, damit die Platte nicht ganz umsonst bei uns im Garten steht. Für heute reicht das Gegrübel.“
Die Colaflasche war inzwischen geleert. Die beiden nahmen sie mit und gingen durch den Keller, wo Anna die Flasche in den Kasten stellte, in den Garten.
Trotz bester Vorsätze war Anna beim Spiel so unkonzentriert, dass Robin sie haushoch besiegte - in jedem einzelnen Match.
Als sie kurz nach 22 Uhr im Bett lag, war sie zwar müde, doch ihre Gedanken kreisten immer wieder um die Ereignisse des Tages und um Robins Erzählung, und sie nahm sich vor, am nächsten Morgen in der Schule Sibylle anzusprechen und zu bitten, ihr dieses blaue Heft einfach mal zu zeigen. Endlich fiel sie in einen unruhigen Schlaf. Sie erwachte immer wieder, wälzte sich hin und her und wusste nicht, ob es an den Gedanken lag, die immer noch in ihrem Kopf umherkreisten, oder an der Hitze, dass diese Nacht sich so unangenehm in die Länge zog und keinerlei Erholung brachte.

Die Mutter wunderte sich, als Anna bereits um kurz nach 7 Uhr geduscht und angezogen am Frühstückstisch erschien. Normalerweise musste man immer mehrmals nach oben rufen, damit sie in die Gänge kam. Im Bett liegen, lesen, Gedanken nachhängen, Musik hören, das fand Anna nicht nur am Wochenende gut - allmorgendlich geizte sie mit jeder Minute, die sie länger liegenbleiben konnte.
„Hat dir gestern dein Hitzefrei nicht gutgetan, dass du heute zwanzig Minuten früher herunterkommst und schon geduscht und fertig bist?“
frotzelte Judith, als sie Anna sah.
„Guten Morgen erst einmal, liebe Schwester, außerdem kann es dir vollkommen schnurz sein, wann ich aufstehe. Aber zu deiner Beruhigung, ich fahre heute nicht mit dem Rad, sondern mit dem Bus und deshalb bin ich früher dran. Zufrieden?“
„Mit dem Bus?“, Carola schüttelte den Kopf:
„Was ist denn in dich gefahren, bei dieser Hitze freiwillig in einen stickigen Bus zu steigen und dann noch zwanzig Minuten früher aufzustehen. Also das muss einen Grund haben, freiwillig machst du das nicht.“
„Ja, ich will im Bus jemanden treffen, den ich etwas etwas fragen möchte.“
Judith stellte ihren Jogurt auf den Teller. Mehr aß sie nie, denn sie

achtete streng auf ihre Figur. Sie blinzelte Anna an und lachte: „Männlich oder weiblich, der Treff im Bus?“

„Quatsch, es ist nicht so, wie du denkst. Ich hab gestern einer Schulkameradin am Baggersee geholfen, als sie sich einen Sonnenbrand holte. Sie hat in einem Heft gelesen. Das muss so spannend gewesen sein, dass sie überhaupt nicht gemerkt hat, wie sie langsam verschmort ist. Ja, und jetzt will ich einfach wissen, wie das Heft heißt, weil ich es auch lesen will. Habe ich jetzt zur Klärung des Geheimnisses meines frühen Aufstehens beigetragen, das euch so beschäftigt, und kann ich jetzt beruhigt verschwinden?“

Sie wartete nicht auf eine Antwort, sondern stand auf und ging.

Kapitel 4

Sibylle stand im Bus. Ihr Rücken schmerzte entsetzlich vom Sonnenbrand, deshalb mied sie jeden Rempler von hereinstürmenden Schülern.

Ca. 20 Minuten dauerte die Busfahrt von der Gartensiedlung bis zur Schule. Dazwischen lagen zwei Haltestellen, an denen weitere Schüler in den Bus drängten. Anna schob sich im vollen Bus durch den Gang und suchte Sibylle. Erst als sie sich auf die Zehenspitzen stellte und über die anderen hinwegschauen konnte, sah sie Sibylle, die sich mit beiden Händen an einer Stange festhielt und völlig teilnahmslos aus dem Busfenster blickte.

„He, Sibylle, was macht dein Rücken, hat er Blasen geworfen, wie geht 's dir heute?"

Sibylle drehte sich um und sah ganz entgeistert Anna an, die sonst nie mit dem Bus fuhr. Meistens radelte sie zur Schule, bei schlechtem Wetter wurde sie von einer ihrer Schwestern mit dem Auto hingebracht.

„Was hat dich denn hierher verschlagen? Wieso fährst du mit dem Bus?"

„Ich wollte dich vor der Schule unbedingt treffen, deshalb hab ich gedacht, jetzt fahre ich einfach heute mit dem Bus. Vielleicht haben wir noch ein paar Minuten Zeit, um zu reden, aber nicht hier, lass uns auf dem Weg ins Schulhaus quatschen".

Sibylle drehte sich wieder Richtung Fenster und reagierte auf Annas Antwort überhaupt nicht.

Es war erst kurz nach halb acht, aber man spürte bereits, dass dieser Tag wieder sehr heiß werden würde. Sternförmig aus allen Richtungen kamen die Schulbusse vor dem Schubert-Gymnasium an. Die Schüler drängten sich durch die Türen ins Freie. Es hatte den Anschein, als könnte es niemand erwarten, sein Klassenzimmer zu erreichen. Anna, die neben Sibylle in Richtung Schultor herlief, fing ohne große Umschweife das Gespräch an.

„Sibylle, wenn du die spannende Broschüre von gestern gelesen hast, kannst du sie mir dann mal ausleihen? Du weißt ja, ich bin eine

Leseratte und suche immer spannenden, neuen Stoff."
Sibylle schaute geradeaus, als hätte Anna gar nicht mit ihr gesprochen. Erst kurz vor dem Schulhaus antwortete sie:
„Das ist keine Geschichte so einfach zum Schmökern. Ich studiere verschiedene Unterlagen, um weiterzukommen. Vor allem, um mein Ich zu finden, damit ich frei entscheiden kann, was ich mache. Ich muss mich selbst kennenlernen, und ich habe nun die Methode gefunden, wie mir das gelingen kann."
Mit einer schnellen Bewegung wandte sie den Kopf zu Anna, mit einem geradezu lauernden Blick. Es sah aus, als wollte sie genau taxieren, wie die Mitschülerin auf diese Aussage reagierte.
„Das ist aber doch sicher kein Geheimnis, und wenn es so interessant ist, kannst du es mir doch mal zum Reinschnuppern geben, oder?"
Mittlerweile waren die beiden im Schulhaus angelangt und standen vor der Klassenzimmertür.
„Anna, wenn du wirklich interessiert bist, rede mit niemand darüber. Ich lasse es mir durch den Kopf gehen und werde dann vielleicht meinen Kurslehrer fragen, ob ich dich in die erste Kommunikationsstufe einweihen kann. Das geht aber nur, wenn du wirklich dichthältst und mit niemandem, hörst du, mit wirklich keinem darüber redest. Übrigens, danke für deine Hilfe gestern. Markus hat auch gesagt, du hast verdammt gute Fähigkeiten. Aber die haben wir wohl alle und wissen es nur nicht."
Die Mädchen trennten sich und setzten sich auf ihre Plätze. In Annas Kopf war ein riesiges Durcheinander. Sie versuchte, die Informationen des Vortags mit dem heutigen Gespräch in Verbindung zu bringen, die Aussagen zu werten. Dies wollte ihr jedoch nicht gelingen. Seufzend verdrängte sie ihre Gedankengänge, versuchte, sich auf Frau Ziegler zu konzentrieren, welche die 9 b heute nur in der ersten Stunde unterrichtete. Danach teilte sich die Klasse, die eine Hälfte ging in den Kunstunterricht zum Malen, die andere zum Werken. In der Pause suchte Anna Robin, denn sie hatte, aufmerksamer als sonst und mit geschärften Sinnen, im Kunstunterricht bemerkt, dass der Kunstlehrer sich ganz intensiv mit Markus unterhielt. Auf dem Schreibtisch des Lehrers lag aufgeschlagen dieselbe geheimnisvolle blaue Broschüre, mehrere Seiten waren markiert mit herausstehenden Zetteln. Als Anna auf den Schreibtisch zukam, schlug der Lehrer, wie zufällig, das Büchlein zu und steckte es in die Schublade, bevor er sich mit fragendem Blick Anna zuwandte. Die begründete ihr Vortreten mit einer Frage über das dreidimensionale Bild, das sie gerade in Arbeit hatte.

Diesen Vorfall und ihre Beobachtungen wollte sie jetzt unbedingt Robin mitteilen, sie lief in der Pause im Schulhaus und auf dem Pausenhof auf und ab und suchte ihren Cousin, doch er war nirgends zu sehen. Da klingelte es schon wieder, und die Pause war vorbei.
Die ganze Angelegenheit begann Anna auf den Wecker zu gehen. Jetzt waren es schon 2 Tage, an denen sie praktisch an nichts anderes mehr dachte als an die möglichen Zusammenhänge und die Ungereimtheiten, die hier in der Schule vor sich gingen. Lauter Geheimniskrämereien - und trotz ihres Frustes wuchs ihre Neugierde von Tag zu Tag. Mit schnellen Schritten eilte sie zu ihrer nächsten Stunde in Richtung Zeichensaal, und wer lehnte dort lässig an der Tür: Robin.
„Sag mal, spinnst du? Ich suche dich überall im Pausenhof, und du stehst hier herum. Ich wollte dir ganz was Wichtiges sagen, aber jetzt habe ich keine Zeit mehr, wartest du hier etwa auf mich?"
„Da sind auch Lehrer mit verwickelt",
flüsterte Robin verschwörerisch und rückte seiner Cousine dicht auf die Pelle.
„Ich wollte dir nur sagen, pass auf, dein Kunstlehrer hat heute morgen Markus am Parkplatz ein Kuvert gegeben, und Markus hat es gleich in seine Stofftasche gesteckt. Sie gingen nicht miteinander ins Schulhaus, als ob sie vermeiden wollten, dass man sie zusammen sieht. Das wollte ich dir nur schnell sagen, damit du hier im Unterricht ein Auge drauf wirfst."
Anna zischte Robin an:
„Genau deshalb hab ich dich doch gesucht, weil ich auch was gemerkt habe. Also, wie besprochen, wir schauen jetzt heute Mittag, ob der weiße BMW wieder kommt. Am besten setzen wir uns auf die Bank unter der alten Linde, als hätten wir was zu bequatschen. Von da aus sieht man genau auf die Bushaltestelle, ohne dass es groß auffällt."

Anna betrat den Zeichensaal und schloss leise die Tür. Robin beeilte sich nun, ebenfalls in seinen Unterricht zu kommen.

Am Ende der Kunststunde stand der Lehrer, Herr Frank, vor Sibylles Bild und lobte laut und deutlich, damit alle anderen Mitschüler es hören konnten:
„Sibylle, das ist wirklich das Beste, was du bis jetzt geleistet hast, aber ich weiß, es steckt noch mehr in dir. Darum gehe konzentriert auf dem Weg weiter, auf dem du dich jetzt befindest."

Er drehte sich zu den anderen Schülern, zeigte auf das Bild, und seine Stimme hob sich:
„Was seht ihr in diesem Bild? Achtet auf die Farben."
Einzelne Mitschüler gingen näher an das Bild heran und betrachteten es genau. Die meisten blieben aber auf ihren Plätzen, denn Sibylle galt immer als Streberin, und man kümmerte sich einfach nicht mehr darum, wenn sie gelobt wurde, das kam zu häufig vor.
„Warum keine Reaktion? Anna, was siehst du?"
Diese war völlig verdutzt, weil Herr Frank gerade sie ansprach, sie wusste nicht so recht, wie sie reagieren sollte, warf einen längeren Blick auf das gepriesene Bild und äußerte sich eher vage.
„Na ja, viel Blau, viel Weite, es könnten Lichtstrahlen sein. Keine Ahnung, mehr sehe ich nicht."
Sibylle lächelte vor sich hin, und Herr Frank nickte.
„Aha, Lichtstrahlen, Weite. Ist es vielleicht ein Blick über den Horizont, Sibylle?"
Als könnten nur sie beide genau verstehen, was das Bild aussagen sollte, klopfte Herr Frank Sibylle auf die Schulter und ließ es dabei bewenden.
Durch die offenen Fenster sah man riesengroße Wolkenberge, die sich von allen Seiten über den blauen Himmel schoben. Es war nicht mehr so stechend heiß, eher schwül und drückend, und alle waren froh, als der Unterricht zur Mittagszeit beendet war. Der Bus kam wie immer pünktlich um 13.10 Uhr, die Schüler standen schon wartend an der Haltestelle. Robin saß bereits auf der Bank und hatte ein paar Bücher um sich aufgestapelt, als Anna kam.
„Was machen wir jetzt? Lesestunde?",
fragte sie mit einer Handbewegung zu den Büchern hin.
„Nein, aber wir müssen ja mit etwas beschäftigt sein, damit keiner merkt, warum wir hier eigentlich sitzen."
Innerhalb weniger Minuten waren die meisten Schüler bereits außer Sichtweite, nacheinander fuhren die Busse an der Haltestelle vor. Robin saß am Ende der Bank, bequem angelehnt, in der Hand ein Buch. Von weitem sah es sicher so aus, als ob er lesen würde. In Wirklichkeit beobachtete er ganz genau, Bus für Bus, wer wegfuhr und wer stehen blieb. Plötzlich stieß er einen undefinierbaren Laut aus:
„Woow, Anna, der weiße BMW, hinter dem letzten Bus."
Anna sprang auf, nahm ihre Schultasche und lief schnurstracks in Richtung Bushaltestelle. Robin ärgerte sich, denn er musste zuerst alle Bücher verstauen, die er als Tarnung ausgepackt hatte. Schnell

warf er sie in die Tasche und machte diese, während er bereits loslief, zu. Völlig außer Atem kam er neben Anna an, als sie gerade die Bushaltestelle erreichte. Sie drehte den Kopf nach ihm und keuchte:
„Robin, merk du dir die Autonummer. Ich merk mir die Buchstaben."
Der BMW setzte sich sofort hinter dem letzten Bus in Bewegung. Das vordere Kennzeichen konnte man gar nicht mehr sehen. Zwei Männer saßen vorne im Auto. Anna hob die Hand und winkte, denn sie sah Sibylle und Markus zusammen auf dem Rücksitz des weißen Fahrzeugs. Winkend konnte sie sich nun auch umdrehen, ohne dass dies auffiel, und dabei sah sie das Kennzeichen des Autos sehr genau. Sie murmelte mehrmals vor sich hin:
„M-SC 666. Die Zahlen sind leicht zu merken."
Robin hatte schon Schreibzeug in der Hand und schrieb: M-SC 666. Kaum hatte er den Block wieder in seiner Tasche verstaut, fiel ihnen auf, dass auf der anderen Straßenseite Klaus Wagner aus der 11. Klasse von Tür zu Tür ging und Zettel in die Briefkästen einwarf. Da er mit dieser Tätigkeit anscheinend voll beschäftigt war, hoffte Anna, dass Robin die Nummer des BMW, von Klaus unbemerkt, hat aufschreiben können.
„Anna, komm, wir holen unsere Räder und schauen, falls er bis dahin weg ist, ob wir nicht so einen Zettel aus einem Briefkasten fischen können. Oder wir gehen einfach hin und fragen ihn, was er da verteilt."
Erst jetzt fiel Anna ein, dass sie ja heute gar kein Fahrrad dabei hatte, weil sie morgens mit dem Bus gefahren war, um Sibylle vor der Schule noch zu sprechen. Sie schlug sich auf die Stirn:
„Mensch, jetzt steh ich da und habe nicht einmal ein Fahrrad, natürlich sind die Busse auch weg. Aber wir haben wenigstens die Nummer dieses BMW. Und was wissen wir sonst noch? Gar nichts! Nur, dass Sibylle und Markus zusammen weggefahren sind und zwei Männer, die gepflegt aussahen, ebenfalls im Auto saßen. Was fangen wir damit an?"
Sie sprach mehr zu sich selber als zu Robin, der sich bereits in die Richtung der Fahrradständer auf dem Schulhof bewegte. Sie wartete, bis er mit seinem Fahrrad wieder bei ihr ankam und überlegte, wie sie nun am schnellsten nach Hause käme. Robin machte ihr den naheliegenden Vorschlag, einfach hinten auf seinem Gepäckträger aufzusitzen - was vielleicht nicht unbedingt bequem war, auf jeden Fall aber besser, als den ganzen Weg zu Fuß zurückzulegen.
Die Wolken hatten sich inzwischen von allen Seiten zusammengezo-

gen, und der blaue Himmel war nicht mehr zu sehen. Es sah nicht nur danach aus, sondern man spürte förmlich an dem leicht aufkommenden Wind und der ganzen Atmosphäre, dass ein Gewitter kurz bevorstand.
Robin trat in die Pedale und radelte, was das Zeug hielt. Geradezu waghalsig rumpelten sie zu zweit über den Bürgersteig. Plötzlich bremste Robin so scharf, dass Anna die Schulmappe unter dem Arm herausrutschte. Sie sprang erschrocken vom Gepäckträger herunter und bückte sich nach der Tasche.
„Sag mal, hast du sie noch alle? Ich möchte, wenn möglich, mit heiler Haut zu Hause ankommen, und zwar vor dem Gewitter. Was bleibst du jetzt mitten in dieser Siedlung stehen?"
Robin zeigte nach vorne, und Anna sah den weißen BMW mit der Nummer M - SC 666.
„Sag mal, kannst du hellsehen? Wieso bist du überhaupt hier herum gefahren?"
„Da vorne wohnt Markus, und unterwegs ist mir auf einmal durch den Kopf geschossen, dass wir hier vorbeifahren könnten. Reiner Zufall, glaub mir, Anna, reiner Zufall!"
„Wer`s glaubt, wird selig. Du mit deinen Detektivspielchen. Was machen wir jetzt hier? Schau mal nach oben, gleich geht's los mit dem Gewitter. Wir brauchen mindestens noch eine Viertelstunde zu mir nach Hause, und abgesehen davon, dass wir hier das Auto vor dem Haus von Markus geparkt sehen, sind wir auch nicht schlauer. Was bringt uns das?"
Robin schob sein Fahrrad in den Seitenweg, der zu den einzelnen Reihenhäusern führte, Anna lief schwerbepackt mit beiden Schulmappen hinterher.
„Ich hab dir gesagt, da geht was ab, praktisch ist die ganze Schule mitbetroffen. Wieso sind Markus und Sibylle da eingestiegen - wer ist das in dem BMW? Was sind das für Kuverts, die immer von dem Fahrer des Wagens abgeholt werden, was für Zettel verteilt Klaus? Alles offene Fragen, oder?"
„Mir fällt dazu ein, was Sibylle mir heute morgen gesagt hat, nämlich dass sie mir nichts sagen darf. Über diese weltbewegende Aussage hat sie mich auch noch zum Schweigen verdonnert. Weißt du was, Robin, wir radeln schnurstracks zu mir heim, ich hol mein Rad und fahr zu Sibylle nach Hause."
„Die ist doch nicht daheim, sondern hier bei Markus. Was willst du denn bei ihr?"
An den wolkenverhangenen Himmel dachte im Moment keiner mehr von den beiden.

Anna nickte mit dem Kopf und lachte:
„Richtig, Schlaukopf Robin, gerade weil sie hier bei Markus ist, ist die Gelegenheit günstig, bei ihr Zuhause vorbeizugehen. Offiziell will ich sie einfach besuchen, und ihre Mutter wird mir dann schon sagen, dass sie bei Markus ist, wenn sie das überhaupt weiß. Ich frage, ob ich in ihrem Zimmer warten kann. Ja, mein lieber Robin, vielleicht finde ich da eine Spur."
Robin sah Anna begeistert an - genau das imponierte ihm so an seiner Cousine. Sie hatte Ideen und setzte diese auch gleich um, ohne viel zu überlegen. Gesagt, getan. Robin drehte das Fahrrad um, Anna setzte sich auf den Gepäckträger, eine Schultasche klemmte sie zwischen den Sattel und sich, die andere hielt sie mit der rechten Hand fest. Seufzend trat Robin wieder in die Pedale, Richtung Sonnenstraße, wo Anna wohnte. Sie gingen über die Terrasse ins Haus. Aufgrund der verschiedenen Arbeits- und Schulzeiten sämtlicher Familienangehöriger hatte es sich eingebürgert, dass unter der Woche am Abend gekocht wurde. Mittags machte sich jeder, der heimkam und Hunger hatte, selbst eine Kleinigkeit zurecht. Anna ging in die Küche, öffnete den Kühlschrank und freute sich. Ihre Mutter hatte ein paar Brote hergerichtet, die, mit Folie abgedeckt, darauf warteten, sofort verschlungen zu werden. Sie stellte den Teller auf den Tisch, bediente sich, bot Robin ebenfalls etwas an und lief kauend in ihr Zimmer im ersten Stock. Die Schulmappe flog auf ihr Bett, und schon war Anna wieder unten.
„Also, wenn das klappen soll, was ich vorhabe, muss ich jetzt los. Robin, wenn du hier warten willst, kannst du in mein Zimmer gehen und deine Hausaufgaben machen. Oder fährst du lieber heim, und ich rufe dich nachher an? Was willst du?"
„Wo ist eigentlich Tante Franziska? Wieso ist denn die Terrassentür offen, wenn keiner da ist?"
„Ach, meine Mutter ist sicher drüben bei der Nachbarin im Garten. Die Tür war ja zu, ich musste sie nur aufschieben, kein Außenstehender weiß, dass das geht. Das machen wir immer so. Also, was willst du jetzt, bleiben oder gehen?"
„Ich weiß ja nicht, wie lang du brauchst. Aber vielleicht ist es besser, ich bleibe, so kannst du bei Sibylle sagen - falls dir der Boden zu heiß wird - dass du heim musst, es wartet noch jemand bei dir."
Anna hob die Hand zum Gruß:
„Also, bis nachher, ich beeile mich."
Und schon war sie wieder unterwegs. Sie holte ihr Fahrrad aus der Garage und radelte schnurstracks Richtung Sibylle. Immer wieder

schaute sie mit besorgtem Blick zum Himmel und hoffte, dass die Stille vor dem Sturm noch einige Zeit anhalten würde. Sie strampelte, als müsste sie einen Preis gewinnen, stand keine zehn Minuten später vor Sibylles Haustür und läutete. Diese öffnete sich sofort, und Frank stand vor ihr. Er schaute Anna verwundert an und fragte:
„Wo ist Sibylle?“
Er trat aus der Tür und schaute nach rechts und links, als hätte Sibylle sich irgendwie hinter der Hecke versteckt.
„Wieso? Ist sie noch nicht hier? Ich hab heute morgen mit ihr gesprochen. Ich wollte sie noch ein paar Sachen fragen und mir was zum Lesen ausleihen. Da es ja heute ganz offensichtlich“,
sie legte ihren Kopf nach hinten, schaute zum Himmel und zog eine theatralische Grimasse,
„noch anständig donnern und blitzen wird, hab ich mir gedacht, ich könnte mich in Ruhe in meinem Zimmer hinlegen und lesen, denn bei Gewitter darf man ja nicht fernsehen.“
Sie grinste Frank an, der keine Miene verzog und mit gerunzelter Stirn antwortete:
„Anna, Sibylle ist von der Schule noch gar nicht nach Hause gekommen. Wir haben mit dem Essen gewartet, aber sie kam nicht. Wir haben keine Ahnung, wo sie ist.“
„Ach, die wird gleich auftauchen. Komm, wir gehen in ihr Zimmer und warten einfach. Vielleicht ist sie noch zu jemand aus der Klasse mitgegangen, oder sie sitzt irgendwo und ist versunken in eines dieser Hefte, die sie zur Zeit immer liest.“
Frank zögerte, dann sagte er:
„Komm, ich zeig dir mal etwas in ihrem Zimmer.“
Er lief durch den Gang, machte eine Tür auf und rief hinein:
„Mutter, Anna ist gekommen, eine Klassenkameradin von Sibylle. Wir gehen schon mal in ihr Zimmer.“
Er öffnete die Tür zu einem anderen Raum und trat ein. Anna folgte ihm und stand nun in Sibylles Zimmer. Dort war alles blitzblank aufgeräumt, auf dem Schreibtisch lagen unter anderem mehrere blaue Hefte sowie einige dicke rote und grüne Bücher mit edlen Einbänden, auf den Buchrücken waren in Golddruck Zahlen eingeprägt. Die einzelnen Hefte waren im Format etwas größer als DIN-A4, alle in Hochglanzpapier gebunden und mit Abbildungen unnatürlich strahlender Menschen. Ein Heft hatte den Titel „*Wie man die Kontakte zu anderen verbessert*“, darunter stand: „*Gegründet auf den Werken des Gründers des Instituts für Angewandte Philosophie*“, ein anderes „*Kurs über das Geheimnis der Leistungs-*

fähigkeit, wie Sie Ihre Ziele erreichen", es folgte „*die Wissenschaft zur Entwicklung des menschlichen Denkens*", und eines der Bücher titelte „*Selbstanalyse*".

Frank schaute Anna an und zeigte auf den Berg von Büchern und Broschüren.

„Kannst du mir erklären, was das soll? Liest du das Zeug auch? Hat Sibylle dir angeboten, das zu lesen?"

Anna hatte vor Schreck einen ganz trockenen Hals bekommen, blitzartig schoss ihr durch den Kopf, dass ihre Schwester gestern beim Abendessen auf der Terrasse von dem *Institut für Angewandte Philosophie* gesprochen hatte. Und hatte nicht ihr Vater berichtet, seine Firma sei per Rundschreiben vor dieser Organisation gewarnt worden?

„Frank, ich bin so schnell geradelt. Kannst du mir irgendwas zu trinken holen? Ich habe einen wahnsinnigen Durst."

Frank nickte und verließ das Zimmer. Anna nahm Broschüre für Broschüre in die Hand, die Gedanken in ihrem Kopf schlugen Purzelbäume. Auf einem Tischchen neben dem Schreibtisch lagen noch mehr Hefte, aber in einem anderen Format, zum Beispiel ein „*Grundlegendes Bilderbuch*" und ein „*Wortklärungsprogramm*". Frank brachte ihr ein großes Glas Mineralwasser, und sie trank es gierig leer. Der Junge setzte sich auf Sibylles Bett. Anna ließ sich auf den Stuhl vor dem Schreibtisch sinken.

„Frank, ich weiß nicht, was für Hefte das sind, und ich weiß auch nicht, woher Sibylle die hat. Ich hab ein echtes Problem, denn ich hab sie heute morgen darauf angesprochen, und sie hat mir gesagt, ich darf mit niemand darüber reden. Mich wundert ja nur, dass die Sachen bei ihr im Zimmer einfach so herumliegen. Das passt nicht zu dem geheimnisvollen Getue."

Frank ließ sich zurückfallen, lag nun quer auf dem Bett, stützte sich auf den Ellenbogen ab und sprach mehr zu sich selber:

„Niemand darf in ihr Zimmer. Sie rastet vollkommen aus, wenn irgendjemand, ohne anzuklopfen, hereinkommt, und wenn sie uns jetzt hier antrifft, wird sie sicher toben. Wie sie sich verändert hat, hat mein Vater zuerst durch ihre Ausdrucksweise bemerkt, sie schmeißt mit Wörtern herum, die es im Wörterbuch gar nicht gibt, benutzt Kürzel, von denen wir nicht wissen, was sie bedeuten. Und wenn man sie darauf anspricht, schaltet sie auf stur, macht völlig dicht und gibt keine Antwort. Sie hat ja schon immer gedacht, sie wäre wegen ihrer Noten ganz was Besonderes. Aber nun flippt sie komplett aus und meint, sie sei ein Übermensch, hätte spezielle Be-

gabungen, von denen wir sowieso nichts verstehen. Wir kennen uns nicht mehr mit ihr aus. Aber, Anna, warum interessierst du dich jetzt auch für diese Sachen?"
Anna saß ganz ruhig auf ihrem Stuhl und hörte Frank zu, der angeekelt auf den Schreibtisch zeigte, man hörte aus seiner Stimme Wut, aber auch Angst und mehr als nur ein Stückchen Unsicherheit heraus.
„Frank, ich weiß genau soviel oder besser genau so wenig wie du. Ich bin nur hergekommen, weil ich heute früh mit Sibylle gesprochen habe und jetzt doch einmal wissen wollte, was sie denn so fasziniert hat an diesem Heft, dass sie mir nicht zeigen wollte."
„Aus Neugierde? Bist du tatsächlich nur aus Neugierde da? So fängt's aber an, Anna. Weißt du, Sibylle hat uns gesagt, aus Neugierde hätte sie dieses ‚Studium' angefangen, mit diesen Heften, es wäre eine Art Kursprogramm, das sie weiterbringt. Auch Markus, übrigens der aus deiner Klasse, sprach von Neugierde, als ich ihn mal bei Sibylle auf dieses Kursprogramm angesprochen habe. Und jetzt kommst du mir auch mit Neugierde. Wo führt jetzt diese Neugierde hin? Wer steckt hinter diesen ganzen Dingen? Wo kommen die Bücher her? Da muss es Erwachsene geben, die Unterlagen müssen erstellt und gedruckt werden, und was ist das für eine Sprache, die hier in diesem ‚*Wortklärungsprogramm*' gelehrt wird?"
Anna stand auf. Sie hatte keinerlei Antworten auf die Fragen von Frank. Sie überlegte fieberhaft. Nach Robins Aussagen gab es doch schon sehr viele Mitschüler und vielleicht sogar Lehrer, die mit den Unterlagen der *OfAP* ihre Freizeit verbrachten. Anna wühlte noch einmal in dem Stapel der Bücher und Broschüren und fragte:
„Sag mal, Frank, da muss es noch ein Buch geben ‚*Wie man seine Eltern erzieht*' oder so ähnlich. Hast du das schon einmal bei Sibylle gesehen?"
Frank schüttelte den Kopf. Anna versuchte den Schreibtisch so zu ordnen, wie sie ihn vorgefunden hatte, rückte den Stuhl zurecht und verabschiedete sich von Frank.
„Also, Servus dann. Ich gehe jetzt, und ich denke, wir sollten über unser heutiges Gespräch Sibylle nichts sagen. Ich komme mir zwar dabei mies vor, aber Frank, ich will, dass sie mir vertraut. Vielleicht erzählt sie mir dann, was hier abgeht. Wir sollten in Verbindung bleiben, es fällt mir bestimmt etwas ein, wie wir das Kind schaukeln können. Diese Sache beschäftigt mich schon sehr. Es gibt viel zu viele Ungereimtheiten. Danke für den Sprudel, und streiche Sibylles Bettdecke wieder glatt."
Als sie vors Haus traten, war der Himmel wie ihre Stimmung, grau,

düster und verhangen.
„Anna, fahr los, es kommt gleich ein Sturm auf, ich ruf dich in den nächsten Tagen an. Komm noch gut heim.“
Frank stand an der Tür und sah ihr nach.
Das Mädchen musste gegen den Wind radeln, gebückt stand sie keuchend in den Pedalen, doch Anna empfand die körperliche Anstrengung in diesem Moment geradezu als Wohltat. Als ihr Wohnhaus in Sicht kam, fielen die ersten Regentropfen. Die Bäume bogen sich, als ob sie sich vor dem Himmel verneigten, das Rauschen der Blätter wurde immer öfter übertönt vom fernen Grollen des Donners. Sie kam gerade noch einigermaßen trocken unters Dach und lief schnurstracks in Judiths Zimmer. Die Schwester war noch nicht zu Hause. Ihre nächste Station war die Küche, wo sie erschlagen auf einen Stuhl sank. Die Mutter, die gemütlich mit einer Tasse Kaffee am Fenster saß, sah sie ganz irritiert an.
„Grüß dich, Anna. Warum bist du denn so abgehetzt, wo warst du so lange? Robin ist inzwischen nach Hause gefahren, du sollst ihn anrufen. Er hatte es ganz wichtig, was heckt ihr beiden denn schon wieder aus? Irgendwas ist doch im Busch. Komm, was ist los?“
„Du, Mama, als wir gestern abend auf der Terrasse saßen, hat doch Judith was von einer *Organisation für Angewandte Philosophie* gesagt, weißt du darüber Bescheid, habt ihr danach noch darüber geredet?“
„Was interessierst du dich denn auf einmal für Philosophie?“
Anna wusste nicht recht, wie sie sich ihrer Mutter gegenüber ausdrücken sollte, auch für sie selbst war ja alles so verwirrend, ungeklärt und völlig undurchsichtig, wie sollte sie denn mit ihrer Mutter jetzt darüber reden, wie konnte sie ihr die Problematik erklären. Und wenn sie zuviel plauderte, konnte es sein, dass sie selbst nichts mehr erfuhr. Deshalb war sie verärgert über sich selber, weil sie möglicherweise schlafende Hunde geweckt hatte. Sie versuchte das Gespräch einfach in eine andere Richtung zu lenken, machte den Kühlschrank auf und fragte:
„Mama, ich habe Hunger, was gibt es denn heute abend?“
„Ich hab was Neues ausprobiert, ein italienisches Nudelgericht, aber keine Spaghetti, mal ganz was anderes. Iss noch einen Jogurt, denn Papa kommt vor sieben nicht nach Hause.“
Die Mutter zwinkerte ihr zu.
„Nachtigall, ick hör dir trapsen. Vergiss aber nicht, dass du jederzeit über alles mit mir reden kannst.“
Anna nahm sich einen Jogurt und eine Weintraube und ging in ihr

Zimmer. Nachdenklich kratzte sie den Jogurt bis auf den letzten Rest aus dem Becher, legte sich aufs Bett und ließ sich von oben eine Weinbeere nach der anderen in den Mund fallen. Das Knacken der Früchte mit ihren Zähnen war symbolisch für ihre Gedanken, denn bei jedem Zubiss dachte sie:
„Diese Nuss werde ich knacken!"
Es donnerte laut. Sie schaute aus dem Fenster in das tobende Unwetter und fing nach dem nächsten Blitz das Zählen an: Eins, zwei, drei, vier, fünf, sechs, sieben - und schon setzte der Donner ein. Das hatte sie von ihrer Mutter, die ihr als kleines Mädchen so die Angst vor dem Gewitter nahm. Um so länger man zählen konnte, um so weiter war das Gewitter entfernt.
„Na ja, so nah ist's gar nicht da, wird bald vorbei sein",
murmelte sie vor sich hin und schloss die Augen. Sie war hundemüde von dem ganzen Hin und Her, drehte sich zur Seite und schlief sofort ein.

Kapitel 5

Sibylle saß ganz vorne auf der Stuhlkante, ihr Rücken schmerzte noch immer vom Sonnenbrand, deshalb lehnte sie sich erst gar nicht an. In dem karg eingerichteten Zimmer saßen außer ihr zwei Leiter für Jugendfragen von der *OfAP* und sprachen mit den Eltern von Markus, der ebenfalls anwesend war und gerade die Tests alphabetisch sortierte, die er heute in der Schule über seine Verbindungsleute eingesammelt hatte.

„Sibylle, mach doch das andere Kuvert auf. Das sind die Wissensberichte, die zum Offizier für Ethikfragen müssen", befahl Markus.

Sibylle nahm das Kuvert, holte ihren Stielkamm aus der Schultasche und riss es mit dem Griff, der wie eine Stricknadel aussah, auf. Sie reichte die Berichte Markus, der sie ebenfalls schnell nach dem Alphabet sortierte.

„Sibylle, inwieweit sind deine Eltern mit deinem Studium bei uns einverstanden, oder hast du sie gar nicht informiert?",

fragte Herbert, einer der Jugendleiter und Fahrer des weißen BMW. Sibylle zögerte, und Herbert wiederholte die Frage Wort für Wort noch einmal. Wieder gab es keine Antwort von Sibylle, und der Ton von Herbert wurde schärfer. Aber er stellte die Frage wieder in der gleichen Weise, wieder Wort für Wort.

„Ich hab meinen Eltern nicht genau gesagt, um was es geht. Markus hat mir eingebläut, ich darf nur mit Eingeweihten über die Interna reden. Daran habe ich mich gehalten und genau das Zuhause erzählt, was mir Markus vorgegeben hat."

„Aber du willst doch mit deinem ersten Kommunikationskurs beginnen, um zu lernen, wie man ganz ‚*geklärt*' wird? Du weißt, dass wir Minderjährige nur nach speziellen Kriterien in der *OfAP* aufnehmen dürfen. Uns wäre natürlich viel lieber, wenn deine Eltern das ganze unterstützen würden. Wie willst du denn sonst das Studium finanzieren? Vergiss nicht, die neue Zivilisation, die wir anstreben, soll schließlich allen zu Gute kommen, und nur Kriminelle, Dummköpfe oder der Mob stellt sich gegen uns. Das musst du deinen Eltern vermitteln."

Sibylle empfand ein wohliges Gefühl der Zugehörigkeit, das sie in ihrer Klasse so vermisste. Ihr Ehrgeiz wurde ihr von den Mitschülern übelgenommen, man stempelte sie als Streberin ab. So richtige Freundschaften gab es für Sibylle nicht und nur wenig Anerkennung. Und jetzt wollten Erwachsene, die zur Elite der *OfAP* gehörten, dass Sibylle so schnell wie möglich den Einführungskurs machen sollte. Sie fühlte sich bereits als etwas Besseres und dazugehörig. Die da draußen hatten keine Ahnung über das Wissen und die Macht, die man durch dieses Wissen bekam. Wieder war ihr Ehrgeiz, ihre hervorstechendste Eigenschaft, angestachelt, sie fühlte sich fast schon groß und mächtig.

Christine Eisenhorn, die Mutter von Markus, war in der *OfAP* bereits fest integriert. Sie hatte das Institut über eine Freundin kennengelernt, welche sie zu einem Einführungsseminar mitgenommen hatte. Die Freundin war mit ihrem Vorschlag auf offene Ohren gestoßen, denn die sich langweilende, unzufriedene Frau wollte hinaus aus ihren vier Wänden, sich weiterbilden, etwas erleben, und belegte deshalb begeistert die ersten Kurse. Martin Eisenhorn, ebenfalls involviert, ließ seine Seminare über seine Firma als Weiterbildung finanzieren.

Markus selbst sollte einmal zur Führungsabteilung der *OfAP* aufsteigen. Das einzige, was fehlte, war Geld. Die Ausbildung für jeden Einzelnen der Familie war sehr teuer, die Unterlagen kamen noch dazu, sowie die Reisen in die europäische Zentrale nach Dänemark oder in die Hauptzentrale der *OfAP* in die USA. Die Organisation bot als Lösung den Vorschlag, dass die ganze Familie als Mitarbeiter einsteigen sollten, um viele neue Personen in die *OfAP* zu bringen. Für jedes vermittelte abgeschlossene Kurssystem gab es eine Provision von 10%, das Geld wurde gutgeschrieben in Form von Punkten, und damit konnte man wieder neue Kurse belegen. Markus Mutter gehörte zu den Mitarbeitern, die bereits nach kürzester Zeit von der *OfAP* ein Belobigungsschreiben erhalten hatten, da sie beim Mutter-Kind-Turnen genauso wie beim Volkshochschulkurs die Leute darauf angesprochen hatte, sich doch weiterzubilden über ein Seminar in der *OfAP*. Sie hatte es verstanden, eine ganze Reihe von Interessenten zu werben. Der Vater von Markus, in seiner Firma in leitender Position tätig, sammelte viele Punkte, indem er die Gesamtgeschäftsleitung überzeugte, dass Seminare von Unternehmensberatern der *OfAP* die Firma weiterbringen würden, da nach speziellen Schulungen der richtige Mitarbeiter automatisch am richtigen Arbeitsplatz eingesetzt würde.

134 Mitarbeiter des Unternehmens inklusive des Führungskaders befanden sich zur Zeit auf verschiedenen Wochenend-Seminaren, alle von Martin Eisenhorn vermittelt.
In der *OfAP* war es üblich, sich beim Vornamen zu nennen, und Sibylle wusste nicht, wie Herbert und Hans eigentlich mit Nachnamen hießen. Sie gehörten zur Abteilung Neuwerbung und betreuten die „*Außenmitarbeiter*". Es gab eine strenge Hierarchie. Markus war aufgrund seines Alters Klaus Wagner aus der 11.Klasse unterstellt. Dieser war ausnehmend engagiert und verdiente sich sein Kursprogramm mit Neuwerbung von Mitgliedern sowie dem Verteilen von Werbezetteln in Briefkästen.
Der ehrgeizige Markus warb Sibylle aus seiner eigenen Klasse und überlegte dann, wie er am schnellsten weiterkommen sollte. Er träumte von einem Schneeballsystem: In jeder Klasse wollte er einen aus seiner Organisationslinie werben, und jeder von diesen sollte wieder fünf Neue werben usw. usw. Markus stellte sich vor, dass die Expansion in der Schule so am effektivsten voranzutreiben sei. Das alles hatte er mit Sibylle beprochen, deren Ehrgeiz bei den Führungskräften in der *OfAP* gut ankam. Das nachmittägliche Treffen bei Markus zu Hause diente dem Aufbau einer neuen Gruppe, die in diesem Wohngebiet etabliert werden sollte. Daraus, so die Zielsetzung, sollte eine selbstständig arbeitende Unterorganisation heranwachsen, als Zuträger für die Hauptorganisation. Sibylle, so der Plan von Hans und Herbert, sollte Markus darin unterstützen, dass diese Ideen am Schubert-Gymnasium noch schneller Fuß fassten. Der Kunstlehrer Frank, bereits seit längerem in den Diensten der Gruppierung, bemühte sich ebenfalls darum. Dann war da noch der neu gegründete Freizeit-Zirkel, ebenfalls geleitet von Freunden der *OfAP*. Stück für Stück eroberten sie so Schule für Schule. Am leichtesten funktionierte dies an Gymnasien und Privatschulen.
Das Ziel hieß Expansion auf allen Ebenen.

Sibylle strahlte, als ihr die Anerkennungsurkunde für den „*Erfolgreichen Abschluss des Wortklärungsprogrammes*" von Hans überreicht wurde. Jetzt gehörte sie dazu und das Ziel der *OfAP* war ab heute auch ihr Ziel. Es schien ein edles Ziel zu sein, und ihr war richtig feierlich zumute.

Kapitel 6

Auf dem Höhepunkt des Gewitters donnerte es so laut, dass Anna ruckartig aus dem Schlaf gerissen wurde und in Sekundenbruchteilen vor Schreck aufrecht im Bett saß. Allmählich drang ein Scharren und Kratzen in ihr Bewusstsein, sie registrierte, dass ihre Mutter auf der Terrasse die Gartenmöbel in die geschützte, überdachte Ecke schob. Sie war wie gerädert von einem schlimmen Traum, wusste aber nicht mehr, worum es gegangen war. Sie stand auf, trat ans Fenster und schaute auf das Naturschauspiel am Himmel. Leuchtende Blitze zuckten, gefolgt von krachenden Donnerschlägen. Ganz hinten am Horizont stiegen graue Streifen auf, irgendjemand hatte ihr einmal erzählt, das wäre das Zeichen, dass es dort nun regnete. Sinnend starrte sie hinaus und hörte erst gar nicht, dass ihre Schwester Carola ins Zimmer kam.

„Na, Schwesterlein, bist du starr vor Angst bei dem Gewitter, schnell, mach das Fenster zu und komm runter, wir essen in zehn Minuten." Sie wartete nicht ab, bis Anna reagierte und schloss das Fenster selbst.

„Na komm schon. Was ist los, du bist doch sonst nicht so schweigsam?"

Anna schob sich wortlos an der Schwester vorbei und eilte die Treppe hinunter. Ein Duft von Rosmarin, Tomaten, Knoblauch, so richtig italienisch, zog durch das ganze Haus.

„Wo ist Judith?", fragte Anna, als Carola ihr Minuten später die Teller aus dem Schrank reichte mit der eindeutigen Aufforderung, dass sie an der Reihe war, den Tisch zu decken.

„Sie muss gleich da sein, sie hatte noch mit einer Freundin was zu erledigen. Warum fragst du?"

Carola und die Mutter wunderten sich, warum Anna gerade heute so intensiv nach Judith fragte. Das Verhältnis zwischen den beiden war oft sehr gespannt.

„Ich wollte sie nur fragen was sie von der *Organisation für Angewandte Philosophie* weiß, davon hat sie doch gesprochen, als Onkel Wolfgang da war. Ich hab es nur am Rande mitbekommen, weil ich

doch mit Robin in mein Zimmer bin, aber es interessiert mich wegen einer Angelegenheit in der Schule."
Sie sagte es knapp und klar, nahm die Teller und begann den Tisch zu decken.
„Meine kleine Schwester interessiert sich für Philosophie, ich glaub, es geht los. Seit wann habt ihr in der Schule Philosophie?"
Man sah Anna an, dass sie auf ein Frage- und Antwortspiel absolut keinen Bock hatte.
„Es geht hier nicht um eine Sache im Unterricht, sondern um Mitschüler verschiedener Klassen, aber auch um Lehrer, die in irgendwas verwickelt sind. Wir wissen nur noch nicht genau in was."
Sie versuchte, nicht allzu interessiert zu wirken, doch ihrem Ton war anzumerken, dass sie nicht mehr darüber preisgeben wollte. Erleichtert atmete sie auf, als sie das Auto von Judith in der Garageneinfahrt hörte. Die Schwester stürzte - windzerzaust und mit feuchten Klamotten - ins Haus und ging wie immer als erstes in ihr Zimmer, um sich etwas Bequemeres anzuziehen. Anna kam es wie eine Ewigkeit vor, bis Judith endlich im Esszimmer erschien und sich genüsslich die Magengegend rieb, als ihr der Duft von Mutters neuem Nudelgericht in die Nase stieg.
„Das riecht ja absolut Oberspitze, bloß gut, dass ich morgen im Büro allein bin, du hast anscheinend mehr als nur eine Knoblauchzehe verwendet, stimmt's, Mama?"
Sie lachte und schaute der Mutter über die Schultern, als diese die Backröhre öffnete und überprüfte, ob ihr Experiment in jeder Hinsicht der Abbildung im Kochbuch entsprach.
„Na, meine Damen, alles so wie geplant und gewünscht?"
Der Vater stand in der Küchentür, weder die drei Töchter noch die Mutter hatten gehört, dass er vorgefahren war. Mit einem Blick auf die Uhr fragte die Mutter erstaunt:
„Hat dich das Gewitter oder der Duft meiner Kochkünste heute eher nach Hause gelockt?"
„Weder - noch, ich hatte heute bloß ein großes Bedürfnis, früher heimzukommen, die Luft ist momentan recht dick bei uns in der Firma, unser Geschäftsführer ist nur noch mit den neuen Unternehmensberatern beschäftigt, ununterbrochen ist von Leistung und Rationalisierung die Rede, man kann fast sagen, es geht nur noch um Seminare und Weiterbildung, aber gar nicht mehr um die eigentliche Arbeit. Ich fürchte, das ist nicht meine Welt."
Sein Gesicht war angespannt, die Stirn lag in Falten, er drehte sich um, ging zum Esszimmertisch, setzte sich hin und alle wussten, er wollte nicht mehr über das Thema reden.

Anna wartete ungeduldig auf eine Gelegenheit, Judith in ein Gespräch zu verwickeln und sie auszufragen, was sie über die *OfAP* wusste. Doch Mutters neues Nudelgericht verdrängte erst einmal die bohrenden Fragen, und es verdrängte ob seiner Köstlichkeit auch die Falten von Vaters Stirn. Er trank mit Genuss ein Glas Rotwein zum Essen und entspannte sich sichtlich. Carola, Judith und die Mutter diskutierten angeregt über eine Vernissage, die, gekoppelt mit einer Modenschau und ausgerichtet von einer kleinen Boutique in der Stadt, demnächst stattfinden sollte. Vater und Anna hingen ihren Gedanken nach und es hatte den Anschein, als wären beide froh, nichts sagen zu müssen.
„Judith, weißt du schon, dass unsere kleine Schwester sich für Philosophie interessiert?"
„Kalt erwischt",
dachte Anna, und ihr Gesicht rötete sich vor Verlegenheit.
„Carola, du musst das Ganze jetzt nicht verdrehen, ich interessiere mich nicht speziell für Philosophie, sondern ich will nur wissen, was Judith von der *OfAP* weiß."
Der Himmel hatte jetzt alle Schleusen geöffnet, der Regen prasselte auf die Terrasse. Einen Moment schien die Familie wie erstarrt, als passiere alles in Zeitlupe. Anna dachte an das Märchen von Dornröschen. Die Mutter durchbrach als erste das Schweigen.
„Irgendwas muss in der Schule vorgefallen sein. Anna beschäftigt sich in den letzten Tagen ständig mit einer Angelegenheit, die sie fürchterlich aufregt. Kann man das so sagen, Anna?"
„Naja, was heißt fürchterlich aufregen, ich bin einfach verunsichert, aber auch neugierig, denn ein paar Leute bei uns an der Schule müssen mit dieser *OfAP* zu tun haben, der Name taucht laufend auf."
Judith reagierte mit einem langgezogenen
„Waaas? Bei euch in der Schule hat jemand mit dieser Organisation zu tun? Bist du dir da ganz sicher, Anna? Hast du dich nicht verhört?"
An dieser Reaktion konnten alle erkennen, dass die ältere Schwester entsetzt war. Nun kam Leben in die Familienrunde. Judith lehnte sich zurück, als müsste sie eine Rede halten und legte los:
„Also, passt auf, bei mir in der Firma ist ein Programmierer, ein absoluter Top-Computerfreak, er lernte diese Organisation per Zufall kennen. Sie werben unter anderem auf der Straße, indem sie Leute anquatschen und irgendwelche Fragen stellen; zum Beispiel: Wie geht es dir heute, bist du glücklich, hast du Schwierigkeiten mit deiner Umgebung', irgend so was. Auch mein Kollege wurde ange-

sprochen. Ihm wurde ein Test angeboten, der genau seine Stärken und Schwächen aufzeigen sollte. Das ist das Einzige, was wir genau wissen, seine Schwester ist mit einer anderen Mitarbeiterin von mir befreundet. Er hat den Test gemacht, begann dann ein Kursprogramm und veränderte schlagartig sein Wesen. Er spricht mit niemandem mehr, er zieht sich zurück, er gibt keinerlei Auskünfte über seinen neuen Freundeskreis. Die Räume der *OfAP* mitten in der Stadt wurden sein zweites Zuhause. Von seiner Großmutter hat er Geld geliehen, er sagte ihr, es sei für eine spezielle Ausbildung, für ein Studium, das er unbedingt bräuchte. Tja, und nun ist das Geld weg, keiner weiß, was er wirklich studiert, er redet nicht darüber. Wir in der Firma haben das Gefühl, er hat vor irgendetwas Angst."

Judith unterstrich ihre Worte mit lebhaften Handbewegungen, alle hörten ihr gebannt zu. Der Vater schüttelte den Kopf und beobachtete seine Töchter sehr genau.

„Judith, woher weißt du das alles? Warum ist das so ein großes Thema bei euch in der Firma? Ist er denn noch involviert bei dieser Organisation, oder war das eine einmalige Angelegenheit, mit ein paar Kursen erledigt?"

„Das weiß doch kein Mensch, er redet nicht darüber, sein Zimmer sperrt er ab, nimmt den Schlüssel mit, und die ganze Familie leidet unter dieser Situation. Sie sehen ihn kaum noch. Ich weiß das alles von einer Arbeitskollegin, hab ich doch gesagt, die kennt die Schwester. Mittlerweile haben aber schon viele irgendwelche Erfahrungen mit dieser Sekte oder was das ist. Der Kollege ist kein Einzelfall. Die sind weitaus größer und vernetzter, als die Allgemeinheit weiß. Inzwischen gehen die halt ganz verstärkt in Firmen und Schulen, in Jugendtreffs und so. Sie versuchen massiv, neue Leute zu gewinnen. Sie reden irgendwas von einer neuen Zivilisation, und alles läuft so geheimnisvoll ab."

Nun schaltete sich Carola ein, die auch einiges zu erzählen hatte.

„Also ich weiß aus dem Ruderclub, da gab es einen, der war sehr ehrgeizig, wollte immer der Sieger sein, Auszeichnungen einheimsen, so ein Möchtegern-Großkotz-Typ, und der rasselte auch bei denen rein, das ist ein total engagierter Typ, er macht irgendwelche Spitzeldienste in seiner Umgebung. Soviel hab ich inzwischen auch erfahren, die *OfAP* will alles über jeden dokumentiert haben, alles schriftlich, und es gibt scheinbar nichts, was sie nicht wissen wollen, was ihnen zu privat ist. Das muss wirklich eine äußerst gefährliche Geschichte sein, aber nicht nur für Jugendliche, sondern für jeden. Ich verstehe auch nicht, warum da nicht mehr Aufklärung gemacht wird. Sonst wird

doch auch jedes Thema totgeredet. Ich hab mal mit einer gesprochen, die nach Jahren dort ausgestiegen ist, die sagt aber auch nur wenig und Unwichtiges, denn man hat ihr unangenehme Sanktionen angedroht, wenn sie über sogenannte Interna spricht."
Die Mutter schüttelte den Kopf, sie begann, die Teller aufeinander zu stapeln und in die leere Schüssel zu stellen. Im Aufstehen kommentierte sie die Informationen ihrer Töchter nur mit:
„Also, wenn das so ist, wie ihr das erzählt, dann ist die Nervosität von Anna begründet, und wir sollten uns schleunigst überlegen, ob ein Handlungsbedarf besteht."
Sie nahm die Schüssel mit dem Geschirr, öffnete mit dem Ellbogen die Tür zur Küche und begann, die Spülmaschine einzuräumen. Normalerweise war dies das Zeichen für das Ende der abendlichen Mahlzeit, und eines der Mädchen hatte in der Küche mitzuhelfen. Heute jedoch reagierten die drei überhaupt nicht, sie blieben bedrückt sitzen.
„Wenn ich euch jetzt was erzähle, dann müsst ihr es für euch behalten. Es darf wirklich nicht rauskommen. Robin war es eigentlich, der mich darauf gebracht hat. Der beobachtet die Situation schon länger. Ich hab es nur per Zufall gemerkt, wegen Sibylle."
„Die Streber-Sibylle, von der du immer erzählst?"
„Ja, genau die meine ich."
Anna erzählte nun die Geschichte vom Baggersee, vom Sonnenbrand, von Sibylles Reaktionen. Sie verschwieg aber, dass sie mit Robin Detektiv gespielt hatte, denn sie befürchtete, dass die Schwestern sie auslachen, sie einfach nicht ernst nehmen würden.
„Gibt es nur einen Namen für die *OfAP*, oder agieren die auch unter anderen Bezeichnungen?"
Unvermittelt richtete der Vater diese Frage an Judith und Carola, die scheinbar doch schon ziemlich genaue Informationen hatten.
„Du, verschiedene Namen, das weiß ich nicht so genau, aber es gibt inzwischen Zeitungsartikel darüber, ab und zu berichten im Fernsehen Betroffene und Experten. Was ich so mitbekommen habe, gibt es eine Zentrale in Amerika, dort wird alles gesteuert. Und es soll schon unglaublich viele Unterorganisationen geben, die sich nicht leicht mit der Hauptgruppe in Verbindung bringen lassen. Alle haben einen bestimmten Auftrag, jede soll für eine ganz bestimmte Gesellschaftsschicht zuständig sein."
„Also, wir müssen jetzt ganz sachlich an die Sache herangehen".
Der Vater schaute bei diesen Worten Anna an und ermahnte sie mit seinem gewohnt ernsten Ton in der Stimme:

„Ich werde mich bei Fachleuten erkundigen, Unterlagen besorgen. Dann werden wir sehen, was dahinter steckt, und erst dann, hörst du, Anna, erst dann wirst du irgendetwas in der Schule unternehmen. Du wirst bis dahin nichts sagen, und du wirst keine gefährlichen Detektivspiele anfangen mit Robin. Das verbiete ich dir. Das ist unter Umständen einfach zu gefährlich. Hast du mich verstanden?"
Anna schnaufte zweimal durch, sie sagte gar nichts. Innerlich aber kochte sie und ärgerte sich, dass sie die Diskussion überhaupt erst angezettelt hatte. Hätte sie doch ihre Ungeduld gezügelt, vielleicht hätte bei einem unverbindlicheren Gespräch in Judiths Zimmer das Ganze nicht solche Ausmaße angenommen. Sie wusste genau, ab heute würde Vater die Situation kontrollieren und die Sache mit in die Hand nehmen. Sie hatte jetzt nicht mehr die Möglichkeit, mit Robin ungestört und unbeobachtet weiterzuforschen und dabei vielleicht das eine oder andere kleine Abenteuerchen zu erleben. Sie hasste es, wenn sich immer die Erwachsenen einmischten und sie behandelten, als wäre sie noch ein kleines Mädchen. Das passierte ihr dauernd, weil sie die Jüngste in der Familie war. Sie selbst war die einzige, die sich etwas zutraute. Wenn die ganze Angelegenheit so gefährlich war, wie Judith und auch Carola behaupteten, warum hatte niemand mal eine Warnung ausgesprochen? Denn immerhin hätte es ja auch ihr passieren können, dass jemand sie auf der Straße oder in der Schule angemacht hätte.
Sie dachte an Sibylles Worte, dass sie niemand etwas sagen dürfe, wenn sie ihr das Heft zum Lesen geben würde. Richtig, Sibylle war immer noch eine Möglichkeit, selbst an Informationen heranzukommen und zwar an direkte. Während sie also fieberhaft überlegte, wie sie sich ein Hintertürchen offenhalten konnte, machte sie ein betont unbeteiligtes Gesicht, damit niemand ihre Gedanken erraten konnte.
„Also, wenn ihr was rausbekommen habt, dann lasst es mich wissen, ich hab jetzt noch was anderes zu tun, wichtige Sachen für die letzten Prüfungen."
Mit diesen Worten verschwand sie schnell und hörte so nicht mehr, wie Judith auf dem Weg in die Küche sagte:
„Ich hab euch noch nicht alles gesagt, die arbeiten bei der *OfAP* mit Manipulationstechniken wie Gehirnwäsche, die Leute werden abhängig und sind für Argumente von Dritten einfach nicht mehr zugänglich. Wenn das stimmt, was Anna sagt und am Gymnasium bereits irgendwelche Strukturen der Organisation aufgebaut sind, dann ist das brandheiß und gefährlich. Vater, du solltest dich wirklich über

den Elternbeirat darum kümmern. Aber pass auf, dass du nicht gerade an Leute gerätst, die schon irgendwie mitverwickelt sind. Nein, schau mich nicht so skeptisch an, das ist nicht von der Hand zu weisen. Durch den jungen Mann bei uns in der Firma hab ich mich mit der Angelegenheit ziemlich auseinandergesetzt, weil die ganze Familie unter dem Einfluss dieser Leute leidet, und ich habe schlimme Sachen zu Ohren gekriegt."
Herr Berger ging zu seinem Schreibtisch, nahm das Telefonbuch und suchte die Nummer der Buchhandlung. Er ließ sich beraten und bestellte zwei Aufklärungsbücher über dieses Thema.

Kapitel 7

Das Gewitter zog langsam ab, der Regen tat Natur und Menschen gut, brachte endlich die lang ersehnte Abkühlung. Klaus Wagner kam von seiner Flugblattaktion völlig durchnässt nach Hause. Er zog die Schuhe aus, ging sofort ins Bad, duschte lange und ausgiebig, zog ein frisches T-Shirt an, eine trockene Hose und stopfte die nasse Wäsche in den bereits übervollen Wäschekorb. Er war müde, fühlte sich ausgelaugt und unzufrieden.

Seine ganze Familie, seine erwachsenen Brüder und selbst Onkel und Tanten, alle waren Funktionäre bei der *OfAP*. Sein Vater war der Kopf einer ganzen Firmenkette, die Lizenzgebühren an die Organisation zahlte. Dafür durfte er nicht nur das Kursmaterial in den Firmen einsetzen, sondern die Technologie auch weiterverkaufen.

Das große Ziel der *OfAP* war, in jede Firma, jede Behörde, in jede Schule, in Kindergärten - einfach überallhin, in sämtliche Bereiche der Gesellschaft, jemanden von der Organisation in wichtige Positionen zu hieven. Weite Teile der Bevölkerung sollten nach der *Lehre der Gesellschaft für Angewandte Philosophie* geschult werden.

Die Eltern von Klaus, Georg und Sabine Wagner, gehörten zum gut verdienenden Mittelstand. Sie hatten sich der OfAP völlig ausgeliefert. Beruflich und privat wurde jeder Bereich von einem speziellen Offizier für Ethikfragen kontrolliert, die gesamte Buchhaltung der Firma, die Einnahmen und die Ausgaben der Familie, einfach alles. Klaus kannte nichts anderes als Befehle und absolute Kontrolle darüber, ob diese Befehle auch ordnungsgemäß ausgeführt wurden. Schon als kleiner Junge musste er Kurse belegen, lernen, ruhig auf einem Stuhl zu sitzen und sich völlig zu beherrschen. Das Interesse seiner Eltern galt ausschließlich der Ausbildung in der Organisation, alle Leistungen, die er in der Schule erbrachte, waren zweitrangig. Er erlernte sehr früh in einem speziellen Kursprogramm Techniken, wie man sein Umfeld kontrollieren und beherrschen konnte. In *OfAP*-Kreisen nannte man das „*Handhaben*“. Eifriges Studium und viele Kursabschlüsse waren die einzige Ausgangsposition, um im Führungskader der Organisation überhaupt ernst genommen zu werden. Er war der Sohn eines Unternehmers, der zur sogenannten „*Masterklasse*“ zählte. Seine Anweisungen erhielt Klaus direkt von seinem Vater und von seinem Ethik-Offizier. Da die ganze Familie nur ein Ziel kannte, nämlich die Position der Organisation so zu verstärken, dass sie immer mehr Macht und Einfluss aufbauen konnte - womit auch der eigene Einfluss unweigerlich wuchs - hatte er eine Reihe von Vorteilen, aber es lasteten auch Erwartungen auf ihm. Heute hatte er Zettel verteilt, um Punkte zu sammeln für seinen neuen Kurs, aber auch als Strafarbeit. Normalerweise kontrollierte er die unteren Semester, die für die Werbung in den Briefkästen zuständig waren. Er selbst hatte sich um die Wissensberichte zu küm- mern, die alle ihm unterstehenden Schüler des Schubert-Gymnasiums pünktlich bei ihm abzugeben hatten.

Durch die Prüfungen der letzten Wochen und die vielen Aufgaben, die ihm von der *OfAP* zusätzlich auferlegt wurden, völlig überlastet, hatte er vergessen, ein paar Wissensberichte von den unteren Klassen einzusammeln. Deshalb musste er heute beim Offizier für Ethikangelegenheiten antreten, um seine Strafe in Empfang zu nehmen, was bedeutete, 1000 Werbezettel mehr auszutragen, als er für seinen neuen Kurs benötigte.

Er kannte nichts anderes; er war die Befehle ebenso gewohnt wie die Kontrollen, ob er seine Aufgaben richtig ausführte.

Klaus seufzte. Im Kühlschrank war gähnende Leere, seine Mutter absolvierte zur Zeit eine Spezialausbildung in der US-Zentrale. Niemand kümmerte sich um den Einkauf, ein gemeinsames Essen gab es höchst selten. Jeder war beschäftigt mit den Zielen und Aufgaben dieser *OfAP*. Die ganze Familie stand ständig unter Strom.

Und Klaus hatte ein Problem: Er war verliebt in ein Mädchen, das absolut nichts mit dem Lebensinhalt seiner Familie zu tun haben wollte. Vertraut mit den Kontrollmechanismen, denen er sich schon sein ganzes Leben lang unterworfen hatte, wusste er sehr genau, was auf ihn zukam. Er musste mit seinem Trainer darüber sprechen. Verschweigen war nicht möglich, denn es gab ein spezielles Verfahren mit einem Lügendetektor, in der Kunstsprache der Organisation *Reminding* genannt, vor dem er sich fürchtete. Wenn seine Gefühle während einer solchen Sitzung ans Licht kamen, ohne dass er sie vorher in einem Bericht dargestellt hatte, konnte das das Aus für diese sich anbahnende Beziehung bedeuten. Kontakte - selbst nur Gedanken daran - zu jemandem außerhalb der *OfAP* mussten registriert werden. Sie wurden nur geduldet, um die Person durch den Kontakt

zu werben und zu veranlassen, die Ziele für die neue Zivilisation ebenfalls zu verfolgen. Er hatte im Laufe der letzten Schuljahre die meisten Punkte mit der Werbung neuer Schüler gemacht. Wie alle Werber war er darauf eingeschworen worden, jeglichen eventuellen Ärger mit Behörden oder Eltern auf seine eigene Kappe zu nehmen und die Organisation herauszuhalten. Diese blieb stets im Hintergrund, wenn Minderjährige angeworben wurden. Schwierigkeiten bekamen nur die Mitarbeiter, nie die *OfAP*. Man überließ das ganze verlässlichen Schülern und setzte nur zur Kontrolle Erwachsene aus dem inneren Zirkel ein. Klaus hatte bis heute selten enttäuscht, sämtliche Befehle ausgeführt, Kurse belegt und absolviert - und nun hatte er einen neuen Auftrag erhalten. Die Zentrale plante für die Sommerferien einen Schüleraustausch. Jeder, der sich bereits auf den Ausbildungsstufen befand, sollte dafür einen Schüler oder eine Schülerin werben. Angeboten wurden Ferien in den USA im Paket mit einem speziellen Kursprogramm in der amerikanischen Zentrale. Das Ganze war getarnt als Feriencamp, um die Englischkenntnisse zu verbessern.
Diesen Auftrag hatte Klaus für sein Gymnasium. Es lief ganz gut. Markus, den er selbst geworben hatte, und zwar auf spezielle Anforderung und parallel zur Anwerbung von Frau Eisenhorn durch eine Freundin - entwickelte sich ganz im Sinne dieser Leute. Er hatte innerhalb seiner Klasse eine Vertrauensposition. Im Sport war er gut. Er wurde auch von den Lehrern für seine Leistungen geschätzt. Markus konnte einen Großteil der Anwerbung übernehmen, Klaus hatte ausschließlich die Kontrolle.
In kürzester Zeit war ein Netz von Verbindungsleuten quer durch die Schule aufgebaut worden, unauffällig und ohne Probleme, weil der Kunstlehrer, ein langjähriges Mitglied der Organisation mit hoher Ausbildungsstufe, voll integriert im Lehrerkollegium und beliebt bei den Schülern war. Noch eine weitere Lehrerin arbeitete im Verborgenen mit. Und je mehr Schüler infiltriert wurden, um so mehr Arbeit bekam Klaus.

Er holte sich aus dem Gefrierfach eine Pizza Margarita, das einzige, was stapelweise vorhanden und mittlerweile nicht mehr der besondere Hit für ihn war. Klaus legte sich auf das Sofa, schaltete den Fernseher ein und wollte einfach nur ein paar Minuten ausruhen. Aber schon regte sich das sorgsam antrainierte schlechte Gewissen. Wegen des Gewitters hatte er nicht alle Zettel verteilen können, und nun überlegte er sich fieberhaft eine Ausrede für seinen Ethik-

Offizier. Der Befehl lautete, die Flugblätter heute zu verteilen. Es gab kein wenn und aber - oder „mach ich morgen", nein - die Anordnung lautete: „heute". Unruhe machte sich in ihm breit, er konnte keine fünf Minuten ruhig liegen bleiben, stand wieder auf, zog die Pizza aus der Mikrowelle und schnitt sie einfach in der Mitte durch. Dann klappte er sie zusammen, setzte sich vor den Fernseher und starrte auf den Bildschirm ohne wahrzunehmen, welche Sendung lief. Erst als er die ersten Bissen gegessen hatte, reagierte sein Magen, und er spürte den Hunger. Völlig unkontrolliert stopfte er die Pizza in sich hinein und schämte sich sogleich dafür. Essen war banal und nebensächlich, genauso unwichtig wie das gemütliche Zusammensitzen mit Freunden, wie Spaß haben, ins Kino gehen, Musik hören - egal, was es war, es war nichts wert und reine Zeitverschwendung, wenn es nicht in Verbindung gebracht werden konnte mit den Zielen der Organisation.

Wer das nicht verinnerlichte, lief Gefahr, ein sogenannter Ärgernisverursacher zu werden, und ein solcher hatte mit erheblichen Strafen zu rechnen. Von Kindesbeinen an lebte Klaus mit dem Gefühl der anerzogenen eigenen und fremden Kontrolle. Alles, was er für sich selbst machen wollte, sämtliche Bedürfnisse, die in ihm aufkamen, lösten in ihm dieses schlechte Gewissen aus.

Und jetzt hatte er ein wirkliches Problem: Sarah. Die Tochter eines Zahnarztes, in dessen Praxis sich die Prominenten aus Film, Funk und Fernsehen die Klinke in die Hand gaben. Sarah war nicht nur hübsch, sondern auch klug und sehr einfühlsam. Er hatte sie eben erst bei einer Schulparty, die er zwecks Kontaktsuche besucht hatte, näher kennengelernt und die Unterhaltung mit ihr als äußerst angenehm empfunden. Inzwischen träumte er davon, sie als Kontaktperson der 10. Klasse für die *OfAP* heranzuziehen, ihr zu imponieren, durch seine Stellung in der Organisation eine echte Beziehung zu ihr aufzubauen. Sie war überall beliebt und brachte dadurch die besten Voraussetzungen mit. Alles könnte so einfach sein, wenn es ihm gelänge, die Mitschülerin für die *Idee der neuen Zivilisation* zu begeistern. Nur, Sarah war sehr kritisch und engagierte sich bereits in der Jugendorganisation einer Partei, die sich intensiv über die *OfAP* informiert hatte und sich nun vehement dagegen aussprach. Das war die Zwickmühle, in der er sich befand. Einerseits reizte es ihn, der Organisation jemanden zuzuführen, der kritisch war und erst gehandhabt werden musste. Welch ein Erfolg, wenn das gelang, jemanden wie Sarah für diese Ideen zu gewinnen, er hätte neben dem persönlichen Erfolg auch verdammt gute Pluspunkte in seiner Beur-

teilung. Alles lief nach Plan. Die Erfolge der *OfAP* waren abhängig von der Statistik jedes einzelnen. Diese Tatsache führte zu einem enormen Gruppenzwang.
Etwas war allerdings unkalkulierbar. Bei Klaus regten sich Gefühle, die er nicht kannte; er wurde nervös, wenn er Sarah sah, hatte sogar schon Herzklopfen gespürt. Eigentlich lachte er immer alle aus, die sagten, sie hätten sich gerade verknallt. Dummes Zeug, man kann und muss Gefühle ja wohl steuern, handhaben - wenn ich die Macht will, dann hab ich die Macht, dazu gibt es die Trainings, die Schulungen, die Kurse, das Klärungsprogramm. Ich lass mich doch nicht von meinen eigenen Emotionen leiten. - Diese Devisen hatte er gründlich eingedrillt bekommen. Und nun? Woher kam dieses Herzklopfen, dieser trockene Hals, dieses komische Gefühl, wenn er Sarah gegenüberstand? Aus welchem Grund versuchte er in jeder Pause, Sarahs Blicke zu erhaschen, und wieso wurde er diese Gedanken nicht los: wie komm ich an sie heran, wie kann ich mit ihr länger als fünf Minuten reden. Das alles passte nicht in sein gewohntes Verhaltensmuster. Er wusste genau, beim nächsten, kurz bevorstehenden Sicherheitscheck am Lügendetektor würde herauskommen, dass er sich in Sarah verliebt hatte. Dann würde er genaue Verhaltensmaßregeln bekommen. Er musste vorher einen Weg finden, Sarah dieser Organisation näherzubringen, deshalb nahm er sich vor, noch vor dem kommenden Wochenende seinen Trainer einzuweihen.
Der große Eifer des von ihm selbst angeworbenen Markus wurde auch langsam problematisch. Er hatte durch dessen Erfolge große Schwierigkeiten, seine Statistik zu halten. Er brauchte eigene Erfolge.
Hätte man ihn in diesem Moment gefragt, was er gerade gegessen hatte, er hätte es nicht gewusst. Pflichtbewusst ging er an den Küchenschrank und holte sich die Vitamintabletten heraus, die er seit Beginn des speziellen *Reinigungsprogramms* täglich einnahm - zehn Stück morgens, zehn mittags, zehn abends. Zum Reinigungsprogramm, einer Pflichtübung für jeden, ging er seit fast fünf Wochen. Es beinhaltete in erster Linie jeden Tag zwei bis drei Stunden Aufenthalt in der Sauna, um sämtliche Gifte herauszuschwitzen und die regelmäßige Einnahme spezieller Vitamintabletten. Alles wurde minutiös kontrolliert. In jedem Wochenbericht musste genau vermerkt werden, ob er die vorgeschriebene Dosis auch zu sich genommen hatte. Die Sauna war langweilig, und hinterher fühlte man sich wie ein ausgewrungener Waschlappen. Die Unmengen Tabletten zu schlucken, das war auch kein Vergnügen.

Die Balkontüre stand offen, Klaus lief wie ein Tiger im Käfig hin und her. Er dachte dauernd an den Lügendetektor, das Reminding und sein Problem mit Sarah. Sie war wunderbar. Er wollte mit ihr zusammensein. Es gab nur eine einzige Chance, er musste Sarah soweit bringen, dass sie bereit war, eine Broschüre zu lesen, sich mit seiner Welt auseinanderzusetzen, dann durfte er auch seine Zuneigung zu ihr zugeben, ohne dass er mit einer Strafe rechnen musste. Nur, wie kam er an Sarah heran, er hatte so wenig Erfahrung im Aufbau von zwischenmenschlichen Beziehungen, er konnte doch nicht einfach hingehen und klingeln und ihr die Broschüre in die Hand drücken. Doch halt:
„Die Zettel, richtig, die Zettel",
schoss es ihm durch den Kopf.
„Ich fahre einfach mit dem Rad in die Gegend, wo Sarah wohnt, und stecke dort die restlichen Prospekte in die Briefkästen, lungere eine Zeit lang dort herum, vielleicht sehe ich sie und kann ihr selbst eine Einladungskarte für eine Filmvorführung in der *OfAP* schenken. Das wär's doch! Das ist die einzige Chance, die ich heute noch habe."
Im Selbstgespräch beruhigte er sich und fand seine Idee einfach toll. Am Fensterbrett stand noch eine Plastikflasche mit Mineralwasser, gedankenverloren griff er danach und schüttelte sich angeekelt, als er trank, denn es war fad, abgestanden, völlig unmöglich, da schmeckte ja Leitungswasser noch besser. Aber was sollten heute diese Nebensächlichkeiten von Schmecken und Fühlen - alles Quatsch. Alles vergeudete Zeit, das Ziel hieß: Weiterkommen durch und mit und in der Organisation. Und wenn alles gutging, eine Beziehung mit Sarah als Glanzpunkt.
Er schlüpfte in seine Windjacke, zog trockene Turnschuhe an und verließ die Wohnung. Sein Vater fuhr einen Porsche, die Mutter einen Mercedes, so täuschte man nach außen Wohlstand vor. In Wirklichkeit wurde jede müde Mark in die *OfAP* gesteckt, deshalb besaß Klaus nur ein Fahrrad vom Flohmarkt, das er bereits seit Jahren fuhr. Manchmal träumte er davon, den Führerschein zu machen - aber das war nur ein Traum, damit brauchte er seinen Eltern gar nicht erst zu kommen.

Er schwang sich aufs Rad und radelte in die Innenstadt, auf dem Gepäckträger seine Tasche mit der Aufschrift „*Neue-Zeit-Verlag*". Er konnte es kaum erwarten, seine Situation *handzuhaben*, so wie er es in seinem Training geübt hatte.
Die Praxis von Sarahs Vater lag in der besten Geschäftsstraße der

Innenstadt. Ein altes Patrizierhaus, völlig neu renoviert, mit Dachgarten und schön angelegtem Hinterhof. Klaus stand vor dem Haus und sah das große Messingschild: Zahnarzt Dr. med. Freiherr von Düngen. Er ging auf die andere Straßenseite und schaute am Haus empor. Oben im Dachgarten war jemand mit den Pflanzen beschäftigt, die aufgrund von Wind und Regen der Pflege bedurften. Er konnte nicht erkennen, wer es war, doch er wusste, in den oberen Stockwerken wohnte Sarah mit ihren Eltern und ihren beiden kleinen Geschwistern. Die Großeltern wohnten auch in dem Anwesen, das sich schon sehr lange im Familienbesitz befand.
Er lief schnurstracks zum Eingang, drückte die große massive Haustüre auf und stand vor drei Briefkästen. Einmal die Zahnarztpraxis, dann Freiherr von Düngen Junior privat und dann Freiherr von Düngen Senior privat. Es roch objektiv nach Zahnarzt, nach Bohren, nach Desinfektionsmittel - aber für ihn roch alles nach Sarah. Er zog drei Flugblätter aus seiner Tasche und steckte in jeden Briefkasten eines, denn sicher ist sicher. Aber wie konnte Sarah nun diese persönliche Einladungskarte für eine Filmvorführung erhalten, für diesen besonderen Werbegag, mit dem man Leute zu einer Vorführung in die *OfAP* lockte. Sollte er klingeln und einfach sagen:
„Du, ich hab hier eine Karte zu einer Filmvorführung"?
Nein, das war äußerst blöde. Sarah war nicht der Typ, den man überrollen konnte. Sie war in der zehnten Klasse, deshalb war es auch nicht möglich, irgendetwas Schulisches vorzubringen. Wie würde es denn aussehen, wenn er, Schüler der Elften, ankäme und fragte:
„Kannst du mir mal sagen, was da im Englischen bei der Übersetzung läuft"?
Klaus bemerkte kaum, wie die Zeit verrann, er stand immer noch vor den Briefkästen und überlegte, wie er noch heute abend mit Sarah ins Gespräch kommen könnte. Die großen breiten Holztreppen sahen aus, als würden sie zweimal täglich poliert, es roch nicht nur nach Zahnarzt, sondern auch nach äußerst gepflegter Wohnlichkeit.
Eine Tür fiel ins Schloss, und Klaus schaute nach oben. Zwei junge Frauen kamen aus der Praxis und liefen die Treppe herunter. Er drehte sich zur Seite, damit sie an ihm vorbei zur Haustüre kamen.
„Was machst du denn da, hast du Angst vor dem Zahnarzt, brauchst du einen Termin, oder warum stehst du hier im Hauseingang?"
„Ich verteile Einladungen in Briefkästen und habe noch ein paar Freikarten für eine Filmvorführung, die kann ich aber nur direkt an Personen abgeben, möchten Sie eine?"
Die Damen, beide etwa Anfang bis Mitte zwanzig, nahmen, ohne zu

zögern, die Einladungskarten zu der Filmvorführung „Der Weg zur Freiheit“ an, die Klaus ihnen reichte. Sie lachten, und die Rothaarige sagte:
„Super, vielen Dank. Wir sind die Sprechstundenhilfen aus der Zahnarztpraxis, und wenn ich jetzt durch diese Tür gehe, dann bin ich sozusagen bereits in Freiheit, zumindest für heute. Aber ich heb mir die Karte auf, vielleicht brauche ich ja mal Nachhilfe in Freiheit, dann schau ich mir den Film an. Also, komm jetzt mit raus, du stehst ja hier wie angewurzelt.“
Sie öffnete die schwere Eichentüre und wartete unmissverständlich, bis er an ihr vorbei hinaus auf die Straße getreten war. Dort ließen ihn die beiden stehen und verschwanden in der Menschenmenge. Viele Leute waren noch zum Einkaufen unterwegs. Wohin Klaus auch blickte, überall waren Menschen mit vollen Einkaufstaschen hektisch in Bewegung, als gäbe es nur noch heute etwas in den Läden zu kaufen. Da stand er nun mit seinen restlichen Flugblättern, die Hosentasche voll mit Eintrittskarten für die Filmvorführung, in einem Gebiet, das gar nicht zu seinem Arbeitsbereich gehörte. Er hatte den Auftrag, das ganze Wohngebiet rund um das Schubert-Gymnasium zu bewerben. Nun war er mitten in der Innenstadt, in der Fußgängerzone, hatte mit großem Zeitaufwand gerade drei Zettel in die Briefkästen gesteckt, dazu kamen die Zufallstreffer mit den Freikarten an die Sprechstundenhilfen. Er stand völlig verloren mit seiner Umhängetasche auf der Straße, rechts und links von ihm liefen die Leute vorbei. Er fühlte sich wie in einem Menschenmeer, fremd und ganz allein. Und er starrte weiter auf das Haus, in dem Sarah wohnte.
„He, Klaus, was machst du denn da?“
Vor ihm stand Markus, in der Hand ebenfalls mit Werbezetteln, und Klaus vermutete ganz richtig, dass Markus in seiner Umhängetasche noch mehr davon hatte.
„Seit wann machst du Straßenwerbung in der Innenstadt, überhaupt, seit wann machst du generell Werbung? Das war doch eigentlich gar nicht ausgemacht?“
Innerhalb einer Sekunde war Klaus wieder „auf Linie“, perfekt gedrillt als Kontrolleur für die Organisation und nicht bereit, einem Untergebenen Rechenschaft abzugeben.
„Mensch, Markus, tut gut, dich so fleißig zu sehen“,
meinte er deshalb nur lässig.
„Tja, mir geht das alles momentan zu langsam, meine Mutter will ihren *geklärten Zustand* attestieren lassen und weiter auf der *Brücke*

vorangehen, und darum bleibt kein Geld mehr übrig für meine Kurse. Nun hat mir Rolf vorgeschlagen, ich soll nebenbei noch Werbung übernehmen. Für zehntausend verteilte Zettel bekomme ich das nächste Kursprogramm. Ich bin für die Innenstadt eingeteilt, wenn sich jemand auf die Werbeaktion meldet, bekomme ich 10 % Provision von jedem Betrag, den derjenige einzahlt. Egal, ob für Kurse, Bücher, Kassetten, ich bekomme die Provision. Ach, du weißt es ja selbst, wenn wir einen reinholen, gibt es Kohle. Außerdem hoffe ich auf ein Stipendium der *OfAP*. Bei guter Statistik habe ich eine Chance“ .

Klaus Gesicht versteinerte sich. Mit seinem nunmehr eiskalten Blick sah er aus wie ein Roboter.

„Du weißt ja wohl genau“, sein Ton war messerscharf,

„so lange du in meiner Gruppe bist, musst du mich nicht nur über alle deine Abmachungen informieren, sondern mir auch einen Kontrollzettel ausfüllen. Sonst stimmt doch mein Bericht nicht. Was bildest du dir eigentlich ein, mich zu übergehen. Ich werde das in meinem Wissensbericht erwähnen, und du darfst ganz schön aufpassen, dass du nicht zurückgestuft wirst.“

Markus stand stramm vor seinem direkten Vorgesetzten Klaus Wagner. Es schien so, als ob die Welt um sie herum gar nicht mehr existierte. Es gab nur noch Klaus und Markus, Befehl und Gehorsam, Kontrolle und das ganz gezielt von der *OfAP* gewollte Misstrauen gegen jeden und alles.

Markus erkannte seine Chance, ein wenig aufzumucken, denn Klaus durfte in keinem anderen Gebiet Werbung machen.

„Was hast du denn in deiner Tasche? Sind das die Zettel, die du heute verteilen wolltest in der Wohnsiedlung beim Gymnasium?“

Klaus, von Kindesbeinen an gedrillt und ausgebildet, ein alter Hase im Vergleich zu Markus, reagierte wieder nicht. Er setzte die Technik ein, eine unangenehme Frage mit einer Gegenfrage zu umgehen.

„Wieviel von deinen zehntausend hast du hier in der Innenstadt bereits verteilt?“

Aber Markus war auch kein totaler Anfänger mehr, er hatte schon mehrere Drills hinter sich und kannte das Spiel:

„Hast du deine Zettel heute alle verteilt in der Wohnsiedlung beim Gymnasium?“,

wiederholte er beharrlich die vorhin gestellte Frage. Klaus ahnte schon länger, dass Markus seine Position in der Organisation einnehmen wollte und fuhr nun sämtliche Antennen aus. Er hatte sich heute verraten. Sein Benehmen war zu offensichtlich, der Ton, die

gezielt formulierten Fragen. Klaus wusste auch, dass er hier im Unrecht war, dass er hier in der Innenstadt keine Werbung zu verteilen hatte, dies war nicht sein Gebiet. Markus hatte ihn ertappt.
Die Politik des Misstrauens auch untereinander, von der *OfAP* gezielt gefördert, wirkte. Markus erzählte Klaus nicht, dass er bereits mit Rolf über eine neue Position gesprochen hatte. Klaus erzählte Markus nicht, dass er Sarah persönlich werben wollte und deshalb Zettel in die Briefkästen in ihrem Wohnhaus warf.
Mit den ebenfalls antrainierten Höflichkeitsfloskeln verabschiedeten sich die beiden Schüler voneinander, jeder ging in eine andere Richtung.
„Ich handle mir hier enormen Ärger ein, wenn ich morgen beim *Reminding* auspacken muss. Ohne die Erfolgsmeldung, dass ich Sarah anwerben konnte, geht das ganze schief",
murmelte Klaus vor sich hin und übersah in seiner aufkeimenden Panik, dass er in die falsche Richtung lief.
Er war immer allein, hatte weder Rückhalt in seiner Familie noch einen Freundeskreis, mit dem er seine Sorgen besprechen konnte. Ein Mitglied der *OfAP* hat keine Sorgen, keine Probleme, hat alles im Griff und auch kein Bedürfnis nach Trost und Liebe.
Er hatte sein Pensum an Werbung nicht erfüllt. Dazu kam nun noch die gespannte Situation mit Markus. Er war in dessen Gebiet eingedrungen. Der Witz war perfekt, denn wenn nun jemand aufgrund der von ihm eingeworfenen Flugblätter tatsächlich ein Kursprogramm absolvieren würde, dann bekäme Markus die Punkte, er war hier zuständig. Also, es war höchste Zeit, dass ihm etwas dazu einfiel, wie er an Sarah herankam. Er blieb stehen, sah, dass er sich auf der ganz anderen Seite der Fußgängerzone befand, drehte sich um und lief schnurstracks in die Richtung, in der er sein Fahrrad abgestellt hatte. Aber es war verschwunden. Nun, es war nur ein alter Bock, er hatte es nie mit einem Schloss abgesichert. Egal, materielle Dinge sind grundsätzlich egal.
Da kam ihm blitzartig eine Idee. Wieder ging er durch die schwere Eichentür in das Patrizierhaus von Sarahs Eltern. Diesmal klingelte er bei „Freiherr von Düngen Junior". Über die Sprechanlage hörte er:
„Ja, hallo, wer ist da?"
„Mein Name ist Klaus Wagner, ich wollte Sarah sprechen. Ich gehe in die elfte Klasse ihres Gymnasiums und möchte sie etwas fragen."
Schweigen, dann hörte er eine Tür. Sarah selbst erschien auf dem oberen Treppenabsatz und blickte auf ihn herunter.

„Was machst du denn hier? Hast du dich verlaufen?"
sie lachte ihn an. Ihre dunklen Locken hatte sie hochgesteckt, sie musste gerade vom Tennisspielen gekommen sein, denn sie trug noch ihren Tennisdress.
„Hey, Sarah, es ist mir richtig peinlich, aber mir hat man mein Fahrrad gestohlen, es stand da vorne an der Bank, ich hab kein Geld dabei für den Bus, muss aber ganz dringend nach Hause. Kannst du mir bitte dein Fahrrad leihen, ich bring's dir morgen wieder zurück."
„Komm rauf, Klaus, ich frage meinen Bruder, der hat zwei Räder, er kann dir ja sein altes leihen, bis du wieder eins hast."
Sie drehte sich um und ging nach oben. Wie selbstverständlich erwartete sie, dass Klaus hinterher kam. Er zögerte erst, völlig überrascht, wie leicht das gegangen war, doch hocherfreut. Er nahm gleich zwei Stufen auf einmal, um ja schnell bei Sarah zu sein.
Im zweiten Stock stand die Tür zur Wohnung offen, Klaus sah einen langen, breiten Flur mit Zimmertüren links und rechts. An den Wänden hingen große Bilder, die Maler kannte er nicht, Kunst war ihm immer als Zeitverschwendung erschienen. Der Flur war hell, weiß gestrichen, schöne Pflanzen und einige edle Designermöbel waren zu sehen. Sarah in ihrer Unkompliziertheit registrierte die Blicke von Klaus überhaupt nicht. Sie schaute in eines der Zimmer, schüttelte den Kopf und bemerkte trocken:
„Du, mein Bruderherz ist gar nicht da. Wenn du noch Zeit hast, können wir in meinem Zimmer warten. Und wenn er nicht bald kommt, übernehme ich das Risiko und gebe dir das Rad einfach".
Ohne auf seine Reaktion zu warten. ging sie voraus in ihr Zimmer. Der schöne Raum war sehr groß, mit einem Erker und einem kleinen Balkon. Die Türen standen weit offen, und Klaus sah über die Balkonbrüstung in den gepflegten, üppig bepflanzten Hinterhof, in welchem ein riesengroßer Tisch stand, umgeben von acht Stühlen. Niemand, der vorne in der Fußgängerzone auf das Haus sah, konnte ahnen, dass sich die Familie von Düngen ein kleines Paradies mitten in der Stadt geschaffen hatte. Sarah kam mit zwei großen Gläsern Multivitaminsaft auf den kleinen Balkon, lehnte sich an das Geländer und hielt Klaus das Getränk hin.
Durch die vielen Drills hatte er gelernt, sich total zu beherrschen, nach außen hin keine Emotionen zu zeigen, keine Reaktion, nichts. Das war seine Stärke. Innerlich aber bebte er, verspürte ein ganz unwirkliches Gefühl, als er nach dem Glas griff. Für Sarah sah alles ganz normal aus, sie konnte nicht wissen, was in Klaus vor sich ging. Sie hatte auch keinerlei Ahnung, dass er durch die heutige Begeg-

nung mit ihr in den größten Zwiespalt seines Lebens kam.
Er nahm das Glas, äußerlich völlig gelassen, während seine Gedanken Kapriolen schlugen, und trank es in einem Zug leer. Wie lange schon hatte er so etwas Gutes nicht mehr getrunken. Dieser Gedanke wurde sofort im Keim erstickt, er war unpassend und unproduktiv. Gedankenkontrolle war angesagt, so war es ihm bisher auch immer gelungen, Gefühle zu unterdrücken, die man im Normalfall Verliebtheit nennt.
„Mich wundert, dass du auf die Idee gekommen bist, dich bei mir zu melden, du wirkst sonst wie ein Eisklotz, und ich kann mich auch nicht erinnern, dass du in irgendeiner Clique bei uns an der Schule integriert bist. Was machst du denn eigentlich immer so in deiner Freizeit?",
fing Sarah ein Gespräch an. Er wusste, jetzt war der Moment gekommen, ihr eine Karte für die Filmvorführung zu geben.
„Ich habe andere Interessen als die meisten der Mitschüler, ich bin mehr zukunftsorientiert. Wenn du möchtest, kann ich dir gern in dieser Richtung was zum Lesen besorgen, und wir können uns einfach mal darüber unterhalten, warum ich für eine *neue Zivilisation* aktiv bin. Du wirkst auf mich auch wie jemand, der nicht oberflächlich ist, und deine Meinung interessiert mich."
So, jetzt war es raus, der erste Versuch war gestartet. Normalerweise ging die übliche Anwerbung Klaus locker und sicher von den Lippen, er hatte damit überhaupt keine Probleme, denn er war innerlich so distanziert, dass ihn auch eine Abfuhr nicht schmerzte. Nur jetzt, bei Sarah, das war etwas, was er gar nicht kannte und auch nicht einschätzen konnte, es war völlig neu für ihn. Er war gewohnt, immer alles zu erklären. Für jede Situation gab es eine Richtlinie, an der man sich orientieren konnte. Nur immer die Anweisungen beachten, dann kann nichts schief gehen. Etwas anderes hatte bisher nicht gezählt.
Nun stand er vor der dunkelhaarigen Sarah und fühlte sich erbärmlich, denn man hatte ihm eingeimpft, dass nur derjenige sämtliche Situationen beherrschen kann, der völlig frei ist von Emotionen, von Gefühlen und von Erinnerungen aus früheren Zeiten. Was war das, hier und heute, was er nicht greifen konnte. Wieso hatte er seine Gefühle nicht im Griff. Er wollte Sarah ansehen, anfassen, mit ihr sprechen, sie kennenlernen. Seine gewohnte Distanz fehlte. Hatte er eine Richtlinie übersehen? Er brauchte ein dringendes Gespräch mit seinem *Masterzuhörer*, der speziell für ihn da war, zuständig für das Auslöschen der falschen Gedanken und Erinnerungen während des

Reminding. Der Masterzuhörer wurde selbst kontrolliert von dem diensthabenden Offizier für Ethikfragen, und ein spezieller Überwacher kontrollierte dann dessen Berichte, bevor sie zur Auswertung an die Zentrale der *OfAP* gesandt wurden.
Klaus wusste nicht, dass er bereits seit langem eine Lebenslüge nach der anderen aufgebaut hatte, dass er längst keine eigene Persönlichkeit mehr besaß und praktisch nur noch damit beschäftigt war, gegenüber der Organisation Rechenschaft abzulegen.
Sarah wusste wenig über Klaus und nichts über seine Mitgliedschaft bei der *OfAP*. Sie registrierte lediglich die verkrampfte Haltung des Jungen, seinen fast starren Blick, der stetig auf sie gerichtet war, und seine Worte, die klangen, als kämen sie von einem Sprechcomputer. Sie fühlte sich aber auch geschmeichelt, denn Klaus galt bei so mancher Mitschülerin als der Favorit in der Schule. Sein sicheres Auftreten, sein Aussehen, auch das Unnahbare und Geheimnisvolle in seinem Wesen imponierte den Mädchen. Ja, Klaus gefiel ihr.
„Na, dann erzähl doch mal von deinen Vorstellungen einer neuen Zivilisation und deinem Hobby, dich weiterzubilden. Meine Eltern sind ganz scharf auf ein Top-Abitur. Das liegt scheinbar bei uns in der Familie, und das erwartet man auch von mir. Vielleicht hast du ja einen Tipp, wie ich den Erwartungen meiner Eltern gerecht werden kann. Meine derzeitigen Noten sind zwar ganz gut, aber sicher nicht top.“
Sie zog die Schultern nach oben und lachte, sie blitzte ihn mit ihren dunklen Augen an, als wenn sie mit ihm eine Verschwörung planen würde. Klaus starrte sie hingerissen an, dann zog er aus der Jeanstasche eine Freikarte für den Werbefilm der *OfAP*, legte sie auf die Geländerbrüstung und strich sie mit seinen Fingern glatt.
„Sarah, du kannst mit dieser Karte zu einer kostenlosen Filmvorführung gehen, da geht es um einen Philosophen, der bereits vor über 40 Jahren eine Organisation gegründet hat, um eine bessere Zivilisation zu schaffen. Seine Lehren und seine Trainings werden weltweit angewandt. Und weil sie so gut sind, werden sie natürlich auch bekämpft. Also, überleg dir, ob du kommen magst, und ich muss dich bitten, wenn möglich mit niemandem - hörst du, mit absolut niemandem - darüber zu sprechen. Ich will dich gerne in die Geheimnisse dieser speziellen Ausbildung einweihen. Ich werde dir helfen, den Weg des Erfolgs zu gehen, aber du musst mir voll vertrauen, meine Anweisungen ernst nehmen. Weißt du, es gibt zu viele, die dir deinen Erfolg neiden könnten, und du musst erst einmal verstehen, um was es geht. Es können nur ganz besonders ausgewählte Leute die Insider-Infor-

mationen bekommen. Hast du Lust, diesen Weg zu gehen?“
Sarah war fasziniert von der Eindringlichkeit, mit der Klaus zu ihr sprach. Er gefiel ihr so gut, wirkte so ernst und reif. Sie streckte ihm die Hand hin, er drückte sie fest und gab ihr die Eintrittskarte. Sarah beschloss, gleich am nächsten Tag die Freikarte einzulösen.

Kapitel 8

Sie tranken noch ein Glas Multivitaminsaft und stießen übermütig die Gläser aneinander, für Klaus die Besiegelung, dass Sarah sein Angebot, den kostenlosen Film anzuschauen, annahm.
Er war erleichtert. Nun konnte er sich direkt auf seine morgige Reminding-Sitzung freuen. Die positive Situation seiner Statistik steigerte sich durch Sarahs Entscheidung. Dass er sie außerhalb seines Gebietes geworben hatte, dazu würde ihm schon noch etwas einfallen.
„Immerhin geht sie ins gleiche Gymnasium, ich kenne sie von den Schulpartys, und ich bin zuständig für den gezielten Aufbau in den Klassen, damit diese Ideen verbreitet werden",
so dachte er, als er kurze Zeit später mit Sarah die Treppen hinunter in den Hinterhof ging. Geschützt unter einem Vordach standen da die Fahrräder der Familie.
Sarah freute sich über die Freikarte für den Film. Sie fühlte sich geschmeichelt, dass der geheimnisvolle Klaus aus der Elften ihr ein Geheimnis anvertraut hatte. Sie war neugierig, was nun auf sie zukommen würde. Immer nur Tennis, Klavierstunden, die Schule, familiäre Verpflichtungen waren auf die Dauer auch langweilig. Ihre Eltern achteten sehr auf ihren Umgang, es waren immer dieselben Leute, die sie traf. Sie fühlte sich geschmeichelt durch Klaus' Angebot, und natürlich fand sie es aufregend, mit dem interessanten Jungen ein Geheimnis zu teilen.
„Sollen wir nicht erst deinen Bruder fragen wegen des Fahrrades? Nicht, dass er noch meint, man hat es geklaut!"
„Ach Quatsch, ich lege ihm einen Zettel in sein Zimmer und sag meiner Mutter Bescheid, er kann schließlich nur mit einem fahren. Nimm das Rad, ich erkundige mich, ob du es eine Weile behalten kannst, vielleicht taucht dein geklautes ja auch wieder auf."
Sie begleitete ihn noch ein paar Schritte, gab ihm dann einen kurzen Klaps auf die Schulter und sagte lachend:
„Tschüss, bis morgen in der Schule", bevor sie durch ihre Haustüre verschwand.

Klaus schob das Fahrrad schnell durch die Fußgängerzone, stieg auf und radelte schnurstracks in das *OfAP-Zentrum*, wo er gutgelaunt in das Zimmer des diensthabenden Beauftragten für Ethikfragen marschierte.
„Sag mal, schon einmal was von Anklopfen gehört?"
Hinter dem Schreibtisch saß, eingerahmt von Aktenbergen, in einer blauen Rauchwolke Alfred. Seine Aufgabe war es, Wissensberichte zu lesen, auszuwerten und dann die notwendigen Gespräche zu führen. Außerdem überprüfte er die Jugendlichen, die für Neuwerbungen in ihrem Umfeld tätig waren. Klaus hatte in seinem Gymnasium eine gut steigende Statistik, es war ihm gelungen, in jeder Klasse eine Kontaktperson zu aktivieren.
„Guten Tag, Alfred, es tut mir leid, wenn ich hier so reinplatze, aber ich möchte einen Kurzbericht geben über eine Neuwerbung von mir. Bei dieser Person liegt mir wirklich sehr am Herzen, dass hier nur Profis mitmischen, deshalb möchte ich dir persönlich die Vorinformation abliefern."
Klaus stand wie beim Rapport vor dem Schreibtisch, und Alfred musterte ihn kalt und völlig teilnahmslos.
„Setz dich da hin und schreib deinen Bericht auf".
Er holte einen vorgefertigten Bogen aus der Schreibtischschublade und schob ihn zusammen mit einem Kugelschreiber Klaus zu, welcher sofort zu schreiben begann.
„Neuwerbung 10. Klasse Schubert-Gymnasium, Person Sarah von Düngen, 16 Jahre alt, Vater Zahnarzt. Mutter, Beruf, sowie familiäre Hintergründe (Interna, Verbindungen, Freunde) sind noch nicht ermittelt. Sarah wurde von mir geworben und will am Freitag, den 25. Juli, zur kostenlosen Filmvorführung erscheinen.
24. Juli, 19.40 Uhr, Klaus Wagner, 11. Klasse Schubert-Gymnasium"
Er schob den Bericht zu Alfred über den Schreibtisch und fühlte sich ausgesprochen wohl dabei.
„Warum liegt dir soviel daran, dass man sich gleich intensiv um sie kümmert?"
Alfred konnte man nichts vormachen, seine Blicke bohrten sich fest in das Gesicht seines Gegenübers.
„Nun, ich denke, dass es für die *OfAP* nicht schlecht ist, wenn wir in der 10. noch eine sichere Position ausbauen, immerhin steht der Name von Düngen für Kapital sowie für enorme Verbindungen."
Klaus versuchte, so gelassen wie immer zu erscheinen, es gelang ihm nur teilweise. Alfred schüttelte den Kopf, nahm den Bericht, legte ihn hinter sich auf einen Stapel und wandte sich wieder seiner Arbeit auf dem Schreibtisch zu.

„Nun, Klaus, deine Statistik steigt, wie ich sehe, hauptsächlich durch die Arbeit von Markus. Auch ein Mitglied der Familie Wagner kann sich nicht auf den Lorbeeren anderer ausruhen. Es wird Zeit, dass du wieder selber aktiv bist, das war heute der erste gute Schritt. Den zweiten kannst du gleich jetzt tun, indem du im Studierzimmer noch ein paar Lektionen Wortklärung machst. Markus ist dir auf den Fersen, also lass dir was einfallen, bevor er dich von der Statistik her überholt. So ein großes Tier bist du nicht, dass du dich ruhig hinsetzen und warten kannst, dass er die Arbeit macht. Du musst schon selber auch noch was tun. Das für heute angesetzte Reminding müssen wir auf nächste Woche verschieben, ich weiß noch nicht genau, wann, lass dich überraschen."

Alfred vertiefte sich wieder in seine Berichte, für Klaus das Signal, aufzustehen und zu gehen. Überwiegend Jugendliche, die in verschiedenen Schulen als Kontaktpersonen angeworben worden waren, saßen heute im Studierraum über dem Wortklärungs-Programm. Bei diesem Kursus lernten sie Vokabular und Bedeutung der organisationsinternen Sprache. Wörter wurden um- und redefiniert, nach Lust und Laune der *OfAP* völlig verdreht. Ethisches Verhalten in der normalen Umgangssprache bedeutet beispielsweise, sich an positiven, sittlich hochstehenden, klar definierten Werten zu orientieren. Ein ethisches Verhalten im Sinne der *OfAP* beinhaltete nicht mehr und nicht weniger als die Vernichtung jeglicher Bemühungen, welche der Organisation schaden konnten. *„Fremd- und Gegenabsichten aus der Umwelt zu entfernen*", das war nach der internen Kunstsprache *„ethisch*". Klaus Wagner waren diese Begriffe bereits in Fleisch und Blut übergegangen. Er schnappte sich eines der Bücher, suchte sich einen freien Platz und begann, wie von Alfred befohlen, zu repetieren, was er längst wusste. Er war froh, dem heutigen Check entgangen zu sein. Das gab ihm Zeit, die Sache mit seiner Statistik auf die Reihe zu bekommen.

Erst kurz vor Mitternacht schwang er sich auf das geliehene Fahrrad und eilte seinem einsamen Zuhause zu. Es brannte kein Licht hinter den Fenstern der Wohnung von Familie Wagner. Sein Vater kam immer erst weit nach Mitternacht heim, die Mutter erst in einigen Wochen.

Er ging in sein Zimmer, schlüpfte aus Jeans und Turnschuhen und legte sich sofort aufs Bett. Die Augen fielen ihm zu. Bevor er sich in die Traumwelt verlor, lobte er sich in Gedanken für sein heutiges Tagewerk. Er hatte endlich Kontakt mit Sarah aufgenommen und konnte gelassen dem seit Tagen gefürchteten Lügendetektor entgegen sehen. Seine aufgewühlten Gefühle würde er in den Griff bekommen, und zusammen mit Sarah konnte das Leben nur noch schöner werden. Zusammen würden sie vorwärts kommen und die Welt verbessern.

Kapitel 9

Die Woche neigte sich dem Ende zu, für heute waren noch verschiedene letzte Klausuren in den Oberstufen angesagt. Es herrschte die kurz vor Ferienbeginn übliche Hektik bei Schülern, Lehrern und Eltern, die bald vom Leerlauf der letzten Tage abgelöst werden würde.
Anna radelte zehn Minuten früher als gewohnt Richtung Schule. Sie wollte bei ihrer Freundin Lena vorbeifahren, denn sie hatte sich überlegt, dass diese eine Art Kurier zwischen ihr und Frank werden sollte. Wenn sie selbst sich mit Sibylle anfreunden konnte, um mehr über die Vorgehensweisen der Organisation herauszubekommen, dann wäre es unklug, sich offen mit Frank zu treffen, dessen Schwester sowieso misstrauisch war und genau wusste, dass ihre Familie ihren derzeitigen Aktivitäten ablehnend gegenüberstand. Also brauchte man einen Mittelsmann, der die Informationen hin und her brachte. Und wer wäre dazu besser geeignet als Lena, die schon so lange für Frank schwärmte. Auf der einen Seite konnte Anna ihrer Freundin einen Gefallen tun, auf der anderen Seite war der eigenen Sache gedient.
Anna atmete tief durch und war sich ihrer Sache hundertprozentig sicher:
„Ich werde die Angelegenheit aufdecken und Sibylle überzeugen, dass es der falsche Weg ist, den sie da geht“,
dachte sie, als sie bei Lena am Haus vorfuhr. Sie stieg ab und winkte zum Küchenfenster hin, denn Lenas Mutter hatte sie bereits gesehen.
„Guten Morgen, Anna, Lena kommt gerade runter, quasselt nicht so viel auf dem Weg, schaut auf die Straße“,
rief ihr die Mutter der Freundin lachend zu.
Schon kam Lena mit dem Rad um die Hausecke.
„Anna, was ist denn jetzt los, find ich ja toll, dass du mich abholst. Gibt es was Neues und Wichtiges?“
Die Mädchen schoben ihre Räder nebeneinander her.
„Du, Lena ich muss dich in was einweihen, was dir sicher gefällt. Aber es bedeutet auch, dass du dabei absolutes Vertrauen zu mir

haben musst und dich auch nicht wundern darfst, wenn ganz eigenartige Dinge passieren. Du kannst dich doch erinnern, dass Markus mit Sibylle hinter dem Baum saß neulich am Baggersee. Ich bin da auf was gekommen, das bringe ich irgendwie nicht auf die Reihe. Ich vertrau dir jetzt was an, weil ich denke, dass du den Mund halten kannst, oder?“
Lena blieb stehen, sie platzte fast vor Neugierde:
„Mann, was ist passiert. Natürlich kann ich den Mund halten, das weißt du doch.“
„Du willst doch immer mit Frank reden, und ich war jetzt bei Frank und hab mit ihm über Sibylle gesprochen, weil da was abgeht in unserer Schule mit einer Gruppe, die nennt sich *„Organisation für Angewandte Philosophie*“. Das ist eine ganz undurchsichtige Geschichte, keiner weiß eigentlich so genau, was dahinter steckt. Markus Eisenhorn aus unserer Klasse ist da verwickelt, auch noch andere in der Schule, und sogar Lehrer. Gestern wollte ich mir bei Sibylle so ein Heft ausleihen, sie war nicht da, aber ich habe mit Frank gesprochen. Der hat auch ein ganz schlechtes Gefühl. Ich habe mir einen Plan zurechtgemacht, ich werde mich mit Sibylle anfreunden und hoffe, dass sie mich einweiht. Sie hat Vertrauen zu mir, weil ich ihr am Baggersee geholfen habe, du weißt schon, bei der Sonnenbrandsache“.
Lena schwieg nachdenklich.
Anna sah kurz auf die Uhr und erschrak.
„Komm, Lena, wir müssen in die Schule, steig auf.“
Sie schwang sich in den Sattel und radelte los, der Freundin blieb nichts anderes übrig, als ihr zu folgen.
„Eigentlich wollte ich mich doch mit Sibylle anfreunden, damit ich Frank näherkomme und mal mit ihm ein paar Takte reden kann. Das haben wir doch am Baggersee besprochen, wieso jetzt auf einmal du, und wieso warst du bei Frank, ohne mir etwas zu sagen?“
Es klang Enttäuschung in ihrer Stimme mit.
„Ach, jetzt quatsch doch nicht, es geht doch nicht um irgendwelche Geschichten, die du mit Frank im Kopf hast, sondern um ein wichtiges Problem. Erstens hat Sibylle gerade ein bisschen Vertrauen gefasst und spricht mit mir über diese Kurse, die sie da macht. Zweitens, ich weiß, dass Frank die Angelegenheit höchst bedenklich findet, und dass auch der Vater das alles total ablehnt. Ja, und nun, drittens, damit das Hilfskomplott nicht auffliegt, brauchen wir einen Mittelsmann zwischen Frank und mir, damit wir die Informationen unauffällig austauschen können, und da hab ich natürlich an dich

gedacht. So, und damit kommst du wesentlich schneller zu einem engen Kontakt mit Frank, als du gedacht hast."
Lena überlegte kurz und strahlte dann auf.
„Wunderbar, Anna, einfach wunderbar. Hast du ihm schon gesagt, dass ich der Mittelsmann oder natürlich die Mittelsfrau bin? Und wie hat er reagiert?"
„Er weiß es noch nicht, ich hatte die Idee gerade im Moment und wollte heute morgen erst einmal dich fragen, ob du mitmachst. Ich kann doch nicht über dich bestimmen. Was glaubst du, warum ich dich abgeholt habe? Also, du bist einverstanden. Aber bitte, halte dicht, auch wenn du platzt. Wir schlagen zwei Fliegen mit einer Klappe, ist doch cool. Ich werde Frank sagen, dass er sich oft mit dir treffen muss, damit wir die Informationen schnell austauschen können. Frank muss mir auch sagen, welche Kontakte Sibylle außer Markus noch hat. Wir müssen versuchen, sie da rauszuholen. Es geht nicht anders, Lena, es geht wirklich nicht anders. Bald sind ja auch Ferien, und danach ist es vielleicht zu spät."
Sie radelte inzwischen vor Lena her und redete mehr zu sich selbst. Die Freundin dachte an Frank, wie gut er ihr gefiel und was für Möglichkeiten sich durch ihre Vermittlertätigkeit auftaten.
Endlich angekommen, stellten die Mädchen ihre Fahrräder in die Ständer vor dem Schulhaus und bemerkten erst jetzt die Menschentraube auf dem Parkplatz. Lena sah auf die Uhr, es war zehn vor acht und noch Zeit, um nachzuschauen, was da los war. Sie schlenderten hinüber und fragten die umherstehenden Schüler.
„Der Frau Reichert ihr Auto wurde besprüht. Sie ist gestern von ihrem Mann abgeholt worden, und deshalb stand der Wagen über Nacht auf dem Parkplatz. Heute morgen war es total mit Sprüchen vollgeschmiert. Schaut mal, was auf der Seite steht - ‚letzte Warnung, misch dich nicht ein', oder auf der anderen Seite - ‚halt dich raus, du Kriminelle'. Überall sind verschobene Dreiecke auf die Fenster gesprüht. Eine komische Geschichte."
Sven, der Klassensprecher, kommentierte den Vorfall für alle, die erst jetzt dazukamen. Als die Schulglocke dröhnte, löste sich die Versammlung auf, alle rannten in ihre Klassenräume. Nun konnte Anna einen Blick auf das Auto erhaschen. Tatsächlich, alles vollgeschmiert. Sie schüttelte den Kopf und ging ebenfalls zum Unterricht. Natürlich war der Vorfall Gesprächsthema Nummer eins, auch die Lehrer sprachen die Angelegenheit in ihren Klassen an.
„Ihr könnt euch vorstellen, dass die Polizei kommen muss. Wir wissen nicht, von wem diese Schmierereien stammen. Wenn jemand von

euch eine Vermutung hat, dann soll er sich an den Vertrauenslehrer wenden. Natürlich stehe auch ich zur Verfügung. Ich hoffe, dass ihr einseht, dass solche Dinge kein Jux sind. Frau Reichert ist völlig fertig und kann überhaupt nicht verstehen, was das Ganze bedeuten soll."

Die Worte von Frau Ziegler waren unmissverständlich. Der Deutschunterricht begann, Thema war ein Aufsatz, der nicht angekündigt war: „Formen konstruktiver Kritik."

Am Gemurmel der Klasse konnte die Lehrerin erkennen, dass ihre Absicht sehr wohl verstanden wurde und auch ihr Zorn über die unglaubliche Geschichte mit den Schmierereien an Frau Reicherts Auto.

Im Lehrerzimmer diskutierten die anwesenden Kollegen mit dem Direktor über die Motive, die jemanden, möglicherweise einen Schüler, veranlassen konnten, so etwas zu tun, es handelte sich nicht nur um Sachbeschädigung, die Schmierereien enthielten ja praktisch versteckte Drohungen. Der Direktor wies die Sekretärin an, allen Lehrern umgehend in der Pause schriftlich mitzuteilen, dass für heute nach dem Unterricht eine außerordentliche Lehrerkonferenz mit Anwesenheitspflicht angesetzt war. Klassenlehrer und Fachlehrer sollten um 14.00 Uhr im Sitzungszimmer erscheinen. Eingeladen wurden auch die Elternbeiräte, die telefonisch kurzfristig erreichbar waren. Direktor Wiebel war als umsichtiger, ruhiger Mann bekannt. Heute jedoch wirkte er hektisch, aufgeregt. Die Wut über den Vorfall war nicht nur an seinem Gesicht, sondern auch an seiner Körpersprache erkennbar. Die Betroffene selbst war fassungslos. Sie, die immer zu allen offen und freundlich war, jedem mit Rat und Tat zur Seite stand, ihr schmierte man solche Parolen auf ihr Auto? Sie verstand es nicht, sie kämpfte im Lehrerzimmer mit den Tränen. In den Klassen hatte der Unterricht begonnen, nur die Fachlehrer waren noch im Lehrerzimmer.

„Frau Reichert, gleich wird die Polizei kommen, haben Sie sich schon Gedanken darüber gemacht, aus welchem Grund man Ihr Auto so verschmiert hat?"

Lehrer Frank schaute zum Fenster hinaus. Er sprach mit Frau Reichert, ohne sie dabei anzusehen.

„Ich habe doch jetzt schon mehrmals gesagt, dass ich überhaupt keine Ahnung habe, wer auf so was kommen kann oder warum. Ich habe mit niemandem an der Schule Streit, es gibt auch keinen Schüler, den ich verdächtigen könnte, denn niemand, absolut niemand

hatte in den letzten Wochen und Monaten, ach was, im ganzen Schuljahr, mit mir ein Problem. Ich versteh es einfach nicht."
Die Sekretärin erschien in der Tür und meldete, dass die Polizei nun eingetroffen sei. Frau Reichert solle doch bitte zum Auto hinuntergehen. Als sie seufzend aufstand, drehte sich der Kunstlehrer Frank um und sah ihr mit einem kalten, durchdringenden Blick direkt in die Augen. Frau Reichert zuckte zusammen, irritiert nahm sie ihre Tasche und machte sich auf den Weg zum Parkplatz. Zwei Polizisten begutachteten die Schmierereien am Auto, als Frau Reichert auf sie zukam.
„Guten Tag, mein Name ist Reichert und mir gehört das Auto. Um Ihre Fragen gleich vorweg zu beantworten, ich habe keine Ahnung, wem so etwas einfallen konnte. Keiner meiner Schüler kommt in Frage. Mit meinen Kollegen habe ich keinen Streit und auch nicht mit den Eltern. Privat kann ich mir ebenfalls keinerlei Grund für so eine Tat vorstellen."
Der ältere der Polizisten nickte nur und informierte Frau Reichert: „Wir lassen das Auto jetzt erst einmal in unsere Werkstatt bringen und genau überprüfen. Leider handelt es sich nämlich nicht um einen Einzelfall, diese Schmierereien fanden an mehreren Schulen statt. Betroffen waren stets die Autos von Lehrern. Wir vermuten hier eine ganz gezielte Aktion, nur haben wir noch keinerlei Spur und auch keine Ahnung betreffs der Motivation."
„Was, das ist kein Einzelfall?"
„Leider nein. Immer handelt es sich um die Fahrzeuge von Lehrern, Tatort ist der Schulparkplatz. Wir können uns im Moment die Vorfälle nicht erklären. Aus diesem Grund bitten wir Sie, uns Ihr Auto einige Tage zur Verfügung zu stellen, wir können vielleicht anhand der Farben, aber auch aufgrund der Schriftzüge ermitteln, ob es sich um den gleichen Täterkreis handelt."
Frau Reichert schüttelte den Kopf. Sie verstand immer noch nicht, war aber erleichtert, nicht als Einzige betroffen zu sein.
„Sagen Sie mal, was geben Sie hier für einen Unterricht?"
fragte der Beamte.
„Ethik und Latein, und ich leite die Psychologie AG, warum?"
Die beiden Polizisten blickten sich an, der Ältere schob seine Mütze nach hinten und wischte sich den Schweiß von der Stirn.
„Bringen Sie meine Fächer gleich ins Schwitzen, oder was hat dieser vielsagende Blick, den Sie gerade gewechselt haben, zu bedeuten?"
„Na ja, Sie werden sich jetzt wundern, aber alle betroffenen Lehrer, in allen Fällen, die uns gemeldet wurden, unterrichten Ethik."

Frau Reichert verschlug es die Sprache. Was konnte denn jemand gegen den Ethik-Unterricht an der Schule haben? Das verstand sie nun am Allerwenigsten von allem, was ihr heute widerfahren war. Das wurde zuviel. Sie wollte nur noch ihre Ruhe und eine gewisse Distanz von diesem unglaublichen Vorfall.
„Brauchen Sie mich noch? Hier ist mein Führerschein."
Sie kramte in der Tasche und zog das Dokument heraus.
„Sämtliche Daten sind enthalten, meine Adresse liegt auch dabei. Sie können ihn mitnehmen, ich hol ihn dann bei Ihnen wieder ab."
Sie reichte ihn dem älteren der beiden Polizisten, drehte sich um und wollte gehen.
„Nein, nein, nehmen Sie den Führerschein nur wieder mit. Wir schreiben nur Ihre Telefonnummer auf und Ihre Daten, das ist schon alles."
Frau Reichert diktierte die gewünschten Daten nebst Telefonnummer, verabschiedete sich und ging wieder Richtung Schulhaus. Während sie die Treppe zum Lehrerzimmer hinaufstieg, dachte sie an den Blick des Kollegen Frank. Aus welchem Grund hatte er ihr diesen seltsamen, fast warnenden Blick zugeworfen, einen Blick, den sie nicht einordnen konnte. Sie kannte ihn kaum, er war ihr nie besonders sympathisch erschienen.
Sie verdrängte den Gedanken, holte sich am Automaten einen Kaffee und ging ins Lehrerzimmer. Gähnende Leere. Am Konferenztisch hatte jeder seinen Stammplatz. Sie zog ihren Stuhl heraus und wollte sich gerade setzen, da sah sie ein Kuvert vor sich auf dem Tisch liegen. Vorsichtig nahm sie es hoch und öffnete es. In Großbuchstaben stand auf einem einfachen Bogen Papier:
„DU HAST ETWAS VERURSACHT, UND NUN BEKOMMST DU DIE WIRKUNG ZU SPÜREN". Was hatte sie verursacht? Wer konnte unbemerkt ins Lehrerzimmer eindringen und einen Brief offen auf den Tisch legen? Sie riss ihre Tasche so schnell von der Stuhllehne, dass dieser umfiel, nahm das Kuvert und rannte zum Sekretariat.
„Frau Kölbel, Frau Kölbel, haben Sie jemanden ins Lehrerzimmer gehen sehen? Schauen Sie mal, was auf meinem Platz am Konferenztisch gelegen hat, dieses Kuvert hier! Wer weiß denn, dass ich dort immer sitze? Das kann doch nur jemand vom Kollegium sein!"
Sie nestelte an dem Kuvert und holte den Brief heraus. Frau Kölbel las ihn und stand erregt auf.
„Ja, Sie haben recht, Frau Reichert. Es muss jemand vom Lehrerkollegium sein. Es war überhaupt niemand, gar niemand, in der

Nähe, der mir nicht bekannt war. Nur Lehrer habe ich gesehen und keine Schüler. Die haben ja auch um diese Zeit hier nichts zu suchen. Wir müssen bis zur Pause warten und den Direktor informieren. Also, das Ganze wird ja richtig gespenstisch."

Die Neugierigen, die das Auto von Frau Reichert noch einmal betrachten wollten, hatten Pech. Die Polizei hatte es kurz vor der großen Pause abgeholt. Anna hatte anderes im Kopf und wich nicht von Sibylles Seite.
„Komm, Sibylle, lass uns doch ein bisschen in den Schatten gehen. Du siehst sehr müde aus, völlig ausgelaugt. Es wird Zeit, dass die Ferien kommen."
„Hör zu, Anna, ich hab mit Markus gesprochen. Du kannst, wenn du willst, einen sogenannten Schnupperkurs belegen. Aber vorher musst du einen Test machen, und vor allem musst du mir hoch und heilig versprechen, niemandem von diesem Experiment zu erzählen."
Anna bekam richtig Herzklopfen.
„Mensch, ich möchte einfach nur wissen, was das Spannendes ist, womit du dich ständig beschäftigst. Und du bietest mir gleich einen Kurs an. Da muss ich natürlich vorher mehr darüber wissen, aber ich kann dir versprechen, ich werde auf keinen Fall darüber reden, mit niemandem."
Wie in den ersten Grundschultagen schob Anna hinter ihrem Rücken die Finger übereinander, um so ihre Lüge „abzuleiten".
„Komisch, wie fest diese Kindergewohnheiten sitzen",
dachte sie, als sie Sibylle ihr Schweigen zusagte, ohne die mindeste Absicht, das Versprechen zu halten, beruhigt durch das alte Ritual.
„Also gut, am besten kommst du mit zu mir nach Hause. Wir können ja erzählen, dass wir miteinander für die zwei noch bevorstehenden Schulaufgaben lernen. Ich werde dir dann die Angelegenheit genau erklären, und wenn du mitmachen willst, vermittle ich dich an Markus, der organisiert für dich das erste Treffen für den Schnupperkurs."
„Ich weiß nicht, ob ich die Idee mit dem Kurs so gut finde, kann ich denn nicht einfach dieses schlaue Heft mal lesen? Wieso denn gleich einen Kurs?"
„Anna, es hat keinen Sinn, wenn du dieses Buch ohne Anleitung liest, du würdest es nicht verstehen. Du musst erst einen Einstieg in die ganze Sache bekommen. Es ist schwierig, dir das jetzt hier in der Pause zu erklären. Wir müssen aufpassen, es gibt unglaublich viele Feinde, die verhindern wollen, dass diese Lernmethode greift. Die-

jenigen, die es trotzdem durchziehen, die werden die Sieger sein. Und denk daran, nur die Sieger werden überleben."
Sie drehte sich um und lief, ohne sich noch einmal umzudrehen, zurück ins Schulhaus. Kurz vor Unterrichtsbeginn legte sie beim unauffälligen Vorbeigehen einen zusammengefalteten Zettel vor Anna auf den Tisch. Diese öffnete ihn neugierig. Auf dem geheimnisvollen Zettel stand:

„Ich erwarte dich heute abend um 18.30 Uhr bei mir zu Hause.
Wir brauchen ca. 2 Stunden, um die Angelegenheit zu besprechen.
Sibylle (Zettel sofort vernichten)."

Nachdem sie die Mitteilung gelesen hatte, zerknüllte Anna den Zettel, ließ ihn aber in ihre Schultasche fallen. Sie wollte jedes Beweisstück aufheben, man konnte ja nie wissen. Der Vormittag verging sehr zäh, sie hatte alles andere im Kopf als den Unterricht und war deshalb froh, als die Schulglocke den Unterrichtsschluss verkündete. Sie holte ihr Fahrrad und radelte ohne Umwege sofort nach Hause. Sie vermied sogar Lena anzusprechen, das wollte sie nachher telefonisch machen.
Zuhause nahm sie das mobile Telefon mit in ihr Zimmer. Sie schloss die Tür und wählte die Nummer von Robin:
„Hallo, Tante Susanne, ist Robin schon zu Hause?"
„Ja, ich glaube, er ist gerade hereingekommen, wart mal".
Sie hörte, wie ihre Tante den Namen von Robin durchs Haus rief.
„Hallo, hier ist Robin."
„Grüß dich, hör mal, Sibylle hat mich heute abend zu sich nach Hause bestellt. Sie will mich in die Angelegenheit einweihen, ich darf natürlich niemand was sagen, aber ich gehe nicht hin, bevor ich mich nicht irgendwie absichere. Also, du weißt Bescheid, um 18.30 Uhr bin ich bei Lehmanns und du rufst mich hier um halb neun wieder an. Also, 20.30 Uhr, vergiss es ja nicht. Wenn ich nicht da bin, dann schick Judith zu Sibylle, um mich abzuholen. Kann ich mich auf dich verlassen?"
„Sag mal, bist du jetzt total übergeschnappt? Wenn du Angst hast, geh nicht hin. Hör einfach auf und lass den Unsinn."
„Direkt Angst habe ich nicht, ich will nur einfach das Gefühl haben, wenn alle Stricke reißen, dass jemand Bescheid weiß, wo ich bin. Du, ich hab keine Zeit, ich muss noch einen wichtigen Anruf tätigen. Robin, denk dran, heut abend um halb neun, ich verlass mich auf dich und sag ja niemandem ein Sterbenswörtchen. Tschüss."

Sie legte auf und wählte sofort die Nummer von Lena.
„Lena Fischer am Apparat".
„He Lena, ich bin's, Anna. Pass auf, ruf sofort Frank an, ich habe heute abend um 18.30 Uhr einen Termin bei Sibylle, sie will mich sozusagen einweihen. Er darf auf keinen Fall sagen, dass ich schon mal da war und dass wir über sie gesprochen haben. Ich kann nicht selbst anrufen, das könnte auffallen. Mach's du für mich und verlang Frank. Sag ihm, du willst dich mit ihm treffen, weil ich es so will, es geht um die Angelegenheit *OfAP*. Sibylle darf nicht erfahren, dass ich bei ihr war, erklär es ihm. Notfalls am Telefon. Er darf auch nicht reagieren, wenn ich heute abend zu ihr komme. Lena, ich muss unbedingt noch einige Dinge erledigen, und es ist jetzt schon fast zwei. Also, ich verlass mich auf dich, lass uns morgen in der Schule näher darüber reden. Du weißt, es ist sehr wichtig. Bis dann!"
Lena konnte gar nicht mehr antworten, so schnell hatte die Freundin den Hörer aufgelegt. Anna lief in den Keller und suchte die alten Zeitungen. Dummerweise band Mutter sie immer zusammen, damit man sie leichter bei den Sammelstellen abgeben konnte. Sie achtete sehr auf umweltgerechtes Verhalten. Neben den Zeitungsbündeln lagen die Ersatzreifen der Familienautos. Sie setzte sich auf einen davon, und hob den obersten Papierstapel auf ihren Schoß.
„Ach, danke, liebe Schere, du liegst ja hier wie gerufen. Damit ersparst du mir das mühselige Aufknoten."
In ihr Selbstgespräch versunken begann sie den ersten Stapel aufzuschneiden. Sie hatte Glück, schon bei der vierten Zeitung wurde sie fündig. Unter einer großen, fettgedruckten Überschrift warnte man in der Zeitung vor der *Organisation für Angewandte Philosophie*. Der Artikel sprach von Unterwanderung der Wirtschaft, dem Besetzen von Schlüsselpositionen, von Kursen, bei denen mit Gehirnwäsche gearbeitet wird. Anna riss die ganze Seite heraus und legte sie auf den neben ihr liegenden Reifen, der ihr jetzt als Ablage diente. Sie arbeitete weiter und war völlig überrascht, wie oft doch über die *OfAP* bereits in der Zeitung berichtet worden war. Kleine Artikel, große Artikel, die herausgerissenen Seiten türmten sich langsam zu einem kleinen Berg. Da sich ihre Mutter immer sehr viel Mühe mit dem Zusammenbinden der Zeitungen machte, wollte sie es nicht auf Ärger ankommen lassen, band Stapel für Stapel der durchgesehenen Druckwerke wieder fein säuberlich zusammen und schichtete sie ordentlich auf. Als sie fertig war, fiel ihr Blick auf eine große Kiste mit Illustrierten. Ihre großen Schwestern brachten so allerlei mit, und Vater las regelmäßig die Magazine Spiegel, Stern und Focus. Sie

blätterte auch die alten Zeitschriften durch und fand immer wieder Bilder, Beschreibungen, Warnungen und Aussagen ehemaliger Mitglieder, welche die *OfAP* verlassen hatten und Unglaubliches berichteten. Wieder las sie von Gehirnwäsche, von Manipulationstechniken, die abhängig machten, Willenlosigkeit bewirkten und dazu führten, dass die Bearbeiteten fanatisch diese Ziele weiterverfolgten und keinerlei eigenes Urteilsvermögen mehr besaßen. Anna las und las, sie merkte gar nicht, wie die Zeit verflog. Erst als sie einen heftigen Krampf im linken Bein verspürte, stand sie auf, sammelte ihre Ausbeute von Zeitungsausschnitten zusammen und ging damit in ihr Zimmer. Sie trank fast eine ganze Flasche Mineralwasser leer. Das ungute Gefühl in ihrem Inneren wurde immer stärker.

„Jetzt weiß ich, warum ich schweigen soll", sprach sie vor sich hin, „die versuchen gerade, meine Schule zu unterwandern und haben Angst, dass jemand zu früh draufkommt".

Anna hatte noch eine knappe halbe Stunde Zeit, um die Artikel zu sortieren. Dabei überflog sie weitere Passagen über die Machenschaften dieser Organisation. Sollte sie sich wirklich einmischen? Abenteuerlust, Neugierde und Angst lagen im Widerstreit. Aber wer A sagt, muss auch B sagen, diese Grundhaltung hatte schon immer ihrer Persönlichkeitsstruktur entsprochen. Sie legte die Artikel sauber in eine Mappe und schob diese in ihren Schreibtisch. Ein Blick auf die Uhr zeigte ihr, dass es längst Zeit zum Aufbruch war, wenn sie pünktlich bei Sibylle ankommen wollte. Auf der Fahrt hing sie ihren Gedanken nach und überlegte, ob Sibylle schon so geschult war, dass sie merken würde, dass Annas Interesse nicht der Philosophie dieser Organisation, sondern deren Vorgehensweisen galt.

„Und wie verhalte ich mich, wenn sie was merkt und mich ausfragt?"

Diese Überlegungen begleiteten sie gedanklich bis an Sibylles Haustüre. Sie lehnte ihr Fahrrad an den Zaun, befestigte das Sicherheitsschloss und sprang die Treppen hinauf. Sibylle stand bereits in der Tür.

„Servus, hast du mich von deinem Zimmer aus schon gesehen?"

„Ja, ich hab schließlich auf dich gewartet. Komm rein."

Im ganzen Haus war nichts zu hören, kein Laut, keine Musik, nichts. Anna hatte ein mulmiges Gefühl, es passte ihr gar nicht, ganz allein mit Sibylle zu sein.

„Bist du allein zu Hause? Wo sind denn deine Eltern oder dein Bruder?"

Sibylle schüttelte den Kopf und machte eine Handbewegung, als wenn sie das Thema einfach abschütteln wollte.

„Du, ich interessiere mich nicht mehr dafür, was andere machen, das gilt auch für meine Familie, ich muss nur mit mir selber klar kommen. Ich habe meine eigene Realität, wenn du mal soweit bist wie ich, wirst du das sehr viel besser verstehen."
Anna hatte kein reines Gewissen, denn sie verheimlichte ihrer Gastgeberin, dass sie erst vor wenigen Tagen mit ihrem Bruder in diesem Zimmer über sie und ihre neuen Freunde gesprochen hatte. Das Zimmer war, wie das letzte Mal, penibel aufgeräumt, doch heute standen zwei Holzstühle mitten im Raum. Sibylle setzte sich auf den einen und forderte Anna mit einer Handbewegung auf, auf dem zweiten Stuhl Platz zu nehmen.
„Also, es hat keinen Sinn, dass ich dir jetzt irgendwas Großartiges erzähle, ich denke, du sollst selbst erleben, um was es hier geht - nämlich um dich. Um sonst überhaupt nichts, ausschließlich um dich. Der Gründer der *OfAP* hatte nichts anderes vor, als eine Zivilisation zu schaffen, in der Drogen, Kriminalität und Krankheit keinen Platz mehr haben. Damit dies gelingt, müssen wir uns frei machen von den Belastungen, die wir durch vielerlei Erlebnisse mit uns herumtragen. Anna, es geht darum, dass wir absolut frei werden von allen Zwängen. Die Organisation hat ein Training, in dem du lernst, wie andere dir zuhören müssen, wenn du es willst. Ich meine damit, es gibt Menschen, die muss man zu ihrem Glück zwingen. Und genau das ist die Technik. Wir zwingen die Leute zu ihrem Glück. Erst wenn sie frei sind und unsere Gesetze angenommen haben, werden sie merken, dass wir recht haben."
Sibylle, eifrig, jung, leicht beeinflussbar, bemerkte gar nicht, wie widersprüchlich ihre Argumente waren, als sie die Schlagworte der *OfAP* nachplapperte. Sie sprach von persönlicher Freiheit und im nächsten Augenblick davon, andere zu dieser Freiheit zu zwingen und ihnen ihre eigene damit zu nehmen. Ihr war überhaupt nicht klar, dass diese Philosophie totalitär und durch und durch faschistisch war. Genau das war das Wesentliche des linken und rechten Faschismus: Eine absolute Idee, oft genug verkörpert in einer bestimmten Person, mit Anspruch auf Wahrheit und vor nichts zurückschreckend, um Andersdenkenden eben diese Wahrheit aufzuzwingen.
Sie rückte ihren Stuhl in die Position genau gegenüber von Anna, setzte sich kerzengerade hin, ohne sich anzulehnen und legte ihre Hände auf die Oberschenkel.
„Anna, du wirst manches jetzt einfach nicht verstehen, ich hoffe, ich muss dir auch nicht noch einmal erklären, dass du absolutes Still-

schweigen über diese Einführung von mir gegenüber einem jeden Dritten einhalten musst. Ich will dir jetzt was zeigen, damit du selbst erkennen kannst, wo du stehst. Versuche, dich nur auf diesen Augenblick zu konzentrieren, setz dich genauso hin wie ich und schau mir einfach in die Augen, ohne Reaktion, nichts, absolut gar nichts."
Anna rutschte unruhig auf dem Stuhl hin und her, um mit dieser neuen Situation zurechtzukommen. Dennoch konnte sie sich eine Frage nicht verkneifen:
„Ach, ist das so was wie eine Konzentrationsübung?"
„Anna, bleib doch ruhig sitzen und schau mich an, fühle, was geschieht."
Sibylle sprach in schneidendem, keinen Widerspruch duldenden Ton. Anna setzte sich auf dem Stuhl so zurecht, wie ihr befohlen worden war und schaute Sibylle in die Augen. Anna atmete schnell und hektisch, schaffte es auch nicht, ruhig zu sitzen, nach ein paar Sekunden fing sie an, mit den Füßen zu wippen.
„Stop! Du hast mit den Füßen gewippt!"
Der Ton war noch einmal eine Oktave höher. Anna erschrak und hielt sofort ihre Beine ruhig. Erst als sie wieder in ihrer Ausgangsposition saß, sprach Sibylle wieder.
„Start"!
Hart, klar, unmissverständlich, es ging also wieder von neuem los. Bei jeder Reaktion, jeder Bewegung von Anna wurde sie von Sibylle angefaucht, immer wieder hieß es „Stop" und „Start", und wieder „Stop", „Start". Annas Augen tränten von dem starren Blick, ohne den sie diese Prozedur gar nicht ertragen hätte. Irgendwann wollte sie es Sibylle zeigen, was bildete die sich eigentlich ein,
„es wird mir ja wohl möglich sein, ein paar Minuten ruhig auf dem Stuhl zu sitzen", dachte sie zornig über sich selbst.
Es kam zu einem Kräftemessen zwischen den Mädchen. Man merkte Sibylle an, dass sie dieses Training schon oft geübt hatte, sie saß völlig gerade, ohne eine einzige Regung zu zeigen und blickte ohne einen einzigen Wimpernschlag in die Augen ihres Gegenübers.
„Komm, was soll dieser Quatsch, Sibylle, lass es gut sein, ich weiß nicht, was diese Prozedur bringen soll."
Anna schob ruckartig den Stuhl zurück, stand auf, streckte sich und atmete tief durch, nachdem sie das Fenster ganz weit aufgerissen hatte. Sie glaubte einen Moment, ersticken zu müssen, empfand ein unbestimmtes Gefühl von Demütigung und Zorn, und immer noch war da eine große Neugierde.
„Oh, Anna, du kannst nicht einmal ganz da sein. Du lässt dich ablen-

ken und bist völlig unkonzentriert, kannst dich nicht einmal kurze Zeit auf dich selber besinnen. Siehst du ein, dass du so nie weiterkommst? Was denkst du, warum dieses Training so wichtig ist. Damit erkennt jeder für sich, wo er steht. Anna, ich habe eigentlich mehr von dir erwartet, ich bin enttäuscht, dass du gleich nach fünf Minuten aufgibst."

Anna schaute Sibylle direkt in die Augen:

„So, meine Liebe, jetzt sag ich dir einmal etwas, ich habe mich natürlich erkundigt über diese Organisation. Und diesen Blödsinn, den du mir hier erzählst, der ist ja so dick aufgetragen. Du merkst gar nicht mehr, was um dich herum passiert. Denk doch nur mal an den Baggersee. Du bist praktisch blind für alles, was um dich herum geschieht. Du spürst nicht einmal mehr, wenn die Sonne dir den Rücken verbrennt, das ist ja schon fanatisch. Erklär mir mal, wohin das führen soll, was in dir vorgeht. Erklär es mir so, dass ich es verstehe und nachvollziehen kann. Wenn du das nicht kannst, musst du lernen, mit meinen kritischen Fragen zu leben. Sibylle, was sind das für Hefte? Aus welchem Grund ist das Ganze eigentlich so geheim? Wenn die ganze Geschichte so gut wäre, wie du sie mir verkaufen willst, dann müsste man das nicht alles verstecken, man dürfte, ja müsste jedem davon erzählen. Du weißt, ich bin sehr kritisch, ich kann es auch nicht leiden, wenn man jemanden ausgrenzt. Für die Ausgrenzung Andersdenkender ist aber deine *OfAP* geradezu berühmt, was man so in der Zeitung zu lesen bekommt."

So, jetzt war es raus, Anna hatte endgültig die Nase voll, Neugier hin - Neugier her. Sie war wütend, weil sie während des Drills, den Sibylle mit ihr geübt hatte, nicht mehr denken konnte. Nach ein paar Minuten fühlte sie sich willenlos, konzentrierte sich nur noch auf die Anweisungen. Sie hatte sich als Werkzeug von Sibylle gefühlt, diese gab den Befehl und Anna reagierte. Ihr Instinkt sagte ihr, dass hier etwas sehr Ungesundes vor sich ging.

Sibylle war auf diesen Angriff nicht vorbereitet. Noch fehlten ihr auch die speziellen Trainings, die ihr geholfen hätten, mit Argumenten dieser Art fertigzuwerden. Natürlich hatte die *OfAP* solche im Programm. Eines jedoch fiel ihr sofort ein, denn das hatte man ihr gleich beim ersten Kontakt eingebläut:

„Was du in den Zeitungen gelesen hast, sind alles Lügen. Diejenigen, die uns kritisieren, sind Kriminelle, du musst nur genau hinschauen und hinterfragen. Es gibt keinen einzigen Kritiker unserer Organisation, bei dem man nicht etwas Kriminelles gefunden hat. Das ist so. Wenn unsere Führer das sagen, dann stimmt es auch. Was glaubst du, warum es so viel Elend auf der Welt gibt? Doch nur deshalb, weil die Gesetze der *OfAP* nicht angewendet werden. Nur durch unsere Lehre haben wir eine Chance, zu überleben. Nur mit unseren Gesetzen bekommen wir eine *neue Zivilisation.* Nur wenn wir absolut diese Richtlinien, Anweisungen und Befehle ausführen, haben wir eine Chance auf diesem Planeten."

Anna wich einen Schritt zurück und suchte Halt an der Fensterbank. Das durfte doch nicht wahr sein, das war ja eine total abgehobene und fanatische Rede. Sie erinnerte sich an den Geschichtsunterricht über totalitäre Systeme. Immer hatte es einen Führer gegeben, der bestehende Probleme ausnutzte, eine Propagandamaschine in Gang brachte, um das Volk aufzuhetzen, und alle warnenden Stimmen waren untergegangen.

Sibylle, die Ehrgeizige, die Ruhige, die Streberin - ausgerechnet sie war darauf hereingefallen. Anna verstand die Welt nicht mehr. Immer noch wollte sie mehr über die Hintergründe wissen, andererseits hatte sie die Mitschülerin eben bis aufs Blut gereizt.

„Mit meiner Wut habe ich mir jetzt vielleicht selbst eine gute Gelegenheit vermasselt,"

überlegte Anna. Sibylle war von Rolf, dem Jugendtrainer der *OfAP*, gut gedrillt. Kritik prallte bereits an ihr ab. Sie nahm sie einfach nicht wahr. In der Organisation nannte man das *„eine eigene Realität haben"*, erinnerte sich Anna an einen Zeitungsausschnitt. Nur diejenigen haben recht, die sich auf dem Weg der *OfAP* befinden. Das war die Devise. Von wegen demokratische Auseinandersetzung, Meinungsfreiheit oder gar Akzeptanz von Mehrheitsentscheidungen. Wieso auch, der Gründer hatte doch gesagt, Demokratie habe den Menschen nichts gebracht, habe sie nur in den Schlamm gestoßen. Und wenn der Gründer das sagt, stimmt das auch. Diese Haltung war Grundgesetz innerhalb der Organisation. Und Sibylle war bereits infiltriert.

Anna war noch nicht bereit, aufzugeben. Deshalb entschied sie sich, einzulenken.

„Wenn das mit der Übung bei mir nicht gleich geklappt hat, vielleicht sollte ich erst ein paar Sachen lesen, damit ich theoretisch verstehe, worum es geht. Also, jetzt raus mit der Sprache, was ist das für ein blaues Heft, dem ich jetzt schon tagelang hinterherrenne."

Sie nahm einfach eines der Hefte von Sibylles Schreibtisch und blätterte darin.

„Du kannst nicht einfach nur lesen, du musst die ganzen Richtlinien und Schriften richtig studieren, es muss dir jemand dabei helfen, du musst jedes Wort verstehen."

„Sag mal, geht's dir noch gut? Ich hab in Deutsch immer eine Eins und im Lesen bin ich dir bestimmt überlegen. Bis du ein Buch gelesen hast, hab ich schon drei fertig. Also, an dem kann es ja wohl nicht liegen. Hier steht doch alles, man muss es nur lesen!"
„Nein, so geht es eben nicht."
Sibylle schüttelte genervt den Kopf, suchte in dem Berg von Unterlagen und nahm ein dickes weißes Heft mit dem Titel „*Wortklärungsprogramm*" heraus.
„Du musst jedes Wort, das du liest und aufnimmst, wirklich kapieren. Es darf kein Missverständnis da sein, du musst lernen, nichts, absolut nichts zu überlesen oder zu übergehen. Und dafür brauchst du ein Training. Wir haben doch in der Schule nur gelernt, wie man Buchstaben und Wörter aneinanderreiht. Wir haben nicht gelernt, zu verstehen. Das ist eine ganz neue Art des Lesens. Du wirst es erleben, mach doch die Probe aufs Exempel."
Sie wedelte erregt mit dem Heft, auf Anna wirkte sie in diesem Moment wie eine Ertrinkende, die sich an einem Strohhalm festhielt.
„Also gut, du gibst mir jetzt so ein Heft mit, ich lese es, und ich bin dann bereit, mit dir darüber zu diskutieren. Können wir uns so einigen, ohne dass das ganze wieder in einen Krach ausartet?"
Sibylle zog mit einem Ruck das Heft zurück, legte es auf den Schreibtisch und antwortete knapp und klar:
„Nein, du kannst es nicht mitnehmen. Wie oft muss ich mich eigentlich noch wiederholen. Du wirst entweder hier bei mir mit mir lesen, oder wenn du es mit mir nicht durchziehen willst, kann es jemand anders machen. Nur allein, meine Liebe, das geht nicht. Ohne Hilfe kannst du dieses Buch nicht verstehen."
„Du willst es mir nur nicht mitgeben, weil du Angst hast, jemand außerhalb deiner Organisation könnte es in die Finger bekommen. Es geht hier um etwas anderes, nicht wahr? Wer so eine Heimlichtuerei aufbaut, der hat was zu verbergen. Mach dir darüber mal Gedanken. Aber damit du siehst, dass ich es tatsächlich ernst meine und nicht urteile, ohne mehr zu wissen, sag mir, mit wem außer dir könnte ich denn dieses Buch studieren?"
Auch mit dieser Frage hatte Sibylle nicht gerechnet. Sie überlegte und fragte dann:
„Willst du lieber mit einem Erwachsenen oder einem Schüler, den du kennst, das Studium beginnen?"
„Das ist mir eigentlich egal. Gibt es denn jemanden aus unserer Schule? Aber es sollte schon jemand sein, der älter ist als ich."
Anna wollte natürlich wissen, wer außer Axel, Markus, Corinna,

Klaus und Sibylle noch diesem Kreis der neuen Zivilisationsanhänger angehörte.
„Also, mehr zu sagen, darüber kann ich nicht entscheiden, das geht über meine Kompetenz. Ich gebe dir jetzt einen Test, den kannst du ausfüllen. Es sind viele Fragen, mach es sehr genau. Er wird dann in der *OfAP* ausgewertet, und du bekommst ein Persönlichkeitsprofil, durch das du deine Defizite klar erkennst. Vielleicht lässt sich dann auch erklären, warum du beim Training 0 derart aggressiv reagiert hast."
Sibylle griff unter ihre Matratze und holte einen mehrseitigen Testbogen hervor. Mit einem schnellen Blick konnte Anna erkennen, dass der ganze Gitterrost unter der Matratze mit Schriftstücken der *OfAP* bedeckt war. Sie sagte nichts. Wenn sich alle an dieser Sache beteiligten Mitschüler wie Sibylle verändert hatten und die Aussagen der *OfAP* praktisch als Evangelium ansahen, dann hatte sich das in der Atmosphäre der Schule wohl bereits niedergeschlagen. Anna wollte alles darüber erfahren.
Sibylle schob die Bücher auf die Seite und machte Anna an ihrem Schreibtisch Platz. Sie gab ihr einen Kugelschreiber und sagte in dem Befehlston, der Anna bereits mehrmals aufgefallen war:
„Setz dich hier hin und fülle den Fragebogen aus, ich rufe kurz meinen Beauftragten für Ethikfragen an, wer für dich als Studienhelfer in Frage käme. Ach übrigens, wie alt bist du eigentlich genau? Bist du nach der 4. oder 5.Klasse ins Gymnasium gekommen? Bist du erst 16 oder schon 17?"
„Was spielt denn das für eine Rolle, das eine Jahr hin oder her?"
„Wenn du schon 17 bist, dann bist du im 18. Lebensjahr und kannst demnächst selbst entscheiden, was du machen willst. Das Ganze ist bei uns aufgeteilt in verschiedene Gruppen, Minderjährige dürfen offiziell nicht ohne Erlaubnis der Eltern mitmachen, man will ganz einfach Ärger vermeiden. Das wirst du doch sicher verstehen. Aber auch wenn du jünger bist, die ganzen Kursprogramme finden in Wohnungen bei Leuten aus der *OfAP* statt, du brauchst keine Angst zu haben. Du verpasst auch dann nichts, nur offiziell soll nichts bekannt werden. Das hat was mit Behörden zu tun. Die wollen sich doch immer einmischen."
Anna wunderte sich, mit welcher Offenheit Sibylle nun sprach, als hätte sie Anna bereits mit einbezogen. Sie begann, den Fragebogen zu bearbeiten und die teilweise dummen und eigenartigen Fragen zu beantworten, während Sibylle leise das Zimmer verließ.
Der Test war im Multiple-Joice-System aufgebaut, sie konnte drei

mögliche Antworten geben: Ja, Nein, Weiß ich nicht. Gewissenhaft machte sie ihre Kreuzchen, gespannt, was dabei herauskommen würde. Sie ahnte nicht, dass die *OfAP* nur wegen dieser Neugier den Test überhaupt eingeführt hatte. Jeder, der diesen Test macht, hat eine Erwartungshaltung und will ein Resultat. Über das Testergebnis konnte man am besten ins Gespräch kommen, dabei weiter sehr schnell auch persönliche Bereiche abfragen und einiges über die Empfänglichkeit des Befragten herausfinden. Dass dieser Test eine Falle, ein Fangeisen war, erkannte Anna in diesem Moment nicht.

„Was machst du denn da, Anna?"

In der Tür stand Frank wie ein einziges Fragezeichen. Anna sprang auf, zog ihn herein und schloss die Tür.

„Sag mal, hat Lena dich nicht angerufen? Weißt du nicht Bescheid? Verplappere dich ja nicht, dass ich mit dir über die Organisation gesprochen habe, Sibylle hat keine Ahnung. Hör zu, wir brauchen jemand, der zwischen uns die Informationen austauscht, da hab ich an Lena gedacht. Es ist völlig unauffällig, wenn du mit ihr telefonierst oder dich mit ihr auch mal auf ein Eis oder eine Cola triffst. Sibylle ist ganz tief bei denen drin. Du, die hat begonnen, mit mir hier Trainings abzuziehen, es wird nicht leicht werden, sie zurückzuholen. Also, kann ich mich auf dich verlassen?"

Frank nickte und lächelte bewundernd:

„Lena hat bei meiner Mutter angerufen und mir ausrichten lassen, ich soll mich dringend melden. Naja, ich habe jetzt natürlich was ganz anderes gedacht und überlegt, was will denn die Lena von mir? Auf eine Verbindung mit dir bin ich gar nicht gekommen. Du bist ja direkt ein Tausendsassa."

Zum ersten Mal sah sie Frank lachen, für Sekunden hatte er einen entspannten Gesichtsausdruck.

„Ja, die Lena sollte dir nur sagen, dass sie die Mittelsfrau ist zwischen dir und mir für die Informationen. Wir müssen alles versuchen, Sibylle aus dieser Geschichte herauszuholen. Aber Frank, ich weiß nicht, ob wir das schaffen können, ich meine, wir beide alleine. Und jetzt verschwinde, bis später."

Sie setzte sich wieder an den Schreibtisch, um kein Misstrauen bei Sibylle zu wecken. Frank zog sich so leise zurück, wie er gekommen war.

Anna war bei Frage 127 angelangt, als Sibylle zurückkam.

„Na, hast du was erfahren, wer könnte mit mir die ersten Bücher studieren?"

„Du konzentrierst dich jetzt ganz auf deinen Test, mach ihn zu Ende."

Anna sagte tatsächlich nichts mehr und füllte die restlichen 71 Fragen aus, ihre Gedanken waren allerdings ganz schön rebellisch.
„Na warte, dir zeig ich‘s, von wegen Befehl und Gehorsam, Mädchen. Du kennst meine Willensstärke noch nicht.“
Sie drückte Sibylle den ausgefüllten Fragebogen in die Hand.
„So, ich denke, für den Anfang reicht das, können wir jetzt noch was anderes besprechen, was Lustiges, und gibt es bei euch vielleicht auch etwas, was man Trinken nennt. Ich meine was Flüssiges, Kaltes, Gutes, nicht nur theoretische geistige Nahrung?“
„Aber natürlich, entschuldige. Was möchtest du denn? Cola, Limo, Mineralwasser?“
„Also, eine Cola könnte ich jetzt schon gebrauchen, und dann muss ich nach Hause, meine Eltern legen großen Wert darauf, dass wir gemeinsam zu Abend essen.“
Sibylle holte aus der Küche eine Flasche Cola sowie zwei Gläser, Anna hielt beide Gläser fest, als Sibylle sie füllte.
„Auf uns, Anna, ich hoffe dass diese erste Lektion für dich so interessant war, dass du Lust auf mehr hast. Was deine Eltern angeht, da gibt es ein Heft, das kann ich dir gern mitgeben. ‚*Wie man seine Eltern erzieht*‘, heißt es. Da stehen ein paar Trainings drin, die du lernen kannst, und wenn du die beherrschst, bestimmst du bald allein, was in deiner Familie passiert.“
„Funktioniert das hier bei dir schon?“
Sibylle trank den letzten Schluck, stellte das Glas auf die Fensterbank, blickte in den Garten und sprach bedächtig, mehr wie im Selbstgespräch:
„Am Anfang ist es schwer, man muss sich gegen alle stellen, von denen man glaubt, man liebt sie oder man hat sie gern. Aber es ist im Hinblick auf das Ganze gut und richtig. Dieser Weg bringt uns weiter. Wenn meine Eltern nicht verstehen oder akzeptieren, was ich hier mache, werde ich sie mit achtzehn verlassen. Ich werde in die Hauptzentrale nach USA gehen und mich ausbilden lassen, ich werde mithelfen, dass die *OfAP* ihr Ziel, eine Welt ohne Krieg, voller Frieden und ohne Kriminalität, erreicht. Ich habe eine Aufgabe übernommen, ich werde sie zu Ende führen. Und jeder, der versucht, mir den Weg zu verstellen, wird mit Schwierigkeiten zu rechnen haben.“
Bei diesem letzten Satz drehte sich Sibylle um und schaute Anna in die Augen. Dies war ein neuer Blick. Kalt, völlig unnahbar, entschlossen, das Gesprochene in die Tat umzusetzen. Trotz der Sommerschwüle des Abends bekam Anna eine Gänsehaut, sie stellte

ganz leise ihr Glas auf den Schreibtisch, drehte sich um und wollte nur noch hier raus.
„Was ist mit dem Buch über die Elternerziehung? Hast du nun Lust, die erste Handhabungslektion zu studieren oder nicht?“
Anna spürte den Blick der Schulkameradin in ihrem Rücken wie einen Dolchstoß. An der Tür drehte sie sich um:
„War diese Frage jetzt ein Test, wo ich stehe?“
„Du hast nicht viel Zeit, dich für eine Seite zu entscheiden, ab jetzt 24 Stunden. Spätestens am Montag möchte ich von dir ein klares Ja oder Nein - ein vielleicht gibt es bei uns nicht.“
Anna war in einer Zwickmühle. Einerseits wollte sie ihre Eltern nicht *„handhaben“*, wie es in dem Buch der *OfAP* anscheinend beschrieben wird, andererseits war dies eine Gelegenheit, endlich etwas Schriftliches in die Hand zu bekommen. Sie ahnte auch die Gefahr, noch tiefer in die Sache hineingezogen zu werden, zumal Sibylles Worte ‚ab jetzt 24 Stunden’ wie eine Drohung klangen. Anna verdrängte ganz schnell die warnende Stimme in ihrem Inneren, die Neugier siegte:
„Sibylle, wir kennen uns jetzt schon eine ganze Weile, ich vertrau dir, gib mir das Buch, du kannst auch mir vertrauen. Ich werde es übers Wochenende lesen. Lass mir Zeit bis Montag, dann setzen wir uns zusammen und sprechen über alles weitere.“
Sibylle war plötzlich in Siegesstimmung, sie hatte das Gefühl, bei Anna einen Erfolg errungen zu haben. Sie grinste breit, als sie ihre Schulkameradin nun zur Tür brachte.
„Markus hat dich schon richtig eingeschätzt. Es wird schwierig, dich zu kriegen, aber man kann es schaffen.“
Anna stutzte, zog es aber vor, nichts zu sagen.
„Moment.“
Sibylle holte aus einer Stofftasche, die in der Diele an der Garderobe hing, eine kleine DIN A5-Broschüre heraus und streckte sie ihr hin.
„*Wie man seine Eltern erzieht*“, stand auf dem Titelblatt über dem Bild eines Elternpaares, auf dessen Kopf ein lachendes Kind kniete. Anna nahm das Büchlein und blätterte es auf dem Weg zu ihrem Fahrrad durch. Ganz vorne waren zwei Stühle abgebildet, auf jedem saß ein Kind, in gerader Haltung, die Hände auf den Oberschenkeln, ein Junge und ein Mädchen. Anna dachte sofort an ihre eigene Übung heute in Sibylles Zimmer. Die Überschrift lautete: „So kann das Konfrontieren geübt werden“.
„Ach, was wir heute gemacht haben, ist die Übung für das Konfrontieren von anderen?“

Sie zeigte Sibylle das Bild.
„Lies es gründlich durch und kleb dir einen kleinen Zettel hinein bei den Passagen, die dir unklar sind. Jemand von uns wird sich dann mit dir zum Wortklären hinsetzen und Punkt für Punkt aufarbeiten. Dann wirst du auch verstehen, wie wichtig das Wortklären ist. Denn die Worte haben bei uns eine andere Bedeutung als allgemein üblich, und du wirst Ausdrücke finden, die du nicht kennst. Du sollst auf jeden Fall nichts überlesen, was du nicht verstehst. Gehe in einem solchen Fall immer zurück an den Anfang und lies die ganze Passage noch einmal, ganz wichtig, merk es dir, Anna, nichts überlesen!"
Sibylle sprach sehr eindringlich, ernst und fast beschwörend, wie stets, wenn sie über die *OfAP* sprach. Anna öffnete ihr Fahrradschloss und wollte das Heft auf den Gepäckträger klemmen, was ihre Begleiterin umgehend fast aggressiv werden ließ:
„Ich hol dir sofort eine Tüte. Du kannst unmöglich mit diesem Heft so öffentlich herumfahren, das geht nicht. Niemand soll wissen, was du da liest, so war es doch ausgemacht."
Ohne auf eine Reaktion von Anna zu warten, rannte sie ins Haus zurück und kam im Eiltempo mit einer Plastiktüte wieder. Sie wickelte das Heft liebevoll ein, und erst dann klemmte sie es auf Annas Gepäckträger. „So, jetzt kannst du losfahren. Du weißt, ich verlass mich auf dich, also dann Tschüss."
„Pass auf dich auf. Nicht nur, wenn die Sonne scheint, sondern auch sonst."
Anna konnte es nicht lassen, ein wenig zu sticheln, auch in der Hoffnung, damit zu Sibylle ein normales Verhältnis zwischen gleichaltrigen Schulkameradinnen aufbauen zu können.
Auf der Heimfahrt überlegte sie, wie sie nun tatsächlich mit diesem Heft umgehen sollte. Sie dachte an Judiths Aufschrei bei dem Wort „*Organisation für Angewandte Philosophie*", wahrscheinlich würde diese glatt in Ohnmacht fallen, wenn sie wüsste, dass ihre kleine Schwester jetzt sogar die Lektüre dieser Gruppierung in ihrem Zimmer hatte. Als sie über die Terrasse das Elternhaus betrat, war sie froh, dass Sibylle die Lösung mit der Plastiktüte durchgesetzt hatte. Es wimmelte im Haus geradezu von Familienangehörigen. Es schien, als würde heute ein großes Treffen stattfinden.
„Ja, da kommt ja das Nesthäkchen der Familie",
wurde Anna von einer wohlbekannten Stimme begrüßt.
„Oh je, Tante Rosa ist auch mal wieder da",
es war bloß gut, dass man Gedanken noch nicht an der Stirn ablesen kann. Denn so mancher Besucher wäre sicher beleidigt gewesen über

ihren Mangel an Freude. Sie versuchte, nach links und rechts grüßend, schnell ihr Zimmer zu erreichen. Da hatte sie aber die Rechnung ohne ihre Cousins und Cousinen gemacht, die sie blitzartig umringten.
„Hallo, nett, euch mal wieder zu sehen, ich habe aber noch was für die Schule zu erledigen. Ich gehe kurz in mein Zimmer, sobald ich fertig bin, komme ich runter."
Thomas, der „Ungläubige", wie der Spitzname ihres jüngsten Cousins lautete, machte seinem Namen Ehre und stiefelte eilig hinter ihr her.
„Thomas, warte ! Ich komme gleich zurück. Ich muss wirklich etwas erledigen, und da kann ich niemand dabei brauchen."
Thomas, nicht so leicht abzuwimmeln, grinste sie an.
„Wenn du Eine rauchen willst, ohne dass die Familie es merkt, ich verpetze dich nicht - wenn ich auch eine Zigarette kriege."
„So ein Blödsinn, ich werde in drei Wochen 17. Glaubst du, ich hätte ein Problem, wenn ich rauchen wollte, ich würde es einfach tun. Aber, lieber Cousin Thomas, mit Zigaretten kann ich dir nun mal nicht dienen. Mach die Mücke und verschwinde auf die Terrasse, bevor ich giftig werde."
Den Ton kannte Thomas von Anna nicht, und diese staunte über sich selbst.
„Donnerwetter", schoss es ihr durch den Kopf,
„ich werde doch nicht bereits nach einer Übung die Konfrontationsnummer der *OfAP* übernommen haben."
Sie schloss ihre Zimmertür hinter sich ab und suchte ein sicheres Versteck für ihre Broschüre. Ihr Blick fiel auf das Bett, und sie erinnerte sich an das Versteck in Sibylles Zimmer. Anna hob ihre Matratze hoch und schob das Heft darunter. Sie war sicher, dass ihre Mutter das Bett zum Wochenende nicht neu beziehen würde, also war das ein guter Platz. Sie redete sich ein, die ganze Geheimniskrämerei nur deshalb mitzumachen, um einer Mitschülerin zu helfen, aus dieser Organisation herauszukommen. Im hintersten Winkel ihrer Gedanken aber herrschte Neugierde vor. Sie war tatsächlich überaus neugierig, wie diese Leute es schaffen wollten, sie für ihre Idee zu begeistern, nachdem Sibylle gesagt hatte, sie hätte bereits mit Markus über Anna geredet. Es war wie ein spannendes Kräftemessen zwischen ihrer Persönlichkeit und diesen Leuten, die glaubten, ein Recht darauf zu haben, andere zu beherrschen. Sie ahnte allerdings, dass sie sich auf einem sehr glatten Parkett bewegte:
„Ich muss dringend mit Robin reden, dann muss ich noch Lena anru-

fen, damit sie Frank informiert, tja, und dann muss ich mir noch überlegen, wann ich am Wochenende die Zeit rausschinde, unauffällig dieses Heft zu lesen, wo wir jetzt das Haus voller Leute haben".
Anna hatte total vergessen, dass dieses Wochenende das übliche Jahrestreffen der Großfamilie stattfand. Alles Familiäre war untergegangen in dieser ereignisreichen Woche, die so ausgefüllt war mit Nachdenken, Recherchieren, Telefonieren und heimlichen Treffen. Das alles hatte sie so abgelenkt, dass sie nicht einmal die umfangreichen Vorbereitungen registriert hatte, mit denen ihre Mutter so beschäftigt gewesen war.
Ihre Gedanken wurden jäh unterbrochen, als Thomas durch das ganze Haus laut ihren Namen rief. Als sie ihr Zimmer verließ, warf sie noch einen prüfenden Blick auf ihr Bett. Nein, das Büchlein unter der Matratze war nicht zu erkennen. Zum ersten Mal hatte sie ein solches Geheimnis vor ihren Eltern und Schwestern. Sie dachte daran, mit welchem Ernst der Vater ihr einen Alleingang in Bezug auf die *OfAP* verboten hatte. Sie genoss das prickelnde Gefühl ihrer Wichtigkeit und ihres Engagements und verdrängte das schlechte Gewissen, das bereits anfing, an ihr zu nagen.

Kapitel 10

Lena wählte zum dritten Mal die Nummer von Frank. Zweimal hatte sie um Rückruf gebeten und keinen erhalten. Doch sie war nicht bereit aufzugeben, schließlich hatte sie einen guten Grund für ihre Anrufe. Das Freizeichen ertönte, sie setzte sich auf die Treppe und wartete. Wenn jemand von der Familie auftauchen sollte, konnte sie mit dem mobilen Telefon in ihr Zimmer gehen.
„... 5 ... 6", zählte sie die Freizeichen am anderen Ende mit:
„Lehmann", sagte eine dunkle Stimme.
„Hallo, hier ist Lena, ich hätte gerne Frank gesprochen".
Lena hielt die Luft an, weil sie nicht genau wusste, ob Frank selbst oder vielleicht doch sein Vater abgehoben hatte.
„Hallo Lena, ich bin schon dran. Du musst entschuldigen, ich habe bei deinen ersten Anrufen überhaupt nicht geschaltet, weil ich nichts von der Abmachung zwischen dir und Anna wusste, deshalb habe ich auch nicht zurückgerufen. Wir müssen uns übrigens absprechen, wie wir in Zukunft vorgehen, denn es könnte genauso gut Sibylle ans Telefon gehen. Was machst du am Samstag nachmittag?"
Lena versuchte krampfhaft, ihre Nervosität zu zügeln.
„Warum, was schlägst du vor?"
„Wir könnten uns am Baggersee treffen, da haben wir auch etwas davon."
„Ja, vielleicht einen Sonnenbrand am kleinen Steg, du Witzbold. Was machen wir, wenn es regnet? Ach, lassen wir es dabei. Um elf am Baggersee, bei jedem Wetter."
Keiner konnte den anderen richtig einschätzen, deshalb verlief das Gespräch holprig und kurz. Beide hingen ihren Gedanken nach, als sie den Hörer aufgelegt hatten.

Zur selben Zeit, als Lena mit Frank telefonierte, stand Sibylle in der Telefonzelle am Ende ihrer Straße und informierte Markus über das Gespräch mit Anna.
„Markus, ich weiß echt nicht, warum du jetzt so sauer bist. Anna hat in der Schule großen Einfluss, nicht nur auf die Schüler, sondern

auch die Lehrer nehmen sie ernst. Du sagst immer, wir müssen das Ganze vernetzen und die wichtigen Personen erreichen. Ich hab ihr ja keine Details erzählt. Ich hab sie einfach nur neugierig gemacht, und es hat funktioniert. Ich habe alles so gemacht, wie du es mir beigebracht hast. Mitgenommen hat sie nur das Buch über die Elternerziehung. Das haben andere auch."

Sibylle hatte sich für diese Berichte an Markus von ihrem Taschengeld extra eine Telefonkarte gekauft. Es war zu kritisch, von zu Hause aus zu telefonieren. Da hatten die Wände Ohren.

„Sibylle, du bist mit deiner Ausbildung noch nicht so weit, dass du Situationen mit Frischlingen handhaben kannst."

Frischlinge nannte man alle Personen außerhalb der Organisation, die angeworben werden sollten.

„Dann besprich das jetzt mit Rolf oder mit Klaus, kläre das bei der Kadersitzung ab, aber lass mich nicht hängen, denn ich bin überzeugt, sie hat Feuer gefangen. Zuerst wollte sie nicht so richtig, war äußerst kritisch, dann hab ich ihr, dank deiner Tipps, die Stirn bieten können, und sie hat klein beigegeben. Anna ist doch viel zu neugierig, als dass sie das Buch nicht liest. Außerdem ist sie verlässlich und wird die Abmachung, über unsere Gespräche zu schweigen, einhalten."

Sie dachte schon, Markus hätte aufgelegt, so lange dauerte es, bis er endlich antwortete.

„Du weißt doch, eine Grundregel sagt uns, nicht länger als zwölf Stunden zu warten bis zum nächsten Gespräch. Du kannst nicht erwarten, dass sie das ganze Wochenende nur in dem Buch liest, ohne einen persönlichen Kontakt zu haben. Das ist eine gefährliche Situation. Stell dir mal vor, sie fragt einfach jemanden in ihrer Umgebung, weil sie nicht versteht, was die Drills bedeuten und schon ist es gelaufen. Dann, meine Liebe, hast du eine sinkende Statistik. Du musst ja in deinem Wochenbericht angeben, mit wem du ein persönliches Gespräch zur Anwerbung hattest. Hör auf mich, ruf sie spätestens morgen an, um auf keinen Fall die Kommunikationslinie zu unterbrechen."

Obwohl Markus Sibylle nicht sehen konnte, bestätigte sie seine Anweisung nicht nur mit einem klaren, deutlichen „Ja, Markus", sondern nickte dabei auch artig mit dem Kopf.

Auf dem Heimweg überlegte sie, wie sie ihren nächsten Wochenbericht beginnen sollte. Anna war schließlich ihr erster Versuch, jemanden zu werben. Hoffentlich hatte es funktioniert.

Ihr von Natur aus vorhandener Ehrgeiz wurde durch die Drills nicht

nur angestachelt, er artete geradezu aus. Dieser Ehrgeiz war auch der Schwachpunkt, bei dem die erfahrenen Werber der *OfAP* sie gepackt hatten. Bei jedem einzelnen wurde, meist mit Hilfe des Lügendetektors, der individuelle Schwachpunkt herausgefiltert.
Durch die Gespräche, einige Stunden *Reminding* und auch durch den Test war Sibylle bereits zur gläsernen Person für ihre Anleiter geworden, wie jeder, der sich auf dieses Programm einließ. Alle Kursteilnehmer entwickelten früher oder später den Wunsch, zur Elite der Übermenschen zu gehören. War es erst so weit, wurde jeder, eingebunden in eine strenge Befehls- und Gehorsamsstruktur, schnell manipulierbar. Wer sich nicht genau an die nunmehr so begehrten, in der Ausbildung zum Übermenschen geforderten Aufgaben hielt, wer die Richtlinien nicht beachtete, der hatte keine Chance, akzeptiert zu werden. Im Gegenteil, dann erfolgten Strafaktionen. Keine Kurse, obwohl man sie bezahlt hatte, keine Kontakte mehr zu Freunden, Strafarbeiten bis hin zu der Schikane, die Toiletten mit der Zahnbürste und auf den Knien rutschend zu putzen. Das alles wurde natürlich streng verschwiegen.
Bei Sibylle hakte man bei ihrem Ehrgeiz ein. Markus wusste als Klassenkamerad, dass sie immer die Erste sein wollte. Das Gespräch nach der Testauswertung bezog sich auf die Probleme, die sie aufgrund ihrer Persönlichkeitsstruktur hatte. Es wurde immer nach dem gleichen Raster vorgegangen: Zuerst der Test, dann die Analyse, bei der immer ein Persönlichkeitsdefizit aufgezeigt wurde. Die Vorgehensweise war geschickt und logisch, Testfragen und Auswertung psychologisch durchdacht. Um jemanden zu beeinflussen, musste man nur bei seinen Schwachpunkten ansetzen. Jeder Mensch, egal wie alt, wie intelligent, selbst der Dümmste, will seine Schwächen bewältigen oder, wenn dies nicht gelingt, vertuschen. Deshalb funktionierte das Einstiegsprogramm der *OfAP* am besten über ein persönliches Gespräch. Das war das Grundprinzip der Anwerbung: Der persönliche Kontakt. Markus setzte bei Sibylles Schwachpunkt - ihrem übertriebenen Ehrgeiz - an, und Sibylle packte Anna bei ihrer sprichwörtlichen Neugierde. Schon griff ein Zahnrädchen ins andere. Sowohl Markus als auch Sibylle konnten dadurch ein Erfolgserlebnis verbuchen, welches ihnen das Gefühl gab, dass alles, was sie gelernt hatten, stimmte und funktionierte.
Dieses Gefühl war auch der Auslöser für Sibylles plötzlichen Stimmungswandel, den ihre Familie sogar als äußerst angenehm empfand. Frank wusste allerdings genauso wenig wie seine Eltern von ihrem Telefonat mit Markus. Niemand wusste etwas über die Ziele,

die sich Sibylle gesteckt hatte. Deshalb glaubte Frank, dass Anna einen guten Einfluss auf seine Schwester ausübte. So hatte jeder für sich das Gefühl eines gewissen Erfolges.

Kapitel 11

Sarah überlegte beim Umziehen, wie lange wohl diese kostenlose Filmvorführung, die Klaus ihr angedreht hatte, dauern würde. Sie hatte Zeit, denn am Freitagabend kam ihr Vater immer sehr spät aus der Praxis, Mutter hatte einen regelmäßigen Termin um 17.30 Uhr bei einer Kosmetikerin, mit der sie eng befreundet war. Sie brauchte nie vor 21.00 oder 22.00 Uhr damit zu rechnen, dass die Eltern auftauchten. Die Haushälterin stellte ihren Arbeitsrhythmus darauf ein, freitags fand nie ein gemeinsames Abendessen statt. Die Brüder waren beim Sport. Jonathan trainierte Judo, Samuel Basketball.
Sarah steckte ihren Kopf kurz ins Hauswirtschaftszimmer, in welchem Barbara, die Haushälterin, bügelte.
„Tschüss, Barbara, ich gehe noch ins Kino. Bin so gegen 22 Uhr wieder da, falls jemand nach mir fragt."
Und schon war sie unterwegs zu ihrer kostenlosen Filmvorführung. Die Büros der *OfAP* lagen mitten im Zentrum in einer Seitenstraße. Sie war bereits unzählige Male daran vorbeigelaufen, hatte weder das Transparent am Haus, auf dem in riesigen Buchstaben: **ORIENTIERUNG** stand noch das große Schild mit der Aufschrift: „**Büro der Organisation für Angewandte Philosophie**" registriert. Auf der Freikarte war die Adresse angegeben und erst, als sie vor diesem Schild stand, bereits die Türklinke in der Hand, durchzuckte sie ein Gedanke.
„Da war doch was, irgendjemand hat mir von dieser Organisation erzählt. Da gab es irgendeine Diskussion darüber."
Sie dachte nicht weiter darüber nach, überging das warnende Gefühl, das sie nun doch verspürte, öffnete die Tür und trat ein. Sie kam in einen Empfangsraum mit Tresen, sehr gepflegt, es ging sehr leise zu. Woher die junge Frau, die auf einmal neben ihr stand, gekommen war, wusste sie nicht, so lautlos war diese aufgetaucht:
„Guten Tag, kann ich dir irgendwie helfen, ich darf doch noch du sagen?"
Sarah nickte und spürte, wie der Blick des Mädchens sie kritisch fixierte.

„Ja, selbstverständlich, ich bin Sarah, ich habe von einem Schulkameraden diese Karte bekommen.“
Sie holte die Eintrittskarte heraus und strich sie beim Übergeben glatt, so wie Klaus es bei ihr auf dem Balkon gemacht hatte. Das Mädchen nahm sie in Empfang und lächelte:
„Darf ich erfahren, wie dieser Schulkamerad heißt?“
„Ja, selbstverständlich, Klaus Wagner, wir besuchen dasselbe Gymnasium, 11. Klasse. Ist doch alles in Ordnung, oder?“
„Sicher. Klaus gibt übrigens nur ganz gezielt an ausgewählte Personen unsere Freikarten weiter.“
Im Sprechen drehte sie sich um und ging am Tresen vorbei zur Treppe in den ersten Stock.
„Komm mit, ich zeig dir den Vorführraum, da kannst du in Ruhe den Film anschauen, danach unterhalten wir uns darüber.“
Die Stimmung, das Ambiente lösten bei Sarah ein warnendes Gefühl aus, doch sämtliche Personen, die sich fast lautlos von Raum zu Raum bewegten, lächelten und nickten ihr freundlich zu.
Der Vorführraum war mittelgroß und hatte schwere Samtvorhänge, die ihre Begleiterin zuzog, während sie auf die Sessel zeigte:
„Sarah, nimm Platz. Ich heiße Ramona, du kannst selbstverständlich auch du zu mir sagen, wir nennen uns hier alle beim Vornamen und duzen uns, das ist viel einfacher, wenn man miteinander arbeitet, um erfolgreicher zu werden.“
Sie nahm die Videokassette, die auf dem überdimensionalen Fernseher lag, und schob sie in den Recorder.
„Ich lass dich jetzt allein, schau dir einfach in Ruhe diesen Film an, lass ihn auf dich wirken und denk dann noch ein paar Minuten darüber nach. Ich komme wieder und hol dich ab. Wenn irgendwas ist, unten im Foyer findest du immer jemanden.“
Sarah wählte den Sessel, der an der Wand stand, eine Reflexhandlung, wenn sie unsicher war. Sich den Rücken freihalten, das war auch ein Stück weit ihre Lebensdevise. Die Musik zum Film war leise und steigerte sich. Am Bildschirm war ein fast kitschiger Horizont zu sehen, die Sonne ging gerade auf. Von der Seite kam eine junge Familie mit zwei Kindern ins Bild. Alle setzten sich auf die Wiese. In Großaufnahme sah man nur lachende Gesichter. Auf Sarah wirkten sie zuerst unnatürlich, fremd, aber als die junge Frau im Film zu sprechen begann, überlegte Sarah, woher sie diese Stimme kannte. War das nicht das gleiche Lächeln, der gleiche Tonfall wie eben bei Ramona, die sie in diesen Raum geführt hatte? Auch das Mädchen unten am Empfang lächelte so, hatte diesen Gesichtsausdruck. Sarah

war ein sehr aufmerksames Mädchen, das genau registrierte, was es sah, und sie war sehr gefühlsbetont. Als der junge Mann im Film von seinen Träumen erzählte, einer neuen Zivilisation, von dem Glück, das die Menschheit erwartete, wenn alle den richtigen Weg gehen würden, da hörte sie Klaus sprechen. Es waren fast identisch die gleichen Worte, die er gestern auf dem kleinen Balkon vor ihrem Zimmer gefunden hatte.
Nach etwa zehn Minuten war der Film zu Ende, die Berieselungsmusik verstummte. Sarah hatte weniger den Inhalt des Films registriert als vielmehr die Atmosphäre und vor allem die Ähnlichkeit in Gesichtsausdruck und Tonfall bei den Menschen, die sie in der Videovorführung gesehen hatte, die Ähnlichkeit auch mit Klaus und den Mädchen hier im Haus. Krampfhaft überlegte sie, wo sie den Namen dieser Organisation schon einmal gehört hatte.
Lautlos, ohne irgend ein Geräusch zu machen, stand Ramona im Zimmer. Sie zog die Vorhänge auf, so dass die untergehende Sonne zwischen den Häusern durchs Fenster zu sehen war.
„Was sagt dir dieser Film, Sarah? Hast du irgendwelche Fragen? Ist etwas, was du gesehen oder gehört hast, für dich unklar geblieben?"
Ramona setzte sich nicht auf einen der leeren Stühle, sondern ging zur Tür, öffnete sie, und ganz automatisch stand Sarah auf und trat hinter ihr in den Flur.
„Komm, wir gehen unten in mein Büro und reden noch ein bisschen. Im Vorführraum wollen sich gleich noch einige Leute den Film ansehen."
Viele Türen gingen von dem langen Gang ab. Ramona steuerte auf eine dieser Türen zu, öffnete sie und bat Sarah in den kleinen Raum. Ein Schreibtisch, ein kleines Regal, alles penibel aufgeräumt, ein paar Urkunden an der Wand und ein Bild von einem Mann, so aufgehängt, als wollte er den ganzen Raum überwachen.
„Nimm Platz, Sarah."
Ramona zeigte auf den Stuhl vor dem Schreibtisch und nahm selbst dahinter Platz.
„Ach, ich weiß eigentlich nicht, was es noch zu diskutieren gibt, ich habe den Film gesehen. Vielleicht spreche ich noch mit Klaus darüber, der hat mir ja die Karte gegeben",
versuchte Sarah die Kurve zu kriegen.
„Nein, Sarah, es ist meine Aufgabe, dir die offenen Fragen zu beantworten, nimm bitte Platz, das gehört bei uns zum Service."
Sarah setzte sich ganz vorne auf die Stuhlkante, als ob sie auf dem Sprung wäre. Ramonas Blick und Ton hatten jetzt etwas unangeneh-

mes, befehlsartiges. Sarah gehorchte trotz ihres inneren Widerstrebens.
„Ramona, ich weiß wirklich nicht, was es jetzt noch zu besprechen gibt, ich kenne dich ja gar nicht. Ich habe glückliche Menschen in diesem Film gesehen, die Aussagen zeigten mir, dass es mit einem Lernprogramm zusammenhängt, dass diese Menschen so glücklich sind. Fragen habe ich dazu keine mehr."
Ein zufriedenes Lächeln machte sich auf Ramonas Gesicht breit.
„Ich freue mich, dass du das Glück dieser Menschen gleich gesehen und gespürt hast, und dass du die Verbindung zu unserem Programm herstellen konntest. Ja, es hat mit unserem Programm zu tun. Die gezeigte Familie hat es durchlaufen, und das Ergebnis hast du gesehen. Nun, ich mach dir jetzt einen Vorschlag, der auch dich in diese Richtung führen kann."
Sie öffnete die rechte Schreibtischschublade und nahm einen Bogen heraus, den sie zusammen mit einem Kugelschreiber vor Sarah hinlegte.
„Wenn du mehr über dich wissen willst, dann solltest du jetzt diesen Test machen. Wir können dann bei der Analyse herausfinden, wo deine Schwachpunkte sind. Danach kannst du gezielt mit einem ganz speziellen Programm beginnen, an deinen Schwächen zu arbeiten. Das ist der erste Schritt zum absoluten Erfolg."
„Eigentlich hab ich jetzt gar keine Zeit mehr, ich muss nach Hause. Ich kann den Test mitnehmen und daheim ausfüllen."
Sarahs Unsicherheit klang in ihrer Stimme mit, ihre Inquisitorin registrierte es sofort.
„Wahrscheinlich bist du unsicher, was wir hier wollen, wer wir sind und warum Klaus dir diese Eintrittskarte gegeben hat. Ich spüre, du willst mehr über uns wissen, ist das richtig?"
Sarah war überrascht. Genau das war ihr durch den Kopf gegangen. Woher wusste Ramona das? Sie rutschte auf dem Stuhl jetzt doch nach hinten und lehnte sich an. Widerwillen war sie interessiert und angesprochen.
„Also, wer seid ihr, was wollt ihr und was für ein Programm ist das, von dem du jetzt gerade gesprochen hast?"
Sarahs Stimme hatte sich gefestigt, sie fühlte sich sicherer als noch vor ein paar Minuten.
„Die Organisation für Angewandte Philosophie hat ein Programm, bei dem die Menschen sich selber besser kennenlernen können. Wer dieses Kursprogramm durchläuft, hat nicht nur mehr vom Leben, sondern ist erfolgreich und glücklich. Millionen von Beweisen gibt es weltweit."

„Ja, das hört sich wirklich gut an, doch dieses Programm kostet sicher Geld, und das habe ich nicht."
„Ich bin noch nicht fertig mit meinen Ausführungen. Wenn du natürlich alles nur am Geld festmachst, wirst du nie Erfolg haben. Solche Gedanken sind nur Randerscheinungen, Nebensächlichkeiten. Denk doch einmal an dich selber, welche Erfolge erwartest du von dir, was willst du erreichen?"
Ramona überging ganz einfach Sarahs Bedenken.
„Klaus hat mir erzählt, er würde etwas studieren, damit könnte auch ich leichter die Abiturnoten erreichen, die meine Eltern von mir erwarten und die auch notwendig sind, um einen Studienplatz für meinen Traumberuf zu bekommen. Das war der einzige Grund, warum ich heute hier diesen Film angeschaut habe. Alles, was mit diesem Programm zusammenhängt, kann mir doch sicher auch Klaus erklären, dann muss ich dir jetzt nicht deine wertvolle Zeit wegnehmen."
Dank ihrer Erziehung konnte Sarah sich ausgesucht höflich ausdrücken.
„Sarah, mach doch einfach diesen Test. Er kostet dich nichts und zeigt dir genau, wie es um dich bestellt ist. Es ist dein Test, dein ganz persönlicher Test. Wir werten ihn aus und besprechen das Ergebnis, ohne dass du in irgendeiner Weise zu etwas gezwungen wirst. Warum nimmst du diese Chance jetzt nicht wahr? Warum sperrst du dich und investierst nicht einmal ein halbe Stunde in dich selbst, um herauszubekommen, wie es dir wirklich geht."
„Also gut, ich mach den Test, sonst aber nichts."
Sarahs Ton war jetzt deutlich höher, und sie wurde auch lauter, als es für sie typisch war, denn sie wollte klarstellen, dass sie sich auf nichts, absolut auf gar nichts einlassen würde. Sie nahm den Kugelschreiber und begann die Fragen zu lesen.
„Wenn du lieber allein sein möchtest, dann kann ich gerne hinausgehen", schlug Ramona vor.
„Nein, nein, bleib nur da, es stört mich überhaupt nicht."
Ramona saß kerzengerade auf ihrem Stuhl und beobachtete Sarah beim Ausfüllen. Diese machte ihre Kreuzchen sehr zielsicher, überlegte bei jeder Frage nicht lange. Im Grunde wollte sie so schnell wie möglich die Angelegenheit hinter sich bringen und wieder hinaus aus diesem Zimmer. Bei der Frage „Würde es dir leid tun, ein Wild zu erlegen" schüttelte sie den Kopf. Als absoluter Tierfan kreuzte sie natürlich „ja" an.
„Da gibt es aber ein paar ganz blöde Fragen, da passt weder «Ja» noch «Nein», schon gar nicht «Vielleicht»."

Sarah schaute Ramona an, die ihr völlig regungslos gegenübersaß und sie beobachtete. Kalt erwiderte diese:
„Um ein sicheres Ergebnis dieses Tests zu erhalten, musst du einfach alle Fragen so beantworten, wie du es in diesem Moment kannst. Bitte mach jetzt ohne Kommentar weiter."
Ramona wirkte auf Sarah wie eine computergesteuerte Schaufensterpuppe. Das junge Mädchen schüttelte den Kopf und beantwortete die restlichen Fragen, ohne noch einmal einen Kommentar abzugeben. Dann schob sie den Bogen über den Schreibtisch zu Ramona hinüber und wollte aufstehen.
„Halt, bleib sitzen, wir sind noch nicht fertig. Um den Test auswerten zu können, musst du noch einige Angaben machen. Es sind noch ein paar wichtige Fragen zu klären, damit das Ergebnis stimmt."
Ramona nahm einen weiteren Bogen aus ihrem Schreibtisch und übertrug die Nummer desselben in die untere Spalte des Testbogens.
„Sarah, wie ist dein voller Name?"
„Sarah von Düngen, ich wohne in der Hauptstraße 41, mit meinen Eltern und Geschwistern. Und oben wohnen noch meine Großeltern. Reicht diese Auskunft? Warum willst du das denn wissen?"
„Ich brauche noch dein Geburtsdatum sowie Namen und Berufe beider Eltern. Und das ist dann alles."
Die Werberin spürte, dass Sarah misstrauisch wurde und wollte ihr keine Zeit lassen, auszuweichen.
„Ich werde im August 17, mein Vater ist Zahnarzt und meine Mutter Malerin. Ich wohne in dem alten Patrizierhaus in der Fußgängerzone, mein Nachname ist von Düngen. Das habe ich dir doch schon gesagt. Die Vornamen meiner Eltern kannst du dir ja aus dem Telefonbuch heraussuchen. Ich verstehe nicht, die tun doch hier nichts zur Sache. Kann ich jetzt gehen?"
„Nachdem du noch keine 18 bist, lassen wir das mit der Unterschrift, die Auswertung wird dir auch nicht hier in unserem Büro mitgeteilt, Klaus wird dir sagen, wo und mit wem das Auswertungsgespräch stattfindet."
Ramona schrieb Sarahs Angaben nicht auf den vorgefertigten Bogen, sondern auf ein extra Blatt Papier und legte dieses in den Fragebogen hinein. Dann stand sie auf, ging um den Schreibtisch herum und streckte Sarah die Hand hin.
„Ich möchte dich hiermit ganz persönlich beglückwünschen zu diesem ersten Schritt, den du heute in die richtige Richtung gemacht hast."
Sarah gab ihr die Hand, dies als Zeichen nehmend, dass sie endlich gehen konnte, verabschiedete sich und verließ das Zimmer. Zielstre-

big ging sie auf den Ausgang zu. Die Tür öffnete sich, und vor ihr stand Markus aus der 9. Klasse. Wie angewurzelt blieb sie stehen und schaute ihn an.
„Was willst du denn hier, machst du auch einen Test oder hast du von Klaus eine Karte bekommen zur Filmvorführung?“
Markus reagierte, wie antrainiert, mit einer Gegenfrage:
„Na, hat dir der Film gefallen, und hast du den Test gemacht? Wann holst du dir deine Auswertung?“
Sarah war platt, der wusste ja auch Bescheid, genau wie Klaus.
„Aha, du hast also auch vor, erfolgreich zu werden und für eine neue Zivilisation zu arbeiten.“
„Auf jeden Fall will ich erfolgreich werden, und ich werde es auch, Sarah. Übrigens, ein kleiner Tipp, wenn du schlau bist, erzähl nicht jedem, dass du heute hier warst. Wenn du Lust hast, kann ich mich gern einmal mit dir darüber unterhalten, warum und wieso. Du bist ja ein kluges Mädchen, oder?“
Markus wirkte sehr selbstsicher, das imponierte Sarah und antwortete ihm:
„Ich hab hinten bei Ramona einen Test gemacht und Klaus soll mir dann sagen, wo ich die Auswertung bekomme und wer sie mit mir bespricht. Wenn ich Fragen habe, kann ich mich jetzt ja auch an dich wenden. Gut zu wissen, dass es mehrere Ansprechpartner gibt. Also, bis dann, schönen Abend noch und viel Erfolg.“
Sie nickte Markus zu und verließ das Haus. Draußen auf der Straße holte sie tief Luft, diese Glücks- und Erfolgsatmosphäre war ganz schön anstrengend. Obwohl die Luft am Abend eher drückend war, lief Sarah ein leichtes Frösteln über den Rücken. Sie ging schnurstracks nach Hause und war froh, als sie die große Eichentür ihres Elternhauses hinter sich schließen konnte. Gedankenverloren stieg sie die Treppe hinauf und bemerkte die Haushälterin erst gar nicht, die gerade herunterkam.
„Na , wie war's im Kino? Hat dir der Film gefallen?“
Sarah blieb stehen und überlegte, ob sie nicht einfach Barbara von der ganzen Geschichte erzählen sollte. Aber was sollte sie denn sagen? Was war geschehen? Sie hatte eine Freikarte bekommen und sich einen Film mit lauter glücklichen Menschen angesehen, die ein geheimes Erfolgsrezept hatten. Danach hatte sie einen Fragebogen ausgefüllt, hatte ihre Adresse sowie persönliche Angaben über sich und ihre Eltern abgeliefert, zum Schluss noch einen Schulkameraden getroffen, wie sollte sie das mulmige Gefühl erklären, das in ihr rumorte? Also ließ sie es dabei bewenden, nur kurz zu antworten:

„Nein, besonders gefallen hat's mir nicht. Ich habe was anderes von dem Film erwartet, aber ich bin trotzdem ein wenig schlauer als vorher. Ich wünsche dir einen schönen Abend, Barbara. Ich werde heut nicht mehr alt und gehe gleich ins Bett. Also dann gute Nacht."
Die Haushälterin hatte mehr aus allgemeiner Höflichkeit nach dem Film gefragt, sie nahm gar nicht richtig wahr, was Sarah ihr erzählte und bemerkte auch nicht deren Unbehagen.
Sarah ging erst in die Küche, Barbara hatte ein kleines Abendbrotbuffet hergerichtet, an dem sich alle bedienen konnten, wenn sie zu unterschiedlichen Zeiten nach Hause kamen. Sie füllte sich einen Teller mit Häppchen und ging in ihr Zimmer. Mit dem Fuß schob sie ihren Korbstuhl auf den kleinen Balkon, setzte sich und legte die Beine auf das Geländer. Nachdenklich schob sie sich langsam einen Bissen nach dem anderen in den Mund. Von wem hatte sie schon einmal etwas von dieser Organisation gehört? Oder hatte sie etwas darüber gelesen? Es war zum Mäusemelken, es fiel ihr einfach nicht ein. Sie versuchte, die eigenartige Stimmung zu analysieren, die sie umfangen hielt. Still saß sie auf ihrem Stuhl, wechselte nur ab und zu die Position. Die Zeit verging, sie war froh, als sie das Öffnen der Wohnungstüre hörte. An dem Sound, der kurze Zeit später durch die Wohnung dröhnte, erkannte sie, dass Jonathan vom Judotraining heimgekommen war. Im Aufstehen fiel ihr fast der Teller in den Hinterhof, denn sie hatte ihn in den Blumenkasten gestellt.
„Das hätte mir heute gerade noch gefehlt. Aber mir kann nichts passieren, ich bin ja auf dem Weg zum Erfolg",
sprach sie sarkastisch vor sich hin und ging in Jonathans Zimmer. Der Bruder stand mitten im Raum und bewegte sich nach dem schnellen Rhythmus der Musik. Es sah aus, als hätte er Schüttelfrost. Sarah musste regelrecht schreien, damit er sie überhaupt registrierte. Sie ging zur Stereoanlage und drückte auf Stop. Sofort hörte Jonathan auf zu tanzen.
„Sag mal, hast du sie noch alle? Wieso machst du denn meine Anlage aus? In meinem Zimmer kann ich machen, was ich will. Warum bist du überhaupt hier?"
Sarah konnte ihm nicht sagen, was sie wollte, sie wusste selbst nur, dass sie es im Moment auf keinen Fall alleine in ihrem Zimmer aushält.
„Tut mir leid, Bruderherz. Aber ich grüble den ganzen Abend schon herum, weil mir etwas Wichtiges einfach nicht mehr einfällt. Es klingt blöd, es ist aber so. Hast du schon mal erlebt, dass du genau weißt, jemand hat dir etwas über eine Sache erzählt, aber du kriegst es nicht mehr auf die Reihe, wer und was das war?"

„Na, dann kann es wohl nicht so wichtig sein, sonst hättest du es dir gemerkt, oder? Was grübelst du herum, hake es einfach ab, ist wahrscheinlich uninteressant."
Er ging zu seiner Anlage, der Sound setzte wieder ein. Sarah seufzte und verließ das Zimmer, Jonathan rief ihr nach:
„He du, Uwe von deiner politischen Clique hat schon zweimal angerufen, er will dich dringend sprechen."
„Danke, prima, ich ruf ihn gleich an."
Gott sei Dank. Jetzt hatte sie endlich jemanden, mit dem sie über die Situation sprechen konnte, denn Uwe, der schon jetzt zielbewusst eine politische Karriere anstrebte und in der Schüler-Union aktiv war, hatte sicher ein Ohr für eine zukünftige Wählerin. Auf dem Weg in ihr Zimmer nahm sie das Telefon mit und tippte noch im Gehen die Nummer ein.
„Hallo, Frau Classen, hier ist Sarah, ist Uwe zu Hause?"
Frau Classen war daran gewöhnt, die Telefonistin ihres Sohnes zu sein. Seit dieser sich politisch engagierte, gab es immer jemanden, der ihn sprechen wollte.
„Nein, Sarah, Uwe ist nicht daheim, er ist heute abend auf einer öffentlichen Veranstaltung seiner Partei. Soll ich ihm was ausrichten?"
„Ich nehme an, es wird wieder einmal sehr spät, ich melde mich dann morgen, denn ich muss ihn dringend etwas fragen. Vielen Dank, Frau Classen, ich wünsche Ihnen einen schönen Abend."
„Schade, hätte ich eine halbe Stunde früher angerufen, wäre er vielleicht noch dagewesen, na ja, bleibt mir wohl nichts anderes übrig, als mich zu gedulden. Dabei platze ich fast, ich krieg diese Organisation nicht aus dem Kopf. Am besten ist, ich hau mich hin und schau, was in der Glotze läuft."
Sie zappte durch die Programme, von einem Kanal zum anderen. Entweder waren knallharte Krimis zu sehen oder langweilige Talkrunden. Bei einer solchen hörte sie ein paar Minuten zu, eine junge Frau erzählte gerade, wie ihr Mann sich von ihr und den Kindern getrennt hatte, beeinflusst durch einen neuen Freundeskreis. Der bis dahin ruhige und familienorientierte Mann hatte mit diesen Freunden Kurse besucht und war danach völlig verändert gewesen, wie umgepolt, als hätte er eine Gehirnwäsche hinter sich. Weder die alten Bekannten noch die Verwandten konnten sich das erklären. In der Runde saßen mehrere Experten, die ebenfalls über Einzelschicksale berichteten. Das Gespräch wurde schnell monoton, Sarah schaltete gelangweilt um. Der Ehemann wollte ihr nicht gleich aus dem Kopf gehen.

„Wie kann man denn so dumm sein, bei irgendwas mitzumachen, bei dem man nicht nur sein ganzes Geld verliert, sondern auch seine Freunde und die Familie. Solche Leute sind ja wohl alle selber schuld an ihrem Elend."

Sie ahnte nicht, dass sie heute selbst den ersten Schritt in diese Richtung getan hatte. Sie legte sich noch einen Videofilm ein, schaute ihn aber nur halb an. Nichts konnte sie heute recht fesseln. Unzufrieden ging sie ins Bett.

Kapitel 12

Der Wetterbericht prophezeite ein heißes, schönes Wochenende. Lena geisterte bereits um neun Uhr unruhig durchs Haus, sie konnte das Rendezvous mit Frank kaum erwarten. Sie wusste, Anna würde das ganze Wochenende mit dem Familientreffen beschäftigt sein, wollte die Freundin aber unbedingt noch vor ihrer Fahrt zum Baggersee sprechen und entschied sich für ein kurzes Telefonat.

„Guten Morgen, hier ist Lena, kann ich kurz mit Anna sprechen?"

„Hallo, Lena, hier ist Judith, du, bei uns ist es gestern abend spät geworden, und Anna hat gesagt, sie möchte unbedingt ausschlafen. Kannst du nachher noch einmal anrufen. Oder komm doch einfach gegen Mittag vorbei. Ich will sie jetzt nicht wecken, okay?"

Lena blieb nichts anderes übrig, als sich in Geduld zu üben. Die Zeiger der Uhr schienen stehen zu bleiben. Erst 9.40 Uhr. Die Eltern gingen, wie jeden Samstag, auf den Wochenmarkt.

„Hättet ihr was dagegen, wenn ich heute mit auf den Markt komme, oder besser gesagt, wann kommt ihr vom Markt zurück, denn das ist ausschlaggebend für meine Entscheidung."

Die Eltern lachten.

„Der Wochenmarkt endet um zwölf, wir sind dann spätestens um halb eins wieder zurück. Wenn das gnädige Fräulein diese Zeitvorgabe akzeptiert, ist es natürlich herzlich willkommen und kann gerne mit uns zum Markt gehen. Wir würden uns sogar besonders darüber freuen, liebe Tochter. Warum ist denn die Uhrzeit so wichtig für dich, Lena?"

„Weil ich mich um eins zum Baden am Baggersee verabredet habe. Mir ist irgendwie so langweilig heute, drum habe ich gedacht, dass ich mit euch gehe, dann vergeht die Zeit schneller."

„Ja, dann komm, lass uns gehen."

Die drei verließen zusammen das Haus und fuhren in die Innenstadt, wo Vater das Auto in der Tiefgarage abstellte. Von dort aus konnte man in wenigen Minuten über die Fußgängerzone direkt zum Wochenmarkt gelangen. Scheinbar hatten viele Leute heute Zeit, denn eine richtige Menschentraube schob sich durch die Straßen der Fußgängerzone.

„Nein, danke, ich nehme grundsätzlich keine Werbung an, nicht im Briefkasten und schon gar nicht hier mitten in der Stadt."
Vor Mutter stand ein hagerer junger Mann und versuchte, ihr einen Zettel aufzudrängen. Lena starrte an ihm vorbei, doch der junge Mann reagierte auf die Abweisung durch Frau Fischer, indem er den Zettel einfach Lena in die Hand drückte und sich gleich dem nächsten Passanten zuwandte. Er sprach einen jungen Mann an:
„Wann haben Sie das letzte Mal persönliches Glück verspürt, und wie erfolgreich sind Sie im Leben?"
Lena lief weiter hinter ihrem Vater her und las dabei, was auf dem organgefarbenen DIN A5 Zettel in ihrer Hand stand:
„Wissen Sie, dass Sie nur 10% Ihres geistigen Potentials nutzen? Fangen Sie an, sich mit sich selber zu beschäftigen. Dann werden Sie erfolgreich. Sie wissen nicht, wie? Dann kommen Sie zu uns. Die Organisation für Angewandte Philosophie hilft Ihnen aus jeder Krise."
Darunter stand die Telefonnummer mit einer Adresse mitten in der Stadt.
„Na, schau mal einer an", dachte Lena,
„das ist doch die Organisation, in deren Fänge Sibylle, Markus und, laut Anna, noch viele andere geraten sind."
Sie steckte den Zettel schnell ein und sagte kein Wort. Die Eltern waren mit ihren Besorgungen beschäftigt. Es entging ihnen völlig, dass Lena den Zettel in ihrer Hosentasche verstaute. Dann entwickelte sie eine ungewohnte Aktivität und trieb die Eltern direkt von Marktstand zu Marktstand. Sie half, alles in die beiden mitgebrachten Einkaufskörbe zu verstauen und wollte nur noch eines, schnell nach Hause und dann zum Baggersee. Kurz nach 12 Uhr war das Gedränge sehr dicht geworden, viele Autos wollten aus dem Parkhaus heraus, schimpfend quälte sich der Vater durch den Stau, und Lena kam erst kurz nach eins am Baggersee an.

Nachdem sie ihr Rad abgesperrt hatte, nahm sie ihren kleinen Rucksack vom Gepäckträger und ging Richtung Steg. Tatsächlich, Frank wartete bereits auf sie. Scheinbar war er nicht scharf auf einen Sonnenbrand, denn er hatte sein T-Shirt anbehalten. Kleine Steinchen in den See werfend, baumelte er mit den Beinen und winkte ihr zu, während sie näherkam.
„Hallo, Frank, entschuldige die Verspätung, aber ich war mit meinen Eltern auf dem Markt, naja, und es hat sich halt alles ein bisschen verzögert."

Sie versuchte, sich ganz locker und lässig zu geben, obwohl ihr Herz raste und sie das Hämmern bis in den Kopf spürte. Verlegen stand sie vor Frank, ihren Rucksack auf den Schultern und senkte den Blick:
„Komm, Lena, wir gehen zu den Bäumen da hinten. Dort läuft nicht ständig jemand an uns vorbei, und zweitens holen wir uns womöglich sonst auch einen Sonnenstich, wie Sibylle."
Sie setzten sich nebeneinander in den Schatten. Lena zog die Schuhe aus und holte den Zettel, den sie in der Fußgängerzone von dem jungen Mann erhalten hatte, aus ihrer Hosentasche.
„Schau mal, Frank, das hab ich heute morgen von einem Werber bekommen, der stand mitten in der Fußgängerzone und verteilte solche Zettel an Jung und Alt."
Frank nahm den Zettel und las ihn durch.
„Das heißt, die werben die Leute direkt an der Straße. Vielleicht sollte ich mich blöd stellen und hingehen, die wissen doch nicht mehr, wem sie solche Zettel gegeben haben."
Sibylles Bruder sprach mehr zu sich selbst als mit Lena, die sich trotzdem direkt angesprochen fühlte und sofort reagierte, denn sie fürchtete bei einem Alleingang von Frank um ihre Position als Vermittlerin.
„Nein, Frank, das kannst du nicht machen, du kannst da nicht hingehen, aus mehreren Gründen. Erstens ist doch euer Name bereits bekannt durch Sibylle. Was glaubst du, wie schnell die draufkommen, dass du ihr Bruder bist. Zweitens hat sich Anna jetzt so aus dem Fenster gelehnt und alles arrangiert. Es wäre dumm, das aufs Spiel zu setzen."
Frank saß auf seinem knallroten Handtuch und starrte ins Leere, obwohl sein Kopf zum Baggersee hingewandt war. Lena hätte gerne gewusst, was hinter seiner Stirn vorging, er registrierte jedenfalls nicht, dass sie ihn mit den Augen geradezu verschlang.
„Lena - was hat Anna dir gesagt, was sollst du mir denn nun ausrichten?"
Lena wurde rot und kämpfte dagegen an. Sie drehte sich zu ihrem Rucksack, holte die Sonnenbrille heraus und setzte sie auf. Danach hatte sie sich wieder soweit gefangen, dass es völlig normal klang als sie Frank antwortete:
„Eigentlich sollen wir heute ausmachen, wie wir am unauffälligsten Informationen austauschen. Anna will wissen, wer Sibylle besucht, aus welchen Klassen die Leute kommen, mit wem sie telefoniert oder sonst Kontakt hat. Dafür sagt sie dir, was sie in Erfahrung bringt über diese *OfAP* und über die Schule."

Frank schüttelte den Kopf.
„Hör zu, das sind hier keine kleinen Detektivspielchen, wir haben auch nicht ewig Zeit, unsere Familie macht sich wirklich Sorgen um Sibylle. Es muss schnell etwas passieren. Ich kann mich doch nicht jeden Tag mit dir treffen, um irgendwelche Informationen auszutauschen. Das führt zu nichts, und wir lassen Sibylle immer länger in diesem Strudel. Sie beschäftigt sich nur noch mit Literatur, die wir nicht beurteilen können, weil sie uns ja nicht zeigen will, was sie liest. Ich weiß nur, dass Anna auf Sibylle einen guten Einfluss hat, denn sie war ausgesprochen freundlich und zugänglich, nachdem Anna bei uns war."
Frank stand auf, rollte sein Handtuch zusammen und verabschiedete sich von Lena mit den Worten:
„Ich muss mir das ganze die nächsten Tage durch den Kopf gehen lassen, ruf mich einfach Anfang der Woche an, oder ich melde mich bei dir. Ich möchte dich auf keinen Fall in etwas hineinziehen, was ich selbst nicht abschätzen kann. Also abgemacht, Montag oder Dienstag telefonieren wir. Erst einmal vielen Dank für deine Mühe, noch ein schönes Wochenende. Tschüss, Lena."
Er lächelte ihr zu, drehte sich um und ging. Lena war den Tränen nahe vor Wut und Enttäuschung, aber auch wegen ihrer eigenen Unbeholfenheit. Hätte sie doch versucht, mit Frank ein paar private Worte zu wechseln, über seine Hobbys, seine Interessen, anstatt nur von Sibylle und dieser blöden Organisation zu plappern. Er musste ja den Eindruck haben, als wäre sie nur an der Sache mit seiner Schwester interessiert.
Der Tag war gelaufen. Um ein Ventil für ihre Wut zu finden, nahm sie sich vor, gleich am Montag mit dem Vertrauenslehrer über diese Geschichte mit der *Organisation für Angewandte Philosophie* zu sprechen.
„Das wäre ja wohl gelacht, wenn man denen nicht beikommen könnte",
überlegte sie und wunderte sich, wie schnell sie mit einer neuen Idee ihr Stimmungstief regelrecht wegwarf. Sie stand sofort auf und radelte ebenfalls nach Hause.

Das Wochenende hatte es in sich, bei Eisenhorns läutete ununterbrochen das Telefon, Autos von Journalisten parkten vor dem Haus. Ein Zeitungsverlag, seit langem immer wieder von einer Journalistin über die Schulungsmethoden in der Firma, in welcher Martin Eisenhorn als Abteilungsleiter mit Prokura tätig war, informiert, recherchierte nun nachdrücklich zu diesem Thema. Am Freitag abend kam es deshalb zu einer Krisensitzung in der Geschäftsleitung der Firma, anschließend fuhr Herr Eisenhorn sofort zum Büro der *OfAP*, um das Problem mit dem zuständigen Offizier für Ethikfragen abzuklären. Die Organisation selbst war schon oft in die Schlagzeilen geraten, wirklich geschadet hat ihr das bisher nie. Wen interessierte denn schon ein Einzelschicksal, eine zerrüttete Familie, ein finanzielles Desaster, eine Ehetragödie. Kaum jemand hatte sich in all den Jahren aufgeregt über die Kinder, die in Umerziehungslagern streng nach den Richtlinien dieser Leute gedrillt wurden. Bis heute wusste niemand, dass es unzählige Tarnorganisationen gab, die alle nach der Philosophie und Technologie der Mutterorganisation arbeiteten, miteinander vernetzt waren und bereits viel Einfluss in Wirtschaft und Gesellschaft hatten.

Der Vater von Markus war äußerst erregt, als er dem Ethik-Offizier gegenübersaß.

„Ihr müsst was unternehmen gegen diese Journalistin, die da laufend herumschnüffelt. Sie hat mehrere Mitarbeiter angerufen und nach den Schulungen gefragt. So gut ihr das Ganze auch getarnt habt, ich fürchte, ich bekomme ernsthafte Probleme. Überleg doch mal, wieviel Geld von der Firma an euch geflossen ist über die Seminare, ganz zu schweigen von den Spenden meinerseits, um die Aktionen gegen Kritiker finanzieren zu können. Also lasst euch schleunigst was einfallen. Es muss eine Richtlinie geben, die hier greift."

Johann Neudorfer war seit über 20 Jahren aktives Mitglied der *OfAP* und seit 12 Jahren als Offizier für Ethikfragen eingesetzt. Seine Abteilung unterstand zu 100% dem Geheimdienst der *OfAP*. Neudorfer war bekannt durch seine gezielten Aktionen gegen alle, die sich kritisch über seine Organisation äußerten. Penibel genau prüfte er die Wissensberichte der Mitglieder. Er hatte eine komplette Datei mit Dossiers über Personen aus Behörden, Politik, bei der Polizei und Verwaltung, aber auch aus verschiedenen Redaktionen von Zeitungen, Radio und Fernsehen angelegt.

Er lächelte, und dieses Lächeln hatte schon so manchem Gegenüber das Blut in den Adern gefrieren lassen.

„Was regst du dich eigentlich so auf, es ist erst einmal gar nichts nachzuweisen. Die Firma, die bei euch die Kurse durchführt, ist eine eigenständige GmbH, also ein Unternehmen, das offiziell nicht das Geringste mit uns zu tun hat. Die übermittelten Trainings sind so ausgearbeitet, dass bis heute niemand dahinter gekommen ist, dass es sich zu 100% um unser eigenes Programm handelt. Was glaubst

du, warum das Ganze seit weit über zwanzig Jahren reibungslos funktioniert? Wir sind doch nicht blöd. Zu deiner Beruhigung habe ich aber nach deiner telefonischen Berichterstattung sofort alles überprüfen lassen, was uns an Daten über Personen vorliegt, die gefährlich werden könnten. Ich habe alles im Griff. Ich muss aber dir persönlich auf jeden Fall, so wie du dich aufregst, gleich zu einem neuen Kurs raten. Belege ‚*Wie handhabe ich kritische Stimmen*'!"
So, und jetzt bekommst du von mir einen Spezialauftrag, den du auf der Stelle ausführen wirst. Dein Sohn übrigens hat eine hervorragende Statistik, und bis zum heutigen Tag hat niemand in seiner Schule bemerkt, welche Vernetzung er für uns bereits vorgenommen hat. Seine Wissensberichte über die Mitschüler sind ausgezeichnet, detailliert und enthalten durchwegs wichtige Informationen über das Umfeld, vom privaten Bereich bis hin zu den Berufen der Eltern und Geschwister der jeweiligen Mitschüler. Und jetzt beweis ich dir, dass unser Prinzip von Geben und Nehmen aufgeht. Du hast in deiner Firma nicht nur dafür gesorgt, dass unsere Ideologie und die dazugehörenden Richtlinien eingeführt werden, sondern die ganze Firma kann Dank deiner Hilfe bereits von uns kontrolliert werden. Mit den Geldern, die uns von deiner Firma zugeflossen sind, haben wir die Möglichkeit gehabt, eine hervorragende Ausbildung zu bieten und so konnte dein eigener Sohn, ohne dass du es bemerkt hast, für verschiedene Ausforschungsprogramme unserer Abteilung für Öffentlichkeitsarbeit ausgebildet werden."
Herr Eisenhorn war sowohl erfreut als auch erstaunt über die Tatsache, dass der leitende Ethik-Offizier, noch dazu derjenige, der von allen am meisten gefürchtet wurde, seinen Sohn Markus über den grünen Klee lobte. Und er war sich durchaus bewusst, dass die von der Firma bereitgestellten Gelder für die Weiterbildung durch eine Tarnfirma der *OfAP* ihm hier einen Status verschaffte, der ihn berechtigte, Hilfe in schwierigen Angelegenheiten in Anspruch zu nehmen. Er war froh, dass Neudorfer selbst sich mit seinen Problemen beschäftigte.
„Als erstes werde ich sofort die Observation der Journalistin sowie ihres Vorgesetzten organisieren. Ich lass das heute noch anlaufen, damit wir schnell an Fakten kommen, die wir für unsere Zwecke einsetzen können. Du selbst gibst Fremden am Telefon keinerlei Auskünfte. Journalisten sollen ihre Fragen schriftlich bei euch einreichen, du gibst sie sofort an mich weiter, und ich werde sie mit unseren PR-Leuten besprechen. Wir antworten so, dass dir daraus kein Schaden entsteht. Du rufst morgen früh sofort sämtliche Füh-

rungskräfte zu einer Sitzung zusammen, denn irgendjemand muss ja bei der Journalistin geplaudert haben. Finde diesen Ärgernisverursacher heraus und ruiniere ihn gründlich. Für spezielle Kündigungsschreiben wendest du dich ebenfalls gleich morgen früh an Herbert Strahlmann, der die Ermittlungen in deiner Firma übernehmen wird. Damit ich es nicht vergesse, du wirst ab morgen die gesamte Post deiner Abteilung selbst öffnen, jeder Fax-Eingang wird von dir kontrolliert. Verlange jeden Abend den Fax-Tagesbericht und kontrolliere auch diesen. Das sind erst einmal die wichtigsten Punkte, damit wir die Situation schnell in den Griff bekommen.
Noch was: Am besten lässt du dir von deinem Trainer ein Programm für spezielle Handhabungs-Maßnahmen geben. Damit bist du für die ersten Tage sattelfest. Außerdem ist morgen ja Sonntag, und du kannst dich noch einmal mit dem Lügendetektor durchchecken lassen. Vielleicht hast du irgendetwas in deinem Umfeld übersehen, das kommt spätestens bei diesem Check dann heraus."
Er stand auf, reichte seinem Besucher die Hand und begleitete ihn zur Tür.
„Johann, ich werde punktgenau deine Anweisungen befolgen und erhoffe mir sehr, dass die ganze Angelegenheit in unserem Sinne ausgeht. Natürlich möchte ich auch, dass Markus in das Spezialprogramm übernommen wird. Falls es dir gelingt, die Journalistin zu stoppen und die Ärgernisverursacher in unserer Firma ausfindig und unschädlich zu machen, werde ich selbstverständlich mit einer neuen Spende nicht kleinlich sein."
Herr Eisenhorn begab sich zu seinem Trainer in den 3. Stock. Johann Neudorfer vom Geheimdienst der *OfAP* ging zurück in sein Büro ans Telefon. Er bestellte fünf Nachforschungsspezialisten zu sich, welche nahezu im Minutenabstand bei ihm erschienen. Neudorfer erteilte den Auftrag, das Umfeld der Journalistin, ihres Vorgesetzten und ganz speziell auch des Chefredakteurs der Zeitung genauestens nach negativen, propagandamäßig verwertbaren Punkten zu untersuchen. Es gehörte zu den wichtigsten Prinzipien des Gründers, dass Feinde gezielt vernichtet werden mussten, beruflich und, wenn möglich, auch privat. Um solche Ziele zu erreichen, war der Geheimdienst installiert worden, und natürlich wurden unglaublich viele Helfer und Helfershelfer benötigt. Im Laufe der Jahrzehnte, in denen die *OfAP* unbehindert und unerkannt ihr Netzwerk in der Gesellschaft aufbauen konnte, gelang es ihr, auch die *Sonderabteilung für Spezielle Aufgaben* auszubauen und zu etablieren. Johann Neudorfer war hier in seinem Element. Seine große Stärke bestand

darin, Vernichtungspropaganda gegenüber Kritikern zu formulieren und in Umlauf zu bringen, und seine Persönlichkeitsstruktur bewirkte, dass er an dieser Aufgabe echte Freude hatte.
„Ich denke, ihr habt mich verstanden. Ich erwarte am Montag um 17.00 Uhr hier auf meinem Schreibtisch einen lückenlosen Bericht über die Familienverhältnisse und das Umfeld dieser drei Personen."
Er legte vorbereitete Bögen vor jeden einzelnen seiner Mitarbeiter und ließ diese unterschreiben, dass sie in eigener Verantwortung handelten. Dadurch hatte Neudorfer, wie immer, die Kontrolle, und er entzog sich geschickt der juristischen Verantwortung für sein Handeln. Er verabschiedete die Spitzel mit einem kurzen Kopfnicken und lehnte sich zufrieden in seinem Stuhl zurück. Einmal mehr fühlte er sich als Übermensch.
Der Vater von Markus übte inzwischen im 3. Stock den Drill des Konfrontierens, denn diese Technik musste er bei seinem Teil der Problembewältigung in der Firma beherrschen. Der Ausdruck „*Konfrontieren*" steht in der internen Umgangssprache dafür, Personen über ein rhetorisch eingedrilltes Frage- und Antwortspiel zu beherrschen. Alles andere organisierte Johann Neudorfer für ihn. Er konnte sich ruhig und sicher fühlen, wenn er sich vollkommen den Befehlen unterordnete. Er hatte nichts mehr zu entscheiden, das erledigte schon längst die Organisation für ihn.

Kapitel 13

Robin war sehr gespannt, was Anna ihm wohl zeigen wollte. Das jährliche Familientreffen fand aufgrund der räumlichen Gegebenheiten immer im Haus von Annas Eltern statt, nicht nur wegen des großen, einladenden Gartens, sondern auch, weil es die meisten Schlafmöglichkeiten für die Gäste bot. Bereits am Freitag waren die ersten Verwandten angereist. Einerseits bot das Fest eine gute Gelegenheit für Robin und Anna, in Ruhe über ihre Beobachtungen zu sprechen, andererseits mussten sie natürlich damit rechnen, von den anwesenden Jugendlichen aus der Verwandtschaft laufend gestört zu werden. Am Samstagnachmittag begann das Treffen offiziell. Robin drängelte bereits am Morgen, er wollte gleich nach dem Frühstück losfahren, da er vor Neugierde beinahe platzte. Seine Mutter bremste ihn, denn sie hatte ihrer Schwägerin versprochen, zum diesjährigen Familientreffen mehrere Bleche mit Apfelstrudel zu backen. Es wurden immerhin mehr als 30 Personen erwartet. Ein Teil des Gebäcks war bereits am Freitagnachmittag fertig geworden, aber zwei Bleche waren noch im Ofen.

„Wisst ihr was, ich fahre mit dem Rad schon voraus zu Anna und ihr kommt nach, wenn der Strudel fertig ist."

„Nein, mein Sohn, du wirst dich schon gedulden müssen. Du weißt genau, warum du nicht mit dem Rad fahren sollst. Es werden nämlich nicht genügend Fahrräder für alle Jugendlichen dasein, und wenn dann wieder ein Teil am Abend verschwindet, sind diejenigen, die mangels Fahrrad nicht mitkönnen, so sauer wie im letzten Jahr. Uns reicht noch die Diskussion vom vergangenen Sommer. Also, wir haben etwas abgemacht, und dabei bleibt es."

Der Vater ließ in seinem Ton keine Widerrede zu.

„Dann gehe ich zu Fuß, ist doch bloß ein Spaziergang. Und ihr könnt in Ruhe mit dem Apfelstrudel nachkommen. Es ist sowieso besser, wenn ihr mehr Platz im Auto für die Bleche habt."

Die Mutter schüttelte den Kopf über Robins Ungeduld.

„Also, dann lauf los, leg aber vorher deine Sachen in den Kofferraum, nicht, dass wir nachher wieder wegen irgendwelcher CD's hin

und herfahren müssen. Du kannst ausrichten, in ca. zwei Stunden sind wir auch da."
Susanne Berger blinzelte ihrem Sohn verschwörerisch zu. Der holte die bereits vorbereiteten CD's, seinen Tischtennisschläger sowie eine kleine schwarze Tasche und verstaute alles mit einem „tschüss, bis nachher" im Kofferraum des Familienwagens. Dann trabte er auf schnellstem Wege los, mit seinen Gedanken überall, nur nicht beim Verkehr. Er achtete nicht auf die Autos, die am Straßenrand parkten. Erst als er einen heftigen Schlag spürte, sah er den schwarzmetalliclackierten Van, ein amerikanisches Reisemobil mit undurchsichtigen Scheiben. Die Fahrertür hatte Robin mit voller Wucht in Schulterhöhe getroffen.
„Entschuldigung, ich hab dich nicht gesehen. Hast du denn nicht gemerkt, dass die Tür aufging? Hab ich dir wehgetan?"
Robin krümmte sich vor Schmerz und rieb sich seinen Oberarm. Er war so geschockt, dass er kein Wort hervorbrachte. Die junge Frau stieg aus und fragte noch einmal, diesmal sehr besorgt:
„Hast du dir wehgetan, lass mal sehen?"
Erst als sie die Hände nach ihm ausstreckte, reagierte er und schüttelte den Kopf:
„Nein, nein, ich bin nur unglaublich erschrocken weil ich in Gedanken war. Es wird wohl einen blauen Flecken geben, weiter nichts. Ich hätte auch besser aufpassen müssen, ich denke, wir waren beide schuld."
Robin warf einen Blick in das Innere des Wagens, er war völlig überrascht, als er am Steuer Herrn Frank, seinen Kunstlehrer, sah. Die Überraschung war wohl beidseitig, denn der Fahrer bewegte sich nicht und schaute ihn an, als würde er ihn nicht kennen.
„Guten Tag, Herr Frank, das ist aber ein toller amerikanischer Wagen."
Der Kunstlehrer Frank vom Schubert-Gymnasium tat, als würde er Robin erst jetzt erkennen. Er stieg aus, und nun standen sie zu dritt auf dem Bürgersteig. Der Pädagoge unterbrach das kurze Schweigen:
„Ja, das kommt davon, wenn man so in Gedanken versunken ist, dass man die einfachsten Dinge nicht mehr wahrnimmt."
Kein Wort des Bedauerns, keine Entschuldigung, nur der übliche starre Blick, den Robin schon von der Schule kannte.
„Was macht denn der bei uns im Wohngebiet am Samstagmittag mit einem teuren amerikanischen Schlitten, und warum kommt er in die Schule mit einer Rostlaube, die jeden Augenblick zusammenfallen kann", überlegte Robin irritiert.

„Also, pass in Zukunft besser auf, wir sehen uns am Montag in der Schule, dann kannst du mir ja sagen, wie es dir geht."
Herr Frank beugte sich in den Wagen und holte einen Karton mit orangefarbenen Flugblättern heraus. Die junge Frau nahm ihm den Karton ab, schloss die Tür, und die beiden gingen quer über die Straße zu dem gelben Einfamilienhaus, das an der Ecke stand.
Robin blieb neugierig stehen. Er beobachtete, wie die Frau an der Haustür klingelte, und als hätte man sie schon erwartet, öffnete sich sofort die Tür, beide betraten das Haus. Erst jetzt kam wieder Leben in Robin, er lief zwischen den Autos quer über die Straße, um an dem gelben Haus vorbeizukommen, denn er wollte unbedingt sehen, welcher Name auf dem Namensschild stand. Er verlangsamte kurz seinen Schritt und schaute genau hin.
„Jette und Müller",
murmelte er mehrmals vor sich hin, um sich die Namen sicher einzuprägen. Sie sagten ihm nichts, aber vielleicht konnte Anna etwas damit anfangen.
Es war ausgesprochen ruhig für Samstagnachmittag, nur vereinzelt schallten fröhliche Kinderstimmen aus den Gärten. Vielleicht hörte man deshalb schon von weitem, dass es im Garten von Annas Familie hoch herging. Eine Menge Autos parkten rechts und links an der Straße, an den Nummernschildern erkannte Robin, dass seine gesamte Verwandtschaft schon eingetroffen war. Der Junge wappnete sich innerlich, um das übliche Begrüßungsritual zahlreicher Onkel und Tanten, vorwiegend bestehend aus verschiedenen Variationen wie zum Beispiel:
„Ach, Robin, du bist aber groß geworden, ein richtiger junger Mann", zu überstehen. Dann tauchte er in die Gruppe seiner ihn mit einem coolen „Hey, Robin" empfangenden Cousinen und Cousins ein. Er suchte Annas Blick und signalisierte ihr, dass er sie unbedingt allein sprechen wollte. Das war natürlich heute ein schwieriges Unterfangen, doch nach einigem Hin und Her löste Anna das Problem, indem sie irgendwas von dringenden Prüfungsarbeiten in der nächsten Woche murmelte und Robin bat, sie noch ganz kurz die letzten paar Seiten der Prüfungsbögen abzuhören. Natürlich stellte der ungläubige Thomas sofort seine langen Ohren auf und wollte ebenfalls beim Abhören behilflich sein.
„Nein, nein, Thomas, es geht viel schneller, wenn ich das mit Robin allein mache, wir sind ein eingespieltes Team, und dann hab ich das ganze Wochenende Ruhe."
Sie wartete weitere Reaktionen nicht ab und steuerte, ohne zu

zögern, das Haus an. Als die beiden endlich ihre Zimmertür hinter sich zumachten, lehnte sich Anna aufseufzend dagegen:
„Robin, ich kann dir jetzt das Buch nicht zeigen, ich habe es versteckt. Wir müssen irgendwie heute abend oder morgen verschwinden, vielleicht können wir uns auf den Spielplatz verziehen, irgendwo werden wir schon einen ungestörten Platz finden."
Anna war in gereizter Stimmung. Sonst genoss sie das Familientreffen durchaus, aber ausgerechnet an diesem Wochenende wollte sie in Ruhe mit Robin das Buch von Sibylle analysieren, und sie musste darauf achten, dass niemand von der Familie dieses Buch in die Finger bekam. Sie stand immer noch mit dem Rücken zur Tür und überlegte angestrengt, wohin sie sich noch heute abend mit Robin zurückziehen konnte, ohne dass dies jemandem groß auffiel. Robin seinerseits platzte beinahe vor Spannung, endlich der Cousine sein Erlebnis auf dem Herweg zu erzählen.
„Stell dir mal vor, was mir gerade auf dem Weg hierher passiert ist. Ich bin mit einer Autotür zusammengeprallt, die plötzlich aufging."
Er rieb sich den Oberarm und die Schulter, als wollte er so den Stoß sichtbar machen.
„Das kannst du mir auch nachher vor den anderen erzählen, da müssen wir jetzt nicht die Zeit vergeuden mit deinem komischen Unfall."
Anna war geradezu ärgerlich, dass Robin die kostbare Zeit in ihrem Zimmer mit dieser Nebensächlichkeit verschwenden wollte.
„Es geht doch nicht um den Zusammenstoß, es geht um die Person, die am Steuer des Wagens saß. Es war ein amerikanischer Van, und was glaubst du, wer der Fahrer war? Kein Geringerer als unser Kunstlehrer Frank. Und jetzt möchte ich wissen, was macht denn der in der Nelkenstraße mit einer jungen Frau und einem Paket bunter Zettel bei Leuten namens Jette und Müller?"
„Robin, das ist doch jetzt vollkommen egal, lass uns lieber nachdenken, wie wir ungestört die Broschüre von Sibylle anschauen können, ohne dass es bei diesem Familientreffen auffällt."
Sie hörten mehrere Personen die Treppe heraufkommen und schon versuchte jemand, die Tür zu öffnen. Anna hörte entnervt die Stimme vom ungläubigen Thomas.
„Sag mal, habt ihr bald eure Sitzung beendet? Was macht ihr eigentlich? Ich glaube nicht, dass ihr irgendwelche Listen von der Schule paukt. Komm, mach mal auf."
Thomas versuchte die Tür aufzudrücken, Anna machte einen Schritt zur Seite und Thomas, der sich von außen gegen die Tür gelehnt hatte, fiel beinahe ins Zimmer. Es nutzte nichts, sie mussten einen

anderen Ort für ihr Vorhaben finden. Das Risiko war zu groß, dass jemand - wie eben - einfach ins Zimmer kam und sie beim Lesen der OfAP- Broschüre erwischte.
„Thomas, du bist eine alte Nervensäge. - Okay, okay, wir gehen jetzt mit nach unten zu den anderen."
Die Gäste hatten sich in kleinen Gruppen überall im Haus verteilt und unterhielten sich angeregt. Im Garten war in U-Form eine riesige Kaffeetafel aufgebaut. Wie immer war das Kuchenbuffet so üppig, dass man gar nicht wusste, welche der Köstlichkeiten man zuerst essen sollte. Als der Kaffee fertig war, versammelten sich alle am Tisch und genossen die Kuchen und Torten zu dem duftenden Kaffee. Das Gespräch plätscherte dahin, jeder erzählte, was ihm wichtig erschien, die Kleinen aus der Verwandtschaft, rasch satt, tobten durch den Garten, und die Jugendlichen diskutierten über die neuesten Musikgruppen auf dem Markt. Anna registrierte ganz nebenbei, dass ihr Vater mit einem Berg von Büchern und Broschüren aus dem Haus kam, die er neben sich auftürmte, achtete aber nicht weiter darauf. Deshalb erschrak sie, als Judiths laute Stimme in ihr Bewusstsein drang.
„Das sind keine Einzelfälle, Vater. Das Ganze ist absolut organisiert und weitaus größer, als wir alle wissen. Die *OfAP* versucht doch schon seit vielen Jahren, überall Fuß zu fassen und Kontrolle auszuüben. Wer von euch hat denn eine Ahnung, um was es bei denen geht?"
Judith schaute von einem zum anderen und registrierte erstaunt, dass ihre Bemerkung keinerlei Reaktionen bei der Verwandtschaft auslöste.
„Schaut euch doch mal diesen Berg von Unterlagen an."
Annas Vater legte die Hand auf die Bücher und Broschüren neben ihm, seine Stimme war zwar wie immer ruhig und sachlich, aber es war deutlich wahrnehmbar, dass ihn die Angelegenheit wirklich berührte.
„Ich habe mehr als 10 verschiedene, öffentlich ausgewiesene Beratungsstellen angerufen, man braucht schon gute Nerven, wenn man ein Problem hat."
Seine Stimme war lauter als sonst, als er seine Versuche, sich zu informieren, schilderte.
„Einer der Experten hat eine Broschüre erstellt, jetzt soll ich die durchackern, um zu erkennen, wo die Gefahr liegt. Wer von euch kennt denn diese Organisation, habt ihr schon einmal davon gehört? Nach euren Reaktionen auf Judiths Frage muss ich davon ausgehen, dass ihr alle keine Ahnung habt."

Tante Rosa war sichtlich bemüht, das Thema zu wechseln und begann, den Apfelstrudel von Robins Mutter zu loben. Allgemeines, vages Gemurmel erhob sich, bis Tante Erika, die seit vielen Jahren mit Mann und Kindern in Schleswig-Holstein lebte, auf die Äußerungen von Bruder und Nichte einging.
„Wie kommst du denn jetzt auf die Idee, zu fragen, ob wir diese Organisation kennen? Ja, ich kenne sie, und zwar von unserem Gymnasium, und ich kann dir nur sagen, mach dir keine Illusionen. Wenn die mal irgendwo drin sitzen, bekommst du sie so schnell nicht mehr heraus. Bei uns ziehen inzwischen die ersten Eltern mit ihren Kindern weg. Erzähl mal, wie kommst du auf das Thema, hast du damit auch ein Problem?“
Nun merkten die Anwesenden auf. Die ganze Kaffeetafel rückte näher zusammen und zeigte Interesse. Anna sprang auf und lief in die hintere Ecke des Gartens, wo Robin mit dem „ungläubigen“ Thomas Tischtennis spielte, umgeben von anderen Cousins und Cousinen, welche die beiden anfeuerten. Anna fackelte nicht lange und unterbrach das Spiel:
„Robin, komm mal mit, ich muss dir unbedingt was sagen.“
Weder Robin noch die anderen reagierten, alle beobachteten gebannt den kleinen Tischtennisball, der mit seinem klack klack klack von einer Seite zur anderen sprang.
„Anna, ich führe gerade mit 19 zu 11 Punkten. Warte noch einen Moment, dann habe ich Thomas abgezogen.“
Anna drehte sich um und lief zurück zur Kaffeerunde, sie wollte auf keinen Fall die Diskussion versäumen. Tante Erika war voll in ihrem Element und erzählte von den Erfahrungen in der Schule in Schleswig-Holstein.
„Ihr könnt euch überhaupt nicht vorstellen, welche Schwierigkeiten wir an unserer Schule haben. Ein Lehrer, der von der *OfAP* geschult wurde und diese seit mehreren Jahren aktiv unterstützt, tyrannisiert nicht nur seine Kollegen, sondern verbreitet auch eine Atmosphäre des Misstrauens zwischen den Eltern, Lehrern und Schülern. Da gibt es eine Gruppe, die den Lehrer unterstützt in seinen Bemühungen, die Vorstellungen der Organisation in der Schule zu etablieren. Eine andere Gruppe wehrte sich und sorgte dafür, dass Aufklärungsvorträge an der Schule stattfanden. Nach diesen Vorträgen ist es dann richtig losgegangen. Der Lehrer erklärte laut und deutlich, dass an der Schule Krieg herrsche, wenn sich ihm jemand widersetze. Die Behörden reagierten träge und beantworteten die Briefe von besorgten Eltern gar nicht oder so vage, dass man absolut nichts damit

anfangen konnte. Ein Durcheinander, bei dem bald niemand mehr wusste, wer wo stand. Die Gegenaktion verlief im Sand, der Lehrer ist heute noch an der Schule und hat in seinem Fach Musik im letzten Schuljahr nachweislich all denjenigen eine 6 ins Zeugnis gegeben, die sich gegen ihn gestellt haben."

Betretenes Schweigen machte sich breit. Für die meisten Anwesenden war das Thema neu, sie konnten Tante Erikas Erzählung nicht recht einschätzen. Norbert Berger, der dies bemerkte, betrachtete den Berg von Unterlagen auf dem Tisch und versuchte, einen Anfang zu finden, um die anwesende Verwandtschaft kurz und doch verständlich zu informieren.

„Also, bei uns ist die Organisation für Angewandte Philosophie oder, wie du sagst, kurz *OfAP*, in dieser Woche zum Thema geworden, weil meine Töchter immer wieder davon gesprochen haben. Bei Anna an der Schule gibt es Jugendliche, die sich ebenfalls mit Lehrern auf unübliche Art und Weise, nun ja, verbünden, und keiner kann eigentlich genau sagen, was da abläuft. Judith wiederum ist in ihrer Firma mit gewissen Methoden konfrontiert worden, und nachdem die Medien auch immer wieder darüber berichten, habe ich mich jetzt kundig gemacht und mit mehreren Personen, die sich auskennen, Kontakt aufgenommen. Eine Menge Papier ist zu diesem Thema schon beschrieben worden, wie ihr - er legte seine Hand auf den Bücherstapel - erkennen könnt. Wenn man das Ganze durchgelesen hat, die Bücher und Broschüren, auch Stellungnahmen von Politikern bis hin zu einzelnen Experten, die sich seit langem damit auseinandersetzen, ist man am Schluss völlig entsetzt, warum nichts, aber auch gar nichts geschieht. Im Schubert-Gymnasium habe ich versucht, verschiedene Elternbeiräte telefonisch um Rat zu fragen und musste erkennen, dass die tatsächlichen Hintergründe und Vorgehensweisen der *OfAP* den meisten völlig unbekannt sind. Landläufig spricht man von einer Sekte oder einem Psychokult, unangenehm, aber unter die Religionsfreiheit fallend, und damit scheinen sich die meisten zufrieden zu geben. Schaut man sich aber die Strukturen und die Pläne dieser Organisation an, dann erkennt man, dass es sich um eine straff organisierte Gemeinschaft handelt, aufgebaut auf Befehl und Gehorsam, mit hochgefährlichen Methoden, die in allen Gesellschaftsschichten Kontrolle und Macht ausüben möchte. Auf bestimmte Jugendliche übt dies eine gewisse Faszination aus, denn ihnen wird suggeriert, sie hätten durch die ihnen angebotenen Schulungen Macht und Einfluss nicht nur über Gleichaltrige und Mitschüler, sondern auch über ihre Eltern und Lehrer. Welcher

Jugendliche ist wohl für solche Traumvorstellungen nicht anfällig."
Er schüttelte den Kopf und seufzte. Man merkte ihm an, dass er sich wirklich intensiv mit dem Thema auseinandergesetzt hatte.
„Sollen wir jetzt den ganzen Nachmittag nur über diese komische Organisation reden?"
Tante Rosa hatte von unangenehmen Dingen noch nie etwas wissen wollen. Sie sinnierte lieber über frühere Zeiten, tratschte gerne über den einen oder anderen in der Verwandtschaft, der sich vom Familientreffen abgeseilt hatte. Diskussionen lagen ihr überhaupt nicht. An diesem Nachmittag hatte sie aber wenig Erfolg mit ihrem Einspruch. Es stellte sich heraus, dass doch der eine oder andere der Anwesenden schon einmal etwas über diese Gruppierung gehört oder gelesen hatte oder sogar in seinem Umfeld Betroffene kannte. Die auf dem Tisch liegenden Unterlagen wurden herumgereicht und aufmerksam studiert. Das Thema beschäftigte die Tischrunde bis zum Abendessen.
Robin, endlich fertig mit dem Tischtennisspielen, setzte sich neben Anna und wollte wissen, warum sie ihn vorhin unbedingt sprechen wollte.
„Jetzt ist das Ganze schon gelaufen",
antwortete Anna mit leiser, aber gepresster Stimme.
„Dir war ja Tischtennis wichtiger als Tante Erikas Erzählung von ihren Erlebnissen in Marions Schule. Zu doof, dass die heute nicht da ist, es hätte mich wirklich interessiert zu erfahren, was da so in den Klassen abging."
Unwillkürlich übernahm auch Robin das leise Sprechen:
„Frag doch Tante Erika, die weiß das sicher auch. Und übrigens, vielleicht wäre das jetzt die Gelegenheit, dieses Heft herzuholen und ganz offen darüber zu sprechen. Dann würden die hier merken, dass wir besser informiert sind als die meisten aus der Familie."
Anna runzelte die Stirn, die Idee gefiel ihr nicht recht. Sie beugte sich an Robins Ohr:
„Erstens habe ich Sibylle versprochen, das Heft niemandem zu zeigen, zweitens hab ich meinem Vater versprochen, mich nicht im Alleingang damit zu beschäftigen, weil er sich ja bei Experten erkundigen wollte. Stell dir mal vor, ich erzähl von meinem Treffen bei Sibylle, von Klaus und Markus und wie wir hier jeden Tag irgendetwas anderes an unserer Schule suchen. Nein, nein, Robin, die nehmen uns doch nicht ernst, und außerdem meinen die, sie müssen uns vor irgendwas beschützen. Deshalb erzählen sie uns vermutlich nur die Hälfte."

An Annas Ton erkannte Robin, dass das Thema für sie beendet war. Er akzeptierte ihren Vorschlag, einfach dem Tischgespräch zuzuhören, in der Hoffnung, etwas zu erfahren, womit sie an der Schule ein Stück weiterkamen. Das war Anna im Moment wichtiger, als auf den Spielplatz zu gehen und dort heimlich Sibylles Heft durchzusehen. Immerhin lag es gut unter der Matratze, und niemand ahnte, dass sie bereits im Besitz von Originalmaterial der *OfAP* war. Auch war sie sehr an den Unterlagen interessiert, die ihr Vater besorgt hatte. Sie nahm sich eines der Bücher und blätterte es mit Robin durch. Einzelschicksale, Vorgehensweisen und Zielsetzungen wurden detailliert beschrieben. Es war schon komisch, bis vor einer Woche gab es dieses Thema überhaupt nicht in Annas Umfeld. Nun schien es, als würde sich alles nur noch darum drehen.

Kapitel 14

Die Nervosität von Markus' Vater steigerte sich von Stunde zu Stunde. Er hatte die ganze Palette der Seminare hinter sich und spürte zum ersten Mal am eigenen Leib, dass Theorie und Praxis im Ernstfall auseinanderklafften. Er war nicht der gelassene Übermensch, der stets alles im Griff hatte, wie es im Kursprogramm als Auswirkung der Drills versprochen wurde. Er hatte schlicht und ergreifend Angst um seine Position. Der Druck von Seiten der *OfAP*, immer mehr und mehr Mitarbeiter in der Firma schulen zu lassen, steigerte sich. Dazu kam der Ehrgeiz seiner Frau, die sich nur noch für ihre persönliche Weiterbildung in den einzelnen Seminaren dieser Organisation interessierte. Die private Finanzlage war prekär. Die Gelder für die erste Hypothek auf das Haus waren für die Grundkurse der Familie Eisenhorn draufgegangen. Danach hatte ihm der Sonderbeauftragte für Weiterbildung den Vorschlag gemacht, in seiner Firma diese Kursprogramme von den Lizenznehmern der Organisation durchführen zu lassen. Durch die Provisionen, die er in diesem Fall über ein Punktesystem verbuchen konnte, wäre seine persönliche Ausbildung finanziert. Das hörte sich gut an, er hatte Blut geleckt. Deshalb war er mit dem Vorschlag seiner Ausbilder sehr einverstanden.

So weit, so gut. Aber jetzt tauchte diese Journalistin auf, begann zu recherchieren, und plötzlich stand nicht nur seine berufliche Position auf dem Spiel, er stand auch vor großen finanziellen Problemen. Die Bank genehmigte keinen neuen Kredit, seine festen Kosten, wie Versicherungen und Lebensunterhalt, konnte er nur noch schleppend bezahlen. Man hatte ihm versprochen, dass seine berufliche Karriere durch die Kursprogramme steil ansteigen würde. Er müsse sich keine Sorgen machen, denn die im Betrieb eingeschleusten Unternehmensberater und Trainer hätten alles im Griff. Bei den wöchentlichen Meetings bekam er seine Vorgaben, was er selbst zu erledigen hatte. Er war in einer Kontrollfunktion in der Firma eingesetzt und unterstand selbst wiederum der Kontrolle des diensthabenden Offiziers für Ethikfragen. Bis ins kleinste Detail war nicht nur alles organisiert, sondern auch kontrolliert. Erschwerend kam dazu, dass es niemanden mehr in seinem Umfeld gab, mit dem er sich aussprechen konnte. Seine Zweifel, sein schlechtes Gewissen, seine Sorgen musste er für sich behalten. Jede Aussage gegenüber seiner Frau oder gegenüber seinem Sohn Markus war gefährlich, wurde umgehend in Berichten dokumentiert und bei der *OfAP* abgegeben. Er selbst war genauso verpflichtet, einen Bericht anzufertigen und weiterzuleiten, wenn Markus oder seine Mutter sich zweifelnd oder negativ über die Organisation, die Vorgehensweisen oder die Trainings äußern würden. Jeder Einzelne war isoliert und über das gegenseitige Spitzelsystem kontrollierbar. Eigentlich ein teuflisches Spiel. Vielerlei Ängste nagten immer mehr an ihm. Nach außen spielte er den lässigen, erfolgreichen Manager. Im Grunde war alles eine große Lüge, beruflich und privat. Schon lange gab es kein Familienleben mehr, jeder ging seines Weges und war nur damit beschäftigt, die vorgegebenen Aufgaben zu erfüllen, auch heute, an diesem Sonntag vormittag, als er nachdenklich in seinem Wohnzimmer auf und ab lief. Früher war ein gemeinsames Sonntagsfrühstück selbstverständlich gewesen, man unternahm etwas zusammen, besuchte Freunde oder ruhte sich am Wochenende aus. Jetzt war die Zeit verplant bis in die letzte Sekunde.

Er klopfte an Markus' Zimmertür und trat ein. Der Sohn saß bereits am Schreibtisch und war mit seiner Statistik beschäftigt.

„Guten Morgen, Markus, wie läuft es bei dir?"

Markus drehte sich nicht um, hatte keinen Morgengruß für seinen Vater, blickte nur auf seine Statistik und die aufgestapelten Berichte, die vor ihm lagen.

„Es könnte zwar noch besser sein, aber wie es aussieht, kann ich Klaus Wagner locker überrunden. Er macht einen Fehler nach dem anderen, ist hauptsächlich damit beschäftigt, seine Strafarbeiten zu erledigen und kann nicht mehr expandieren. Ich habe inzwischen in der Schule die Kontrolle über die einzelnen Klassen übernommen und neue Kontakte zu Lehrern geknüpft. Meine Statistik geht steil nach oben, wie du hier siehst."

Er zeigte auf die steigende Kurve, die er selbst eingezeichnet hatte. Für jeden neu geworbenen Schüler bekam er Punkte, ebenso für jede Person, die er über das Werbeprogramm mit Handzetteln und Freikarten für die Filmvorführung dazu gebracht hatte, in der Organisation eine Dienstleistung zu buchen. Am allermeisten schlug für ihn zu Buche, dass er bis in die unteren Klassen Vertrauensleute geworben hatte, die ihm zuarbeiteten. Er war von dem Ehrgeiz gepackt,

das komplette Gymnasium im Sinne der *OfAP* umzukrempeln und arbeitete fanatisch an dieser Zielsetzung.
„Markus, hast du irgendwas in deinem Umfeld gehört von einer Journalistin, die über die Kursprogramme recherchiert?"
Markus schüttelte den Kopf, es war für den Vater nicht klar zu erkennen, ob er die Frage registriert hatte. Herr Eisenhorn wusste ganz genau, dass bereits diese Frage reichte, Markus zu verpflichten, ihr Gespräch in seinen Bericht aufzunehmen. Er fragte nicht weiter nach, klopfte Markus auf die Schulter und lobte ihn für seine Erfolge.
Er vermisste seine Frau. Diese war zur Zeit so intensiv in einem Kursprogramm eingebunden, dass er sie kaum zu Gesicht bekam. Der Haushalt geriet langsam aus den Fugen. Wenn nicht ab und zu seine Mutter das Gröbste erledigen würde, wäre es längst auch sichtbar im Haus zu einem Chaos gekommen.
Es klingelte. Langsam ging Martin Eisenhorn zur Tür und öffnete. Vor ihm stand der Unternehmensberater Wolfgang Schmidt, den er persönlich in der Firma etabliert hatte.
„Guten Morgen, ich muss dich unbedingt sprechen wegen der Angelegenheit mit der Journalistin. Wir müssen in die Firma, ein paar Dinge klären."
„Komm herein und setz dich einen Moment ins Wohnzimmer. Ich mache mich rasch fertig."
Der Unternehmensberater hatte früher mit seiner ersten Frau selbstständig einen kleinen Handwerksbetrieb geführt. Er buchte Kurse und kaufte dann eine Lizenz, um unter eigenem Namen die Trainings in Firmen zu verkaufen. Er bekam von der *OfAP* Adressen von Interessenten, das „Know-how" wurde ebenso geliefert wie die benötigten Kursunterlagen. Dafür bezahlte er eine Gebühr von allen Einnahmen, die er erwirtschaftete. Die Geschäftsverbindung mit Martin Eisenhorn war für ihn ein Glücksfall. Aufgrund der Berichte, die Markus in der Organisation über seine Familie abgab, war es einfach gewesen, ganz gezielt an den Vater heranzutreten und ihm Angebote für Mitarbeiterschulungen in der Firma, in welcher er eine leitende Position in der Personalabteilung bekleidete, zu unterbreiten. Die Begeisterung des Sohnes hatte auch die Eltern angesteckt, die Unterwanderung der Firma war dadurch ein Kinderspiel gewesen. Alles lief völlig reibungslos, bis diese Journalistin auftauchte. Einzelne Mitarbeiter der Firma hatten sich wohl in ihrem Umfeld über das straffe Kursprogramm beschwert, Grund genug für die neugierige Person, zu recherchieren. Das musste nun geregelt, gehand-

habt werden, wie es in der internen Sprache der *OfAP* hieß.
Die beiden Männer verließen das Haus, ohne miteinander zu sprechen und fuhren zur Firma. Mit einem Zentralschlüssel konnte der Prokurist nicht nur alle Räume betreten, er konnte natürlich auch die Alarmanlage ausschalten.
„Also, was gibt es zu erledigen?“
Erst im Aufzug, als Wolfgang Schmidt den Knopf für den 2. Stock gedrückt hatte, stellte Martin Eisenhorn diese Frage.
„Als erstes müssen wir in die Buchhaltung, um verschiedene Rechnungen aus dem PC zu entfernen. Weiter nimmst du den Ordner mit den Wissensberichten der Mitarbeiter mit nach Hause. Die Ethikakten nehme ich mit in die *OfAP*. Dort werden sie unter Verschluss gehalten, damit auf keinen Fall irgendjemand von außen Beweismaterial in die Finger bekommt. Wir werden heute Nachmittag die einzelnen Schwachpunkte der Führungsabteilung dieser Firma durchgehen, und du wirst morgen in Einzelgesprächen diskret darauf hinweisen, dass diese Schwachpunkte selbstverständlich an die Öffentlichkeit gelangen, wenn die Journalistin mit ihrer Recherche nicht gestoppt werden kann.“
„Und was ist, wenn morgen die Ordner von den Sekretärinnen gesucht werden?"
„Stell dich nicht so an, ich bin natürlich morgen da, niemand wird einen Ordner suchen, weil wir ganz einfach neue anlegen und ins Regal stellen. Die Unterlagen sind in der Geschäftsleitung und werden geprüft. Eine andere Antwort wird es nicht geben! Fragen stellen wir, nicht die Sekretärinnen! Ich denke, das solltest du, bei deinem Schulungsstand, bereits begriffen haben.“
Am Ton war zu erkennen, dass auch der Unternehmensberater unter großem Druck stand und dementsprechend gereizt war. Markus' Vater setzte sich ohne ein weiteres Wort an den PC der Buchhaltung, speicherte die einzelnen Rechnungen auf eine Diskette und löschte sie dann auf der Festplatte. Währenddessen sammelte Wolfgang Schmidt die Ordner mit den Wissensberichten und die Ethikakten und stapelte sie aufeinander.
„Ich brauche einen Karton, so können wir die gar nicht tragen. Ich geh mal runter und schau im Versand nach!“
Erst als Rechnung für Rechnung am Bildschirm aufgetaucht war, wurde Martin Eisenhorn bewusst, welche Summen bereits aus der Firma für Weiterbildung im Sinne der Organisation geflossen waren. Er überlegte verzweifelt, wie die Buchhalterin reagieren würde, wenn sie die fehlenden Rechnungen bemerkte. Diese Frage beschäf-

tigte ihn von Rechnung zu Rechnung mehr. Als Wolfgang Schmidt mit einem großen Karton wieder in der Tür erschien, fragte er ihn sofort:

„Wolfgang, sag mal, glaubst du nicht, dass die Buchhalterin stutzig wird, wenn sie merkt, dass die ganzen Rechnungen für die Mitarbeiterschulungen auf der Festplatte verschwunden sind?“

„Sie wird garantiert weder danach fragen noch darüber berichten, ich hab doch ihre Ethikakte, ihre Probleme sind alle dokumentiert. Immerhin hat sie doch selbst am Computer so einiges manipuliert, hat Spielchen mit dem Urlaubsgeld gemacht, Barentnahmen getätigt und verbucht, in der Buchhaltung gefälschte Rechnungen einfließen lassen“,

antwortete der Unternehmensberater gelassen. Er hatte sich natürlich über dieses Problem auch schon Gedanken gemacht. Wie man mit Situationen dieser Art umging, dafür gab es Richtlinien. Wolfgang Schmidt konnte nur den Kopf schütteln über die Frage seines Komplizen, denn dieser musste wissen, dass alle Eventualitäten schon längst eingeplant waren. Die Schwachpunkte waren immer die Buchhaltung und die Personalabteilung. Dort musste man Leute etablieren, die man entweder vollkommen in der *OfAP* integrierte oder die erpressbar waren. Beides war ihnen in dieser Firma mit Hilfe von Markus' Vater gelungen. Also gab es auch nichts zu befürchten. Man hatte, so schien es, alles im Griff.

Länger als eine Stunde war der Prokurist damit beschäftigt, alle Unterlagen für die Personalschulungen zu verschleiern. Wenn alles ausgestanden und nichts mehr zu befürchten war, konnte man ja über die Diskette wieder alles auf die Festplatte zurückinstallieren. Es war nicht strafbar, Management- und Mitarbeiterkurse, bei wem auch immer, zu buchen, Wissensberichte zu erstellen und Ethik-Akten anzulegen, nach den herrschenden Gesetzen war alles legal abgelaufen, es durfte nur zum jetzigen Zeitpunkt die Verbindung zur OfAP nicht ans Tageslicht kommen.

Die beiden Männer trugen den Karton mit Ordnern zum Auto, Herr Eisenhorn stellte die Alarmanlage wieder an und schloss sorgfältig ab.

Im OfAP-Zentrum angekommen, war es schwierig, einen Parkplatz zu finden. Wie immer am Sonntag waren die Kursräume überfüllt und emsiges Treiben herrschte im Foyer und den Aufenthaltsräumen. Die Ordner mit den persönlichen Ethikakten der Mitarbeiter wurden sofort ins Büro des zuständigen Offiziers für Ethikfragen in Firmen gebracht. Diese Dossiers waren wichtig, falls einer der

Mitarbeiter auf die Idee kam, gegenüber der Presse oder Behörden auszupacken - aufgrund der gesammelten Informationen war es dann nicht schwer, den Betreffenden unter Druck zu setzen. Im vorliegenden Fall war es nun notwendig geworden, die detailliert geführten Akten in der *OfAP* griffbereit zu haben, denn von hier aus würden die Gegenmaßnahmen organisiert und gesteuert werden. Die schnellen, sicher durchgeführten Aktionen erweckten bei dem betroffenen Abteilungsleiter, Herrn Eisenhorn, nun den Eindruck, dass das Problem wirklich in den Griff zu bekommen war, deshalb willigte er erleichtert ein, sich einem Spezialverfahren zu unterziehen, das ihm sein persönlicher Trainer vorschlug. Wieder einmal hatte er die Verantwortung an die Organisation abgegeben, um persönlichem Druck und Unbehagen zu entgehen. Er war nur noch ein ausführendes Organ, völlig willenlos durch die Beeinflussung beim Reminding, erpressbar durch finanzielle Probleme und damit für die *OfAP* kalkulierbar. Den restlichen Sonntag verbrachte Martin Eisenhorn in den Kursräumen, handhabte sein Spezialprogramm und war beim Heimfahren wieder völlig davon überzeugt, das Richtige getan zu haben. Die nagenden Zweifel des Vormittags waren nach den Einzeltrainings wie weggewischt.

Experten, die dieses Manipulationssystem durchschauten, sprachen von diesen Kursen als von einer besonders perfiden Form der Gehirnwäsche, vergleichbar damit, alles von der Festplatte eines Computers zu löschen und dann ein neues Software-Programm zu laden. Diese Programmierung bewirkte die vollkommene psychische Abhängigkeit. Sie garantierte, dass Kritiker als unglaubwürdige Feinde betrachtet wurden, und sie erweckte geradezu eine Art Sucht nach immer neuen Kursen. Für die *OfAP* war diese Abhängigkeit überlebensnotwendig, denn nur ein durch und durch kontrollierbarer Mensch war ein sicherer Garant für die Zielsetzung ihrer Organisation.

Markus schlief bereits, als sein Vater nach Hause kam, die Mutter war abwesend. Nur einen ganz kurzen Moment überlegte Herr Eisenhorn, wann die Familie das letzte Mal frei und unbeschwert zusammen gewesen war. Ein Blitzgedanke, den er sofort verdrängte, bevor er in einen tiefen Erschöpfungsschlaf fiel.

Kapitel 15

Frau Reichert hatte sich am Wochenende bemüht, die Adressen der Ethiklehrer aller Schulen der Stadt herauszufinden. Die Aussage des Polizisten, dass auch die Autos einiger Kollegen besprüht worden waren, beschäftigte sie ununterbrochen. Sie konnte sich einfach keinen Grund für eine solche Aktion vorstellen.
Am Montag morgen führte ihr erster Weg zur Sekretärin des Direktors. Sie bat Frau Wenger, ihr zu helfen, die Religions- und Ethiklehrer und -lehrerinnen an anderen Schulen zu kontaktieren. Der Angriff auf deren Fahrzeuge war auch im Schulamt zum Thema geworden, eine Sitzung mit Lehrern wurde vorbereitet. Bei dieser Gelegenheit wollte der Schulrat auch die Beschwerden von Elternbeiräten über entsprechende Vorkommnisse in Schulen zur Diskussion stellen. Der Termin für dieses Gespräch war auf Dienstag, 17 Uhr, angesetzt.
Frau Reichert stand im Direktorat und schrieb sich die Namen und Telefonnummern derjenigen Ethiklehrer heraus, die sie von zu Hause aus nicht hatte recherchieren können. Die Sekretärin versprach, sie bei der Kontaktaufnahme zu unterstützen und diejenigen anzurufen, die sie persönlich kannte. Keine der beiden Frauen hörte, dass sich die Tür öffnete und Kunstlehrer Frank das Direktorat betrat, als Frau Reichert eben erzählte:
„Ich habe das ganze Wochenende darüber nachgegrübelt, aus welchem Grund mein Auto verschmiert worden ist, und ob es einen Zusammenhang gibt zwischen mir und anderen betroffenen Kollegen, die ebenfalls Ethik unterrichten. Ich kann mir nur vorstellen, dass es um ein Thema geht, das wir alle auf dem Lehrplan und mit den Schülern durchgenommen haben. Wenn wir dieses Thema herausfinden, könnten wir in der Sache weiterkommen."
„Keine schlechte Idee, Frau Reichert."
Die Sekretärin stand auf, um die Kaffeekanne vom Fenstersims zu nehmen, als sie den Kunstlehrer sah:
„Herr Frank, wie kommen Sie denn hier herein? Ich habe weder Ihr Anklopfen noch ein Geräusch beim Türöffnen gehört. Können Sie

wie ein Geist durch geschlossene Türen gehen? Nachdem an dieser Schule möglicherweise eigenartige Kräfte wirken, würde mich das gar nicht einmal so wundern."

Sie lachte, stellte Tassen auf den kleinen Tisch am Fenster und schenkte für sich und Frau Reichert dampfenden Kaffee ein. Die Lehrerin blätterte gedankenverloren in ihren Listen, sah hoch und bekam eine Gänsehaut, als sie den eisglitzernden Blick des Kunstlehrers auf sich gerichtet sah.

„Herr Frank, was kann ich für Sie tun? Eilt es oder hat es Zeit bis nach der Pause?",

fragte Frau Wenger ruhig, während sie Frau Reichert, die völlig regungslos dasaß und sich erst später fragte, warum sie wie ein hypnotisiertes Kaninchen auf die Blicke des Kollegen reagierte, eine gefüllte Tasse reichte.

„Meine Damen, ich will Sie nicht bei Ihrem Kaffeeplausch stören, ich wollte nur fragen, welche Lehrer bei dem Gespräch im Schulamt morgen um 17.00 Uhr anwesend sein müssen. Ich habe Zeit und bin gerne bereit, in Vertretung von Kollegen den Termin im Schulamt wahrzunehmen, falls sich bei Ihnen jemand meldet, der nicht kann. Mit Vertretungsvollmacht ist das kein Problem."

„Herr Frank, das finde ich aber nett von Ihnen, dass Sie so kurzfristig Ihre Zeit opfern wollen."

Frau Wenger nahm die Liste der eingeladenen Lehrkräfte und zeigte sie Herrn Frank.

„Schauen Sie, ich habe schon von einigen der hier Eingeladenen gehört, dass sie morgen um 17.00 Uhr lieber etwas anderes machen würden, als sich den Kopf heiß zu diskutieren, wie man mit der Sache umgehen soll. Ich werde Ihr Angebot gern weiterleiten."

Das Unbehagen in Frau Reichert verstärkte sich. Ihr Kampfgeist erwachte und sie stand sogar auf, um ihren Worten Nachdruck zu verleihen.

„Das wundert mich aber, Herr Frank, dass gerade Sie sich so einsetzen, obwohl Sie mich doch letzte Woche eindringlich beschworen haben, das alles nicht so ernst zu nehmen und mich nicht von einem dummen Streich einschüchtern zu lassen. Haben Sie Ihre Meinung inzwischen geändert und befürchten nun auch, dass es ernsthafte Hintergründe für das Beschmieren meines Wagens geben könnte? Oder wie soll ich Ihr plötzliches Interesse einordnen?"

Die Sekretärin hob alarmiert ihren Kopf. Beide Damen strahlten plötzlich Unnahbarkeit aus.

„Nun denn, ich sehe, dass Sie gerade mit Detektivarbeit beschäftigt

sind und will Sie nicht weiter stören. Ich möchte Sie nur darauf hinweisen, dass man als Unbedarfter Dinge falsch interpretieren kann und sich schon so mancher die Finger verbrannt hat in Angelegenheiten, die er nicht richtig eingeschätzt hat."
Nach einem kurzen Kopfnicken drehte sich der Kunstlehrer um und verschwand genauso lautlos, wie er gekommen war. Frau Reichert schüttelte den Kopf:
„Ob Sie's mir glauben oder nicht, aber irgendetwas stimmt mit dem nicht. Immer taucht er so plötzlich, so unerwartet auf, und im Nu entsteht eine angsteinflößende Atmosphäre. Mir geht es jedenfalls so, und ich habe schon oft bemerkt, dass Kollegen geradezu verstummen, wenn Herr Frank in der Nähe ist. - Naja, ich will Sie ja auch nicht so lange aufhalten. Zeit für den Unterricht."
Sie stellte die leere Tasse auf das Tablett neben der Kaffeemaschine, nahm den Zettel, auf dem sie sich die Telefonnummern der Ethiklehrer notiert hatte und machte sich auf den Weg ins Lehrerzimmer, um ihre Unterrichtsunterlagen zu holen. Sie sah nicht, dass der Kollege Frank in der Telefonzelle im Gang eifrig telefonierte und konnte natürlich auch nicht ahnen, dass in diesem Moment bereits die *OfAP* darüber informiert wurde, welche Ethiklehrer der Stadt von welchen Personen kontaktiert würden. Das Kontrollsystem funktionierte.
In den Büros der *OfAP* ging es zu wie in einem aufgescheuchten Ameisenhaufen. Ein neues Problem war aufgetaucht. Landesweit wurde von anderen Büros, die alle als eigenständige Vereine fungierten, Hilfspersonal angefordert, um auf allen „Kriegsschauplätzen" gerüstet zu sein.
Einerseits war da die Journalistin, die eine große Story über die Schulungen in der Firma Eisenhorn herausbringen wollte. Andererseits gab es Eltern, die sich beschwerten, weil ihre minderjährigen Kinder sich von der Familie zurückzogen und ausschließlich nur noch in der Organisation ihre Freizeit verbrachten. Dazu kam noch die Ethiklehrerin, die einer Aufklärung der Autoaktion gefährlich nahe kommen würde, wenn es ihr gelang, alle Betroffenen an einem Tisch zu versammeln.
Die *OfAP* legte Wert darauf, dass die Werber an der Front von eventuell auftretenden Schwierigkeiten überhaupt nichts erfuhren. Für Probleme war ausschließlich die Abteilung für Öffentlichkeitsarbeit zuständig, deren Geheimdienst an diesem Vormittag auf Hochtouren arbeitete. Aufgrund der durch engagierte Kritiker mit hohem Wissensstand endlich ausgelösten öffentlichen Diskussion über die

Organisation in den Medien kam es immer wieder zu kleinen „Brandherden", wie man dies intern nannte, und man wollte mit allen Mitteln verhindern, dass daraus ein Flächenbrand der Aufklärung entstand. Aufgeschreckt durch die Medienberichte, hatte unlängst sogar die Zentrale in Amerika besorgt reagiert und telefonisch angefragt, ob man Verstärkung benötige, um die „Ärgernisverursacher" zu stoppen.

Johann Neudorfer, endlich gefordert, lief zu seiner vollen Größe auf: „Wir brauchen keine Unterstützung. Wir haben die Ärgernisverursacher im Visier und setzen sie in den nächsten Stunden schachmatt." Mit lauter, klarer und harter Stimme sprach er ins Telefon, als er der Zentralstelle in den USA einen persönlichen Wissensbericht durchgab. Er musste es schaffen, die Angelegenheit zu regeln. Ansonsten musste er damit rechnen, dass man ihm eine andere - geringere - Aufgabe zuwies und er als Versager dastand. Genau das wollte er, wie jedes andere aktive Mitglied, unbedingt vermeiden. Er war bereit, mehr zu tun, als gesetzlich vertretbar war. Es gibt viele Mittel, um Kritiker unglaubwürdig und mundtot zu machen, Journalisten einzuschüchtern und Redaktionen zu attackieren, damit geplante Artikel oder Sendungen entweder gar nicht oder so verharmlost ausgestrahlt werden, dass sie keine Gefahr mehr für die Organisation darstellen.
Die Ausforschungsspezialisten waren an diesem Montagmorgen bereits seit Stunden unterwegs, um belastendes Material gegen jeden zu finden, der sich negativ über die *OfAP* geäußert hatte. Koordiniert wurde das Ganze von Johann Neudorfer. Der setzte sich nach seinem Telefonat wieder an seinen Schreibtisch und begann, eine Liste aller von den Problemen betroffenen Personen zu erstellen, um einen Plan ausarbeiten zu können. Martin Eisenhorn machte ihm im Moment neben dem Gymnasium die meisten Sorgen. Neudorfer schrieb nacheinander verschiedene Namen von Mitgliedern der Organisation auf und daneben ihre Aussagen, die eine Gefahr darstellen konnten. Dann zeichnete er einen Pfeil von dem Namen Martin Eisenhorn zu Markus, der wiederum eine Schlüsselfigur im Gymnasium war. Die Gefahrenquellen waren ganz klar erkennbar. Der Vater hatte bewusst hohe Summen für Mitarbeiterschulungen in seiner Firma produziert und damit die *OfAP* in hohem Maße unterstützt. Er würde beruflich Probleme bekommen, wenn die Vorgänge in seiner Firma öffentlich werden sollten. Das diesbezügliche brisante Material wurde inzwischen in der Organisation so verstaut und

getarnt, dass selbst bei einer Hausdurchsuchung niemand etwas damit anfangen konnte. Frau Christine Eisenhorn war ebenfalls kontrollierbar, sie hatte sämtliche familiären und finanziellen Beziehungen und Schwierigkeiten feinsäuberlich in ihren Berichten festgehalten und während des Reminding sämtliche größeren und kleineren Untaten seit ihrer frühen Kindheit bereitwillig „gebeichtet". Markus war ein fanatischer Anhänger - strebsam, ehrgeizig und gerade damit beschäftigt, Klaus Wagner in seiner Position zu überrunden. Neudorfer lehnte sich in seinem Sessel zurück. Er würde der Zentrale in den USA beweisen, dass er alles im Griff hatte.

Die Angelegenheit mit dem Gymnasium musste ebenfalls sorgfältig bedacht werden. Da war einmal der Kunstlehrer, der fein säuberlich über sämtliche Interna des Lehrerkollegiums berichtete. Er war der Kontrollpfeiler für die Schüler, die innerhalb der Klassen agierten und dort das „*Frischfleisch*", wie Neulinge gern genannt wurden, heranholten.

Die Panik wegen der Recherchen der Journalistin Johanna Ecker erschien dem Geheimdienstmann ebenfalls überzogen. Schließlich hatte er längst Gegenmaßnahmen eingeleitet. Bereits die allerersten Ansätze dieser Recherche waren in einem Bericht aus der Firma auf Neudorfers Schreibtisch gelandet.

Der Name des Redaktionsleiter, der diesen Artikel abzusegnen hatte, stand seit langem in den Unterlagen der *OfAP*. Seine Schwachpunkte waren bekannt und bestens zum Schutz der Organisation verwendbar. Alles funktionierte wie am Schnürchen. Noch vor der Vorlage des Artikels beim Redaktionsleiter würde dieser von der *OfAP* ein Paket mit Propagandamaterial und gewissen Andeutungen, nur für ihn verständlich, erhalten; wenn das dann noch notwendig war, folgten telefonische Drohungen. Neudorfer war sich seiner Sache sicher - es hatte doch schon so viele Jahre funktioniert, warum sollte es gerade jetzt nicht klappen. Die *OfAP* würde alles veröffentlichen, was sie über den Redaktionsleiter wusste, wenn ein für die Organisation schädlicher Artikel erschien. Wer riskierte so etwas schon. Wie schon der Gründer der Organisation gesagt hatte:

„Findet oder erfindet so viel Belastungsmaterial, dass sie vor uns zittern."

Genau, sie sollten zittern, allein schon, wenn sie nur den Namen hörten. Das war es, was Neudorfer wollte, für diese Aufgabe war er geeignet, mit sicherem Blick ausgewählt und von diesen Leuten eingesetzt worden.

Annas Mutter war den ganzen Montag damit beschäftigt, das Haus nach dem Familientreffen wieder in Ordnung zu bringen. Während des Aufräumens kam ihr die Idee, die Gelegenheit zu nutzen und gleich einen Großputz zu veranstalten. Als die Gemeinschaftsräume im Erdgeschoss vor Sauberkeit blitzten, begab sie sich ins obere Stockwerk, um die Zimmer der Töchter auf den Kopf zu stellen. Das schöne Wetter ausnutzend, sollten zuerst die Betten abgezogen und dann Matratzen und Bettzeug auf dem großen Balkon gründlich ausgelüftet werden. Am Abend sollten die Töchter dann helfen, in den sauber geputzten Zimmern die Betten wieder frisch herzurichten.
Ächzend hievte Frau Berger Annas Matratze aus dem Bett, saugte sie ab und schleppte sie auf den Balkon. Wieder im Zimmer, fiel ihr Blick auf ein Büchlein, das auf dem Lattenrost lag. Sie hob es auf, las den Titel „*Wie man seine Eltern erzieht*", schüttelte den Kopf und legte das Buch auf Annas Schreibtisch. Nachdem sie auch in Judiths Zimmer die Matratze auf den Balkon verfrachtet und das Zimmer geputzt hatte, lief ihr der Schweiß über das Gesicht und sie setzte sich an den Schreibtisch, um einen Moment zu verschnaufen. Sie betrachtete die verschiedenen Aufklärungsbroschüren, blätterte sie durch, sah den Namen „*Organisation für Angewandte Philosophie*" und fand in einer Liste über Literatur dieser Organisation den Titel der Broschüre wieder, die sie eben in Annas Zimmer in der Hand gehalten hatte.
„Mein Gott," schoss es ihr durch den Kopf,
„das Buch lag ja unter der Matratze. Warum hat Anna das Buch unter der Matratze versteckt?"
Sie las sich in einer der Aufklärungsbroschüren fest. Besonders Jugendliche seien gefährdet, war da zu lesen, weil man ihnen Erfolg verspreche und sie ganz gezielt in die Vernetzungen des Systems einbinde. Die natürliche Neugier der Jugendlichen sowie die altersgemäße Protesthaltung gegenüber Erwachsenen mache es der *OfAP* leicht, gerade sie für sich zu gewinnen.
Die Mutter lief zurück in Annas Zimmer, holte das Buch und fand auf der zweiten Seite kleingedruckt am unteren Rand das „*Copyright Organisation für Angewandte Philosophie*". Ihr wurde heiß und kalt zugleich. Anna, die schlampige Anna, die sonst immer alles herumliegen ließ, hatte dieses Buch an einem Ort versteckt, wo es normalerweise völlig unauffindbar war. Anna hatte unbedingt mit Judith sprechen wollen, nachdem sie gehört hatte, wie Judith vor der Organisation warnte. Anna war in letzter Zeit immer beschäftigt gewesen, sie telefonierte ständig. Die Mutter nahm die Broschüren aus Judiths

Zimmer mit auf die Terrasse, machte sich zur Beruhigung eine Tasse Kräutertee und las alles aufmerksam durch. Hausputz hin, Hausputz her. Dies war wichtiger. Konnte Anna in Verbindung mit dieser Gruppierung stehen? Sie hatte aber doch erzählt, dass es da am Gymnasium Schwierigkeiten gäbe. Sie hatte offen Fragen gestellt. Warum war das Buch unter der Matratze versteckt? Anna war wissbegierig, interessiert, auch ehrgeizig. War sie dadurch gefährdet? All diese Gedanken gingen der Mutter durch den Kopf, sie konnte es kaum erwarten, die Angelegenheit zu klären und mit Anna zu reden. Sie schaute auf die Uhr - es war erst kurz nach elf. Der Vater war in der Firma jetzt nicht erreichbar. Anna wollte erst gegen abend heimkommen, die großen Töchter ebenfalls. Was sollte sie bis dahin tun, sie konnte nicht einfach abwarten. Arbeit würde helfen. Als erstes wurden die Zimmer im oberen Stockwerk fertiggemacht. Sie würde nicht sagen, dass sie das Buch gefunden hatte. Sie brachte die Broschüren zurück in Judiths Zimmer und beendete dort die Putzarbeiten. Sie saugte Annas Zimmer, legte das Buch wieder auf den Rost und die gelüftete Matratze darauf. Sie holte frische Bettwäsche und bezog das Bett. Dabei überlegte sie, wie Anna wohl auf die frische Bettwäsche reagieren würde, und sie erinnerte sich, dass Anna heute früh noch gesagt hatte:
„Mama, lass mein Zimmer einfach so, wie es ist. Ich mach das dann alles heute abend, du hast genug Arbeit!"
Das Versteck zeigte deutlich, dass Anna nicht wollte, dass das Buch gefunden wurde. Bedeutete das, dass sie tatsächlich mit der *OfAP* in Kontakt stand?
Frau Berger hielt es einfach nicht mehr aus und wählte die Nummer von Judiths Firma.
„Judith, entschuldige, wenn ich dich jetzt anrufe, aber es ist etwas sehr Ungewöhnliches passiert, und ich weiß nicht, mit wem ich darüber reden soll. Ich kann doch Papa jetzt nicht in der Firma anrufen, der hat so viel um die Ohren. Ich muss aber einfach mit jemand darüber reden."
Judith war die Unterbrechung ihrer Arbeit nicht unangenehm und sie sagte ganz locker:
„Macht doch nichts, Mama. Was ist denn passiert? Schieß los!"
„Ich habe heute die Matratzen eurer Betten zum Lüften auf den Balkon gestellt —"
„Ja und? Was ist so besonderes an unseren Matratzen?"
„Es geht doch gar nicht um die Matratzen. Es geht darum, dass ich unter Annas Matratze versteckt ein Buch von der Organisation für

Angewandte Philosophie gefunden habe. ‚*Wie man seine Eltern erzieht*', heißt es. Jetzt bin ich völlig aufgelöst, denn wir haben doch gerade am Wochenende darüber gesprochen, und seit ein paar Tagen zieht sich das Thema wie ein roter Faden durch unsere Gespräche. Glaubst du, Anna hat was mit denen zu tun? Wie soll ich mich denn jetzt verhalten?"

Judith, völlig überrascht, sagte keinen Ton, so dass die Mutter schon dachte, ihre Tochter habe aufgelegt.

„Judith, bist du noch da?"

„Ja, Mutter. Ich versuche heute früher Schluss zu machen, wir müssen reden. Was hast du mit dem Buch gemacht?"

„Zuerst habe ich deine Aufklärungsbroschüre aus deinem Zimmer geholt und gelesen. Dann hab ich mich entschieden, das Buch wieder unter Annas Matratze zu legen, so, als hätte ich es nicht gefunden."

„Wann kommt Anna heute nach Hause?"

„Irgendwann am Spätnachmittag. Ich hab sie noch nie genau gefragt. Soweit ich weiß, so gegen fünf."

„Mutter, das ist eine brisante Geschichte. Ich rufe jetzt Vater an, ich hoffe, wir schaffen es beide, um 16.00 Uhr daheim zu sein. Wenn Anna früher kommt, sprich sie noch nicht darauf an. Ich muss mir das erst noch einmal durch den Kopf gehen lassen."

Sie verabschiedeten sich, und jede hing ihren eigenen Gedanken nach.

Judith konnte sich eigentlich kaum vorstellen, dass ihre kleine Schwester irgendwie in dieser Sache verstrickt sein sollte. Aber aus welchen Gründen hatte sie das Buch versteckt? Das passte nicht zu Anna. Da fiel ihr auf einmal Robin ein. Mit dem hing sie doch immer zusammen. Sollte sie vielleicht einmal bei Robins Eltern anrufen? Immerhin waren die doch auch am Wochenende dabei gewesen, als Tante Erika von ihren Erfahrungen mit der *OfAP* erzählt hatte.

Judith Berger wählte die Nummer ihrer Tante und fiel gleich mit der Tür ins Haus.

„Hallo, hier ist Judith. Bitte entschuldige die direkte Frage, aber hat Robin zu Hause einmal etwas von der *Organisation für Angewandte Philosophie* erzählt?"

Die Tante war ziemlich überrascht:

„Meinst du die komische Organisation, über die wir am Samstag geredet haben? Ich weiß nur, dass er irgendwelche Geheimnisse hat. Irgendwas läuft in der Schule, was er herausfinden will. Das hat er schon gesagt, aber ein Name ist nie gefallen."

„Geh doch mal in das Zimmer von Robin und heb seine Matratze

hoch, ob da irgendetwas versteckt ist. Frag jetzt nicht warum und vor allem sag ihm nicht, dass ich dich danach gefragt habe. Es ist ganz einfach so, dass Mutter heute unter Annas Bett ein Buch von denen gefunden hat. Sie ist ziemlich aufgeregt, und ich bin es eigentlich auch. Wir haben keine Ahnung, warum sie das Buch versteckt und woher sie es überhaupt hat. Und weil sie ja viel mit Robin zusammenhängt, wollten wir dich mal fragen, was da im Busch sein könnte. Versprich mir aber bitte, dass du Robin auf keinen Fall etwas von unserem Telefonat sagst."
Robins Mutter, völlig perplex, nickte am Telefon, als ob Judith das sehen könnte und raffte sich endlich zu einer Antwort auf:
„Jaja, Judith, ich sag natürlich nichts, aber - aber wir müssen uns unbedingt zusammensetzen."
Sie kam richtig ins Stottern, legte völlig irritiert den Hörer auf, eilte in Robins Zimmer und begann zu suchen. Doch weder unter der Matratze noch in Schubläden und Regalen fand sie Hinweise.
Anna ahnte nichts von den Aufregungen innerhalb ihrer Familie, die allein der Anblick dieses Buches ausgelöst hatte. Sie hielt das Versteck für völlig sicher. Am Nachmittag war sie mit Sibylle zu einem Gespräch über das Buch verabredet. Weil sie am Wochenende durch den Familientrubel keine Zeit gehabt hatte zum Lesen, schlug sie als Treffpunkt die Eisdiele vor, dort konnte Sibylle nicht allzu speziell werden. Die Klassenkameradin zögerte, ihr eigenes Zimmer wäre ihr als Treffpunkt angenehmer gewesen, denn sie wollte vor Markus mit hervorragenden Fortschritten bei Anna prahlen. Um diese aber nicht vor den Kopf zu stoßen, willigte sie dann doch ein.
Anna, die während des Familientreffens von einigen Tanten und Onkeln ein hübsches Sümmchen zugesteckt bekommen hatte, gab sich großzügig und lud Sibylle zu einem Eis ein. Sibylle freute sich, denn ihr eigenes Taschengeld ging bis auf den letzten Pfennig für irgendwelche Aktionen oder Hefte der *OfAP* drauf. Zwar hatte Markus immer behauptet, man bekäme die wundervolle „Tech" praktisch geschenkt, doch während des Reminding wurde schnell herausgefunden, wer wieviel Taschengeld bekam. Und dieses Geld wurde den Probanden dann auch aus der Tasche gelockt mit der Begründung, man schätze etwas viel mehr, für das man auch bezahlen müsse. Schließlich machte Kleinvieh auch Mist, die Organisation nahm alles, was sie kriegen konnte. So hatte Sibylle nie Geld für etwas Außergewöhnliches oder auch nur einen Früchtebecher in der Eisdiele. Begeistert schaufelte sie den Inhalt des hohen Kelchglases in sich hinein.

„Sibylle, schling doch nicht so schnell, du kriegst ja Bauchweh. Das nimmt dir schließlich keiner weg! Wann hast du denn das letzte Mal Eis gegessen?“
Sibylle sah auf, kratzte noch den letzten Rest aus dem Glas, dann lehnte sie sich zurück und schaute Anna in die Augen.
„Ich will nur keine Zeit verlieren und gleich zur Sache kommen. Deshalb esse ich so schnell.“
Sie hatte einen Moment lang ihr eingedrilltes Verhalten vergessen:
„Verdammt, welch ein Fehler, sich zu rechtfertigen, anstatt sofort anzugreifen“,
kam ihr siedendheiß zu Bewusstsein.
„Ich muss nochmal mit Markus reden, dass er mit mir diese Übung wiederholt.“
Anna betrachtete die scheinbar ruhig dasitzende Klassenkameradin, die starr an ihr vorbeischaute.
„Also Sibylle, ich kann eigentlich nichts Genaues fragen, da wir am Wochenende ein großes Familienfest hatten, und ich nicht ungestört in deiner Broschüre lesen konnte. In den nächsten Tagen werde ich in aller Ruhe lesen, und wenn ich Fragen habe, kann ich mich ja bei dir melden, oder?“
Sie genoss weiter ihren Früchtebecher und legte die Kirschsteine wie einen Kranz nebeneinander auf den Tellerrand.
„Anna, ich habe das Heftchen ungern aus der Hand gegeben und nur, damit du es sofort liest. Es war abgemacht, dass wir uns heute zusammensetzen und darüber reden. Aus welchem Grund schiebst du diese Familienfeier vor? Du hast einfach keine Lust gehabt, und du zeigst mir damit, dass du an einer Weiterbildung gar nicht interessiert bist. Habe ich mich klar ausgedrückt?“
Die Stimme der enttäuschten Sibylle wurde laut, an den Nachbartischen fing man schon an, auf die beiden Mädchen zu schauen. Anna holte die letzten Früchte aus dem unteren Teil des Glases und überlegte, was nun die richtige Antwort auf diesen Angriff wäre.
„Sibylle, ich interessiere mich sehr wohl für Möglichkeiten, wo ich etwas lernen kann, um weiterzukommen und besser zu werden. Aber du kannst nicht von mir verlangen, dass ich unter Zeitdruck nichts anderes mehr kenne, als dein Angebot. So war es eigentlich nicht abgesprochen, oder?“
Sibylle verzog keine Miene.
„Doch, es war so abgesprochen. Man muss sich im Leben entscheiden. Du hast dich dafür entschieden, anzufangen, die Dinge zu studieren, ich habe dir eine Möglichkeit dazu geboten. Du wirst nie wei-

terkommen, wenn du dich von irgendwelchen Nebensächlichkeiten ablenken lässt. Du solltest lesen und dann aufschreiben, was du nicht verstanden hast. So war es ausgemacht und du hast dich nicht daran gehalten. Das zeigt mir, dass du nicht wirklich bei der Sache bist und ich muss dir sagen, dass niemand in unserer Organisation Zeit aufwendet für jemanden, der nicht 100%ig mitmacht. Man kommt nicht schnell genug, nicht weit genug und nicht hoch genug vorwärts, wenn man die Unwilligen und die Unfähigen mitschleppt."
Sibylle hatte sich weit zu Anna hinübergebeugt, um zu verhindern, dass die anderen Gäste ihre Ausführungen mitbekamen, nun lehnte sie sich wieder zurück und starrte in ihr leeres Glas.
Anna war sehr versucht, Sibylle darauf aufmerksam zu machen, was für dummes Zeug sie da von sich gab, aber ihre Neugier, mehr über die Hintergründe der *OfAP* zu erfahren, hielt sie wieder einmal zurück. Sie nickte, und Sibylle wertete dieses Nicken als Zustimmung.
„Also, Anna, heute ist Montag. Du kannst heute und morgen jeweils die Hälfte der Broschüre lesen, und wir treffen uns am Mittwoch. Ich frage dich ab nach unserem Wortklärungsprogramm und entscheide, ob du verstanden hast, was in diesem Heft steht. Dann sehen wir weiter."
Anna, darin geübt, viel und schnell zu lesen, stimmte zu.
„Und wo treffen wir uns, Sibylle?"
„Nachdem ich die ganzen Unterlagen bei mir zu Hause habe, kommst du am besten mit zu mir, möglichst gleich nach der Schule, sag zu Hause Bescheid."
Damit bedankte sie sich für die Einladung und verschwand.
Anna wusste natürlich nicht, dass Sibylle auf dem schnellsten Weg zum Zentrum der *OfAP* lief und über das Treffen Bericht erstattete. Sie wurde gelobt für ihre konsequente Haltung und musste sofort alles aufschreiben. Danach fuhr sie nach Hause, zufrieden, wieder einen Beitrag geleistet zu haben.

Klaus Wagner wurde an diesem Montag beiseite gewinkt. Man eröffnete ihm, dass Markus aufgrund seiner Statistik die weitaus besseren Chancen habe, demnächst die Kontrolle über das Gymnasium zu übernehmen. Es gehörte zur Strategie, Freundschaften nicht zum Tragen kommen zu lassen und immer wieder durch Intrigen Unfrieden und Misstrauen zu stiften. Der ständige Wettkampf um die Punkte in der Statistik machte aus Freunden Konkurrenten und aus Konkurrenten Feinde. Nach außen und im Team war das natürlich

nie ein Thema. Im Gegenteil, der Zusammenhalt aller wurde als unumgänglich beschrieben, um das große Ziel, eine hervorragende neue Zivilisation erreichen zu können. In der Realität war das anders. Jeder war des anderen Feind. Markus und Klaus, früher Freunde, waren heute in erster Linie Konkurrenten, jeder versuchte, den anderen zu übertrumpfen.
Klaus Wagner fiel aus allen Wolken. Eine solche Zurückstufung war nicht nur für ihn ein schwerer Rückschlag, er würde dies auch seinen Eltern gegenüber rechtfertigen müssen. Er überlegte fieberhaft und warf dann seinen Erfolg mit Sarah von Düngen in die Waagschale.
„Es mag zwar sein, dass Markus mehr Zettel verteilt und eventuell auch den einen oder anderen Schüler vom Gymnasium herbringt, aber wer von seinen Anwerbungen bringt denn seine Familie mit? Die Minderjährigen verfügen bloß über ihr Taschengeld und müssen alles heimlich machen. Ich denke da einen Schritt weiter. Wenn wir die Tochter der Familie von Düngen haben, erfahre ich durch einen sehr persönlichen Kontakt auch die Interna der Familie. Da können wir ansetzen, und wenn wir einen der Brüder bekommen, lassen Vater und Mutter auch nicht mehr lange auf sich warten. Das ist meine Strategie. Weißt du was? Ich bin schon viel zu weit, um nur an der Schule tätig zu sein. Ich brauche größere Aufgaben."
Die Hoffnung, den Kontrolleur erst einmal abgelenkt zu haben, schien begründet.
„Erst einmal hat das Düngen-Mädchen lediglich den Film angeschaut, den Fragebogen ausgefüllt und das Gespräch geführt. Wir werden weitersehen, durchaus positiv. Aber eines lass dir gesagt sein: Wenn du eine persönliche Beziehung im Auge hast, mehr als nur den Gedanken an das Weiterkommen bei uns, dann wirst du dies in deinen Berichten aufschreiben. Haben wir uns verstanden?"
Klaus hatte verstanden. Sein Prüfer hatte sich deutlich ausgedrückt, und auch die unterschwellige Drohung war nicht zu überhören. Die tief in Klaus' Persönlichkeit eingegrabenen Mechanismen wirkten sofort. Er fing an, sich selbst zu belügen. Er redete sich ein, alles nur für die *OfAP* zu tun. Er verdrängte sein Herzklopfen. Er verdrängte seinen Wunsch, mit Sarah über andere Dinge zu sprechen als über die Kurse und die Organisation. Von Kindesbeinen an hatte er gelernt, seine eigenen Bedürfnisse hinter die Sache zurückzustellen. Seine Eltern ließen keine persönlichen Wünsche zu, wenn diese nicht im Einklang mit den Zielen jener Leute lagen. Er war zum ersten Mal verliebt, und es fiel ihm schwer, seine Gefühle einzuordnen und zu akzeptieren, sie als normal, schön und wichtig zu empfinden. Er

brauchte immer eine Ausrede für sein Bedürfnis, Sarah zu treffen, mit ihr zu sprechen. Er redete sich ein, er wolle sie lediglich überzeugen, dass nur ständiges Lernen und Üben mit den Materialien der OfAP sie ans Ziel ihrer Wünsche bringen konnte. So konnte er sein Herzklopfen und sein schlechtes Gewissen beruhigen. Als er am Nachmittag das Gebäude verließ, war er, wie man dort sagte, wieder einmal „*ganz auf Linie*“.

Kapitel 16

Die Journalistin Johanna Ecker sortierte konzentriert die Dokumente ihrer Recherche. Dutzende von Blättern bedeckten ihren Schreibtisch. Die Aussagen der einzelnen Mitarbeiter der betroffenen Firma stellten sie noch nicht ganz zufrieden, in der vorliegenden Form waren sie nicht gerichtsverwertbar, und mit Klagen mussten sie wohl, nach Andeutung des Chefredakteurs, rechnen. Sie schrieb einzelne Namen heraus, welche sie noch einmal telefonisch kontaktieren wollte.

Die engagierte, junge Reporterin war verärgert. Der Chefredakteur, der ihr diesen interessanten Auftrag erteilt hatte, war bei der Redaktionsbesprechung am heutigen Morgen wie ausgewechselt gewesen, er meckerte an allen ihren Formulierungen herum. Hier hatte sie zu viel gemacht und dort zu wenig. Dies war nicht recht und jenes schon gar nicht. Es schien, als wolle er die Story überhaupt nicht mehr drucken.

Natürlich wusste Johanna Ecker nicht, dass die Maschinerie des Geheimdienstes der *OfAP* angesprungen war. Der Redakteur hatte einen anonymen Anruf erhalten. In blumigen Umschreibungen und doch unmissverständlich war ihm gedroht worden, gewisse Details seines Privatlebens würden öffentlich, falls bei dem in Vorbereitung befindlichen Artikel über die *OfAP* Namen und identifizierbare Daten auftauchten. Als leitender Redakteur der größten Tageszeitung der Stadt wusste Max Hahn sehr genau, was Schwarze Propaganda in der Öffentlichkeit bewirkte, selbst wenn sie nicht den Tatsachen entsprach. In seinem Fall waren die Informationen der gefährlichen Gruppierung aber wahr, eine Veröffentlichung würde sowohl seine Ehe als auch seine berufliche Laufbahn vermutlich beenden. Das konnte er nicht riskieren.

Nur, wie sollte er das seiner Journalistin klar machen, die sehr gut recherchiert hatte. Es blieb ihm nichts anderes übrig, als an ihrem Stil und ihrer Arbeitsweise herumzunörgeln und ihr aufzutragen, sie solle doch, um juristisch sicher zu gehen, eidesstattliche Erklärungen der Informanten beibringen. Der anonyme Anrufer hatte ihm auch

zu verstehen gegeben, dass er ohne diese Absicherung mit einem langen, schwierigen Gerichtsverfahren und einer Schadensersatzklage rechnen musste.
Johanna telefonierte mit den Betroffenen und erfuhr zu ihrer Verwunderung und Enttäuschung, dass diese inzwischen sämtlich nicht mehr bereit waren, ihre Aussagen eidesstattlich zu untermauern. Was war denn über das Wochenende geschehen? Am Freitag schien alles noch so gut zu laufen. Die Seiten waren reserviert für ihre Story. Sie hatte persönlich Fotos von der Firma gemacht, obwohl sie keinerlei Stellungnahmen der Geschäftsführung erhalten hatte. Die Aussagen schienen bombenfest zu sein. Sie hatte aber nun schon lange genug recherchiert, um zu ahnen, dass hier irgendwelche Abwehrmechanismen in Gang gesetzt und ihre Interview-Partner unter Druck geraten waren. Sie konnte jedoch nichts beweisen, nur ein einziger Informant war so mutig gewesen, ihr zu sagen, dass ein anonymer Anrufer alle Mitarbeiter, die sich ihr gegenüber äußerten, bedroht hatte.
Langsam wurde ihr klar, dass ihr Artikel mit allen Mitteln verhindert werden sollte. Mit diesem neuen Wissensstand ging sie zu ihrem Chef und erklärte ihm die Sachlage.
„Wir können eine echte Bombe platzen lassen, wenn wir als Überschrift nehmen: ‚Zeugen anonym unter Druck gesetzt!' Wie finden Sie das?“
Sie selbst fand die Idee hervorragend, der Chefredakteur jedoch verzog sein Gesicht, als hätte er in eine saure Zitrone gebissen.
„Nehmen Sie statt zwei Seiten nur eine Seite und halten Sie den Artikel allgemein, ohne speziell Namen und Fakten zu nennen. Beschreiben Sie die Situation einer Firma, bei der Schulungen gemacht werden, und schreiben Sie von dem Risiko, das für den Einzelnen bestehen kann.“
Die Journalistin, wütend und enttäuscht von diesem, wie sie glaubte, Mangel an Courage und journalistischem Pflichtbewusstsein, verstand überhaupt nichts mehr. Max Hahn wollte sich mit ihr auf keinen Fall auf eine Diskussion einlassen und sagte mit einer Schärfe, die sie von ihm nicht kannte:
„Entweder Sie machen es so, oder ich kipp die ganze Story aus dem Blatt!“
Völlig lustlos formulierte sie daraufhin am Computer ihren lahmen Artikel, der aufgrund der Vorgaben von einem Skandalbericht zu einer harmlosen Erzählung mutierte. Als sie fertig war, legte sie dem Redakteur den Beitrag vor, konnte sich aber doch nicht verkneifen, eine bissige Bemerkung zu machen:

„Ist Ihnen der Tiger zahnlos genug? Ich habe wunschgemäß ein kleines Kätzchen daraus gemacht. Kann ich es so lassen?"
Der Chefredakteur überflog den Artikel und war zufrieden. Die Bedingungen des anonymen Anrufers waren erfüllt, und so musste er nicht mit Ärger rechnen. Er nickte und versuchte dann, die persönliche und berufliche Enttäuschung der jungen Kollegin etwas abzumildern:
„Lassen Sie sich eines gesagt sein, meine Liebe, oft ist es besser, etwas zu verschweigen, als später die Geister, die man ahnungslos rief, nicht mehr loszuwerden. Ein guter Tipp von einem alten Hasen für Ihre Zukunft."
Johanna Ecker verließ das Chefbüro, ohne seine Worte zu kommentieren, sie fragte sich, ob es heutzutage überhaupt noch möglich war, mutige Artikel zu veröffentlichen. Sie wusste nichts von dem Geheimdienstmann Neudorfer, der durch Erpressung erreicht hatte, dass die Öffentlichkeit nie etwas über die brisanten Recherchen einer couragierten Journalistin erfahren würde.
Zum langen Nachdenken und Grübeln hatte die junge Frau keine Zeit - das tägliche Redaktionsleben ging weiter, der Stress war groß, und mehr als ein allgemeines Unbehagen blieb nicht zurück.

Nachdem Sibylle das Eiscafe verlassen hatte, trank Anna gedankenverloren noch eine Cola, bevor sie nach Hause fuhr mit dem festen Vorsatz, nun das Buch „*Wie man seine Eltern erzieht*" in Angriff zu nehmen.

Robin war an diesem Montagnachmittag unruhig und schlecht gelaunt. Auch ihn plagte die Neugier, und Anna war nicht greifbar. Klaus Wagner hatte heute in der Pause ganz energisch auf Markus eingeredet. Als er sich näherte in der Hoffnung, etwas mitzukriegen, hatten beide das Gespräch abrupt beendet. Er wollte endlich wissen, worum es ging, griff zum Telefon und rief seiner Mutter zu:
„Ich nehme den Apparat mit in mein Zimmer, muss kurz Anna anrufen."
„Was willst du denn von Anna? Ihr habt euch doch das ganze Wochenende gesehen, was gibt es denn so Wichtiges, dass du jetzt gleich wieder telefonieren musst?"
„Ach, ich will sie einfach etwas über ein Buch fragen, das sie gerade liest. Das scheint ganz spannend zu sein."
Diese Antwort ließ in der Mutter, die sich sofort an ihr Telefonat mit Judith erinnerte, die Befürchtung wachsen, dass Anna vielleicht

doch etwas mit dieser Organisation zu tun haben könnte und den Sohn mit hineinzog. Sie nahm sich vor, noch heute mit ihrem Mann darüber zu sprechen und dann bei Judith anzurufen.
Anna stellte ihr Fahrrad in der Garage ab und ging auf die Terrasse. Sie wunderte sich über den dort bereits gedeckten Tisch. Teller, Servietten, Gläser und die langen Löffel verrieten, dass Eis angesagt war. Eigentlich hatte sie damit gerechnet, mitten in einer Putzorgie ihrer Mutter zu landen, hatte diese doch angekündigt, am Abend auch die Hilfe ihrer Töchter noch dringend zu benötigen.
„Hallo Anna, schön, dass du da bist. Gleich gibts Eis mit heißen Himbeeren. Judith ist auch schon daheim, und Papa kommt heute ebenfalls früher."
„Hat dir das Feiern am Wochenende nicht gereicht, Mama, dass wir jetzt gleich weitermachen?"
Anna lehnte an der Küchentür und sah zu, wie Mutter den Zucker zu den Himbeeren rieseln ließ, um beides miteinander zum Kochen zu bringen.
„Weißt du, ich habe heute den ganzen Tag nur sauber gemacht und aufgeräumt, und am Wochenende haben wir kaum etwas voneinander gehabt, weil die liebe Verwandtschaft jeden einzelnen von uns in Beschlag genommen hat. Ich finde es auf jeden Fall nett, wenn wir zum Ausklang des Trubels zusammen auf der Terrasse sitzen und Eis essen. Du nicht?"
„Doch, doch, Mama. Ich muss nur noch schnell in mein Zimmer. Bis gleich."
Anna rannte die Treppen hinauf, betrat ihr Zimmer und sah sofort das frisch bezogene Bett. Sie versuchte ein paar Sekunden lang ganz ruhig im Zimmer stehen zu bleiben und spürte, wie ihr Herz zu klopfen begann. Beklommen hob sie die Matratze hoch und da lag es, das Buch. Sie atmete erleichtert auf, wechselte Schuhe und T-Shirt und rannte die Treppe hinunter. In der Diele stieß sie fast mit ihrer Schwester Judith zusammen.
„Hey, Schwesterchen, ich bin vielleicht geschafft, jetzt essen wir erstmal eine Riesenportion Eis zusammen."
Anna stutzte, dieser Empfang war wirklich ungewöhnlich, gerade von Judith war sie einen solchen zuckersüßen Ton überhaupt nicht gewohnt. Sie schlenderte in die Küche, als sie das Auto ihres Vaters vorfahren hörte. Die Mutter legte letzte Hand an die Eisbecher und verteilte gerade die Himbeeren in den Schalen, als der Vater auf die Terrasse kam, noch im Gehen seine Krawatte abnahm und aufseufzend in einen der bequemen Lehnstühle sank.

„Also, diese Hitze ist ja recht und schön, schließlich ist Sommer, aber mir kommt es vor, als ob sie Montag bis Freitag viel mehr spürbar ist als am Wochenende. Na Anna, wie geht es dir? Wie war es heute in der Schule? Was hast du denn nach der Schule noch gemacht? Ihr hattet doch schon um eins aus."
Sie saßen zu viert auf der Terrasse und löffelten ihr Eis, doch die Atmosphäre war nicht so entspannt wie üblich. Anna hatte das ungute Gefühl, dass alle drei sie beobachteten.
„Ist irgendwas? Hab ich irgendwas verbockt, oder bilde ich mir nur ein, dass ihrs auf mich abgesehen habt."
„Quatsch. Du hast doch gehört, was Papa gesagt hat. Was hast du nach der Schule gemacht?"
Jetzt war er wieder da, der Ton, wie ihn Anna von ihrer Schwester gewöhnt war. Irgendwie roch es nach Stunk.
„Wenn ihr es genau wissen wollt: Ich bin nach der Schule zu meiner Ethiklehrerin und habe mit ihr ein paar Dinge wegen des letzten Unterrichtstages in diesem Jahr besprochen. Dann haben wir noch über ihr verschmiertes Auto geredet. Danach habe ich mit Sibylle in der Eisdiele einen Eisbecher gegessen. Die ist dann gegangen, und ich habe mir noch ein Cola gegönnt. Immerhin war es ja ein lukratives Wochenende mit der Verwandtschaft. Und jetzt bin ich hier. Seid ihr zufrieden mit meiner Antwort?"
„Wieso bist du jetzt auf einmal mit Sibylle befreundet? Du besuchst sie plötzlich, fährst mit dem Bus, weil sie mit dem Bus fährt. Deine Freundin Lena ruft dauernd hier an und will dir irgendwas sagen über den Bruder von Sibylle. Robin hat heute auch schon angerufen und wollte irgendwas von dir. Wenn man fragt, ob man was ausrichten kann, tut er geheimnisvoll und rückt nicht heraus mit der Sprache. Jetzt erzähl mal, Schwesterchen, was läuft so in eurer Clique? Wir kriegen gar nichts mehr mit."
Vater drehte seinen Eisbecher auf dem Teller und sagte in seiner gewohnten Ruhe:
„Na, das sind viele Fragen auf einmal. Ich habe auch noch eine ganz andere Frage. Was liest du denn gerade? Etwas, was wir noch nicht kennen?"
Der Blick des Vaters mahnte Anna zur Vorsicht. Sie merkte, er wollte etwas ganz bestimmtes wissen. Das schlechte Gewissen trieb ihr die Röte ins Gesicht, sie log sehr ungern. „Ruhig bleiben", ermahnte sie sich selbst, und schob einen Riesenlöffel Eis in den Mund. Sie lutschte und schluckte, um nicht gleich antworten zu müssen, während die Gedanken durch ihr Gehirn rasten.

„Robin hat sicher nichts gesagt. Das Buch liegt unberührt unter der Matratze, warum also diese ganzen Fragen? Was ist eigentlich los? Soll ich sagen, dass ich ein Buch von Sibylle lese, weil ich wissen will, was die dort machen und was die mit unserer Schule vorhaben? Nein, wenn ich das jetzt verrate, dann nehmen Vater oder Judith die Sache in die Hand, und ich erfahre nichts mehr."

Mutter fiel es am schwersten, ruhig zu bleiben. In ihrer Aufregung hatte sie den Vater doch noch im Büro angerufen und mit ihm dieses sondierende Gespräch vereinbart, deshalb war er auch so früh nach Hause gekommen. Noch wusste keiner am Tisch, dass er bereits Kontakt zu einer Elterninitiative aufgenommen hatte, die sich seit Jahren mit diesem Thema beschäftigte, einem Verein, in welchem sich betroffene Eltern, deren Kinder in die Fänge einer Psychogruppierung geraten waren, gegenseitig halfen, das damit verbundene Leid zu verarbeiten. Man hatte ihm geraten, ganz ruhig mit der Angelegenheit umzugehen und auf keinen Fall etwas Negatives über die Organisation zu sagen, denn bereits bei den ersten Kontakten wurden den *OfAP*-Neumitgliedern alle Argumente der Kritiker genannt und im Sinne ihrer Organisation widerlegt. Wenn die Eltern nun mit „unangenehmen" Fragen an ihre Kinder herantraten, kannten diese längst alle Gegenargumente und konnten die Situation „*handhaben*". Weder die Elterninitiative noch der Vater wussten natürlich, dass Anna eben nicht in die Fänge der *OfAP* geraten war, das Buch aus Neugierde las und es nur deshalb versteckt hatte, um in ihren Recherchen nicht gebremst zu werden. Durch diese Heimlichkeit war das Missverständnis entstanden. Und da sie nicht ahnte, wie sehr ihre Familie sich sorgte, machte sie keinerlei Anstalten es aufzuklären.

Judith spürte, dass die Mutter den Tränen nahe war. Sie hatte alle Broschüren gelesen und hatte ganz einfach Angst um ihre kleine Tochter, das Nesthäkchen der Familie.

Die Schwester, ebenfalls besorgt und bedrückt wegen Mutters Kummer, ging Anna nun direkt und scharf an:

„Pass auf, Anna. Was verschweigst du uns? Raus mit der Sprache."

Anna wurde jetzt wütend und nach dem Motto „Angriff ist die beste Verteidigung" ging sie auf wie eine Dampfnudel.

„Sag mal, spinnst du? Was willst du eigentlich? Erstens, wenn ich dir was sagen wollte, würde ich es dir sagen. Zweitens, wenn ich dir etwas verheimlichen wollte, würde ich es verheimlichen. Habe ich mich klar ausgedrückt?"

Erschrocken bemerkte sie, dass sie zum ersten Mal genauso auf unbequeme Fragen reagiert hatte wie Sibylle. Sie saß zurückgelehnt in ihrem Stuhl und schaute ihre Schwester an, wie sie es in Sibylles Zimmer trainiert hatte. Sie wurde noch nervöser.
„Das kann doch nicht sein, dass ich das nur einmal geübt habe und es jetzt bei der ersten Gelegenheit automatisch anwende", überlegte Anna.
Sie erhob sich und begann, auf und ab zu gehen. Sie war hin- und hergerissen zwischen ihrem Schweigeversprechen gegenüber Sibylle, ihrem Wunsch selbstständig weiterzuforschen, der Angst, weil sie dem Verbot ihres Vaters getrotzt hatte und der Ahnung über die Gefahren. Einerseits der konkreten Gefahr, die Unberechenbarkeit der Organisation doch unterschätzt zu haben und überhaupt nicht in der Lage zu sein, im Alleingang etwas zu unternehmen. Zweitens der Gefahr, sich noch weiter in Lügen zu verstricken und von ihrer Familie ertappt zu werden. Denn irgendjemand musste sie verpfiffen haben. Aus welchem Grund sollte Judith heute früher heimkommen? Aus welchem Grund war die Mutter kurz vor dem Heulen? Warum wollte der Vater so genau wissen, was sie las.
„Habt ihr mit Robin geredet, hat er irgendetwas über mich gesagt?"
Mutter und Judith sagten wie aus einem Munde: „Wie kommst du jetzt auf Robin? Was hat der Junge damit zu tun?"
„Womit soll Robin was zu tun haben? Von was redet ihr überhaupt? Raus mit der Sprache! Das ist ja langsam lächerlich!"
Herr Berger bemerkte, dass die Situation auszuufern drohte, und nahm das Gespräch in die Hand.
„Anna, setz dich hin, ich muss dich etwas fragen. Hast du Kontakt zu der *OfAP*? Wenn ja, warum? Wenn nein, warum interessiert dich diese Organisation? Und von wem hast du Unterlagen darüber?"
Es war gut, dass Anna sich hinsetzen konnte. Die Fragen ihres Vaters waren knapp und sachlich. Das schlechte Gewissen nagte an ihr, und sie kam sich ertappt vor. Am schlimmsten war das Gefühl, dass ihre eigene Familie ihr zutraute, dass sie sich mit diesen Leuten einließ. Schwankend zwischen Trotz, Wut und Enttäuschung, wusste sie aber plötzlich im Innersten ihres Herzens ganz klar, dass sie zu schwach war, etwas gegen diesen Verein zu unternehmen, dass sie weder das nötige Wissen, noch die Reife, noch die Möglichkeiten besaß. So entschied sie sich, alles zu erzählen. Am Anfang waren ihre Worte noch stockend, sie versuchte natürlich, sich zu rechtfertigen.
Anna erzählte vom Baggersee, wie sie durch Zufall Sibylle helfen konnte, der Klassenkameradin, die sich so verändert hatte, die Kon-

takte zu Markus pflegte und irgendein Geheimnis mit diesem teilte. Wie sie herausgefunden hatte, dass die beiden bei der *OfAP* engagiert waren. Sie erzählte von den Sorgen, die Sibylles Bruder Frank sich machte, dass sie zusammenarbeiten wollten und von Lenas Tätigkeit als Mittelsmann, von ihren Detektivspielchen gemeinsam mit Robin, der herausgefunden hatte, dass noch andere Schüler involviert waren, und vom Kunstlehrer Frank.

Die Eltern und Judith waren sehr erleichtert, als Anna nach mehr als einer Stunde atemlos schwieg. Sie hatte ganz detailliert beschrieben, wie alles begann, aus welchem Grund sie sich aus Neugierde darauf eingelassen hatte, die von der Organisation herausgegebene Broschüre zu lesen und sich sogar ein bisschen von Sibylle trainieren zu lassen.

„Ich bin froh, dass ich euch jetzt alles erzählt habe. Vielleicht können wir jetzt alle zusammen an der Schule etwas machen. Aber als erstes möchte ich wissen, wie seid ihr eigentlich darauf gekommen, dass ich mit denen irgendwas zu tun habe?"

Nun war die Mutter an der Reihe:

„Ich habe heute eure Matratzen auf den Balkon zum Lüften gestellt. Da fand ich das Buch. Nachdem du ja eigentlich nie etwas versteckst und wir immer offen über alles reden, war ich sehr beunruhigt und habe Judith und Vater angerufen."

Sie stand auf. Vor Erleichterung liefen ihr die Tränen über das Gesicht. Sie drückte Anna fest an sich und entschuldigte sich für ihr Misstrauen.

Judith hatte eine ganz andere Art, damit umzugehen. Forsch, wie sie war, kam sie sofort in Kampfesstimmung.

„So, jetzt habt ihr den Beweis, wie so etwas abläuft. Die sitzen sogar schon im Gymnasium. Das Ganze wird so abgespult, dass der eine den anderen mit hineinzieht. Mit ihrem geheimnisvollen Getue heizen sie die Neugier der Schüler an und nutzen die natürliche Abenteuerlust, um die Kids einzufangen. Vater, du musst jetzt etwas unternehmen. Und zwar sofort! Noch vor den Sommerferien, sonst haben die wieder ein paar ungestörte Wochen Zeit, ihre Fäden zu spinnen. Und du, Anna, musst dir überlegen, wie du weiter mit Sibylle umgehst. Aber da wir ja gerade beim Erzählen sind: Ich habe Tante Susanne angerufen und sie gefragt, ob Robin irgendwas mit denen zu tun hat. Wahrscheinlich hat sie ihn gleich darauf angesprochen. Auch dort ist die Aufregung groß. Am besten rufe ich sofort dort an und bitte sie, mit Robin vorbeizukommen. Dann können wir gemeinsam überlegen, wie's weitergeht."

„Halt, halt. Langsam, immer der Reihe nach. Zunächst werde ich den Elternbeirat informieren. Eine sofortige Sitzung halte ich für dringend erforderlich."
„Ach, da muss ich euch noch etwas erzählen."
Anna fiel die Geschichte mit dem Auto und Frau Reichert ein.
„Da ist noch eine komische Geschichte passiert. Das Auto von Frau Reichert wurde übel beschmiert. Die Polizei war da. Als ich heute mit Frau Reichert gesprochen habe, erzählte sie mir, dass sie mehrere Ethiklehrer von anderen Schulen angerufen habe, denen das Gleiche wie ihr passiert sei. Ihre Lehrerkollegen vermuten dahinter die *OfAP*. Diejenigen, deren Autos beschmiert wurden, hatten alle kurz vorher das Thema im Unterricht behandelt und ihre Schüler vor den Anwerbungsmethoden gewarnt. Vielleicht rufst du zuerst bei Frau Reichert an und redest mit ihr. Erzähl ihr auch gleich, was Robin herausgefunden hat, dass der Kunstlehrer, Herr Frank, irgendwie verwickelt ist."
Judith blickte ihren Vater an, der stumm seine jüngste Tochter musterte, und ihr fiel die Geschichte vom Struwwelpeter ein:
„Und der Vater blickte stumm auf dem ganzen Tisch herum."
Sie sprach ihre Gedanken aus, alle lachten, die Anspannung löste sich, und die Familie war froh, sich ausgesprochen zu haben.
Die Mutter stellte das Geschirr zusammen und philosophierte vor sich hin:
„Wer die Gefahr kennt, kann sich vor ihr schützen."
In ruhiger Gewissheit wusste sie die schwierige Angelegenheit bei ihrem Mann in den allerbesten Händen.
Der nahm, ordentlich wie immer, seine Krawatte von der Stuhllehne und ging ins Haus zum Telefonieren. Judith half der Mutter in der Küche, Anna ging in ihr Zimmer und holte das Buch unter der Matratze hervor. Jetzt konnte sie ganz offiziell darin lesen und den Inhalt mit ihrer Familie beraten. Zufriedenheit machte sich in ihr breit.

Frau Reicherts Telefonanschluss war regelrecht heißgelaufen, ihr Ohr fast taub und ihre Nervenlage angespannt. Seit mehreren Stunden hatte sie einen Kollegen nach dem anderen kontaktiert, jeder konnte ihrem Puzzlespiel ein Teilchen hinzufügen, aus eigener Kenntnis oder weil im Umkreis jemand betroffen war. Vier der Kollegen, mit denen sie gesprochen hatte, hatten ebenfalls eine Warnung in Form besprühter Autos erhalten. Alle hatten in ihren Klassen über die Gefahren der *OfAP* aufgeklärt, und zwar auf besonderen

Wunsch seitens des Kultusministeriums in allen höheren Klassen. Über die Gefährlichkeit der Organisation waren sich diese Lehrer einig.
Gerade hatte sie ihren Telefonmarathon abgeschlossen und sich mit einer Tasse Kräutertee in ihr Wohnzimmer gesetzt, als es schon wieder klingelte. Seufzend hob sie ab. Norbert Berger, der Vater ihrer Schülerin Anna, war am Apparat. Als er sie um ihre Anwesenheit bei einer sehr kurzfristig angesetzten Sitzung des Elternbeirates bat, sagte sie sofort zu. Sie war froh, auch außerhalb des Kollegiums bei den Eltern Verbündete zu finden. Die Situation musste noch vor den Ferien geklärt werden.

Kapitel 17

Klaus Wagner klingelte bei Sarah, er wollte sie unbedingt sprechen. Durch das ausgeliehene Fahrrad ihres Bruders hatte er eine gute Ausrede. Er musste sie fragen, wie ihr der Film und das Gespräch in der *OfAP* gefallen hatten. Durch die Gegensprechanlage wollte die Haushälterin wissen, wer da sei.
„Ich bins, Klaus Wagner. Ich möchte Sarah sprechen."
„Sarah ist nicht da. Sie kommt erst heute abend wieder zurück. Kann ich ihr etwas ausrichten?"
„Wissen Sie ungefähr, wann sie wieder da ist? Dann würde ich nochmal vorbeikommen, denn es wäre mir sehr wichtig, mit ihr zu sprechen."
„Nein, ich bedaure, das weiß ich nicht. Außerdem haben wir heute abend Gäste und ich denke nicht, dass Sarah da Zeit hat. Am besten ist, du rufst später an. Vielleicht ist sie ja dann schon zu Hause. Tschüss!"
Frustriert strich Klaus Wagner durch die Fußgängerzone, holte dann das Fahrrad und radelte ziellos durch die Gegend.

Sarah hatte den mit ihrer Familie bekannten Stadtrat Christoph Steinfeld in seiner Bürgersprechstunde aufgesucht. Der Jungpolitiker gehörte zu den wenigen Volksvertretern, die den Mut besaßen, sich öffentlich gegen die *OfAP* zu stellen, nachdem er sich gründlich und umfassend über die Thematik informiert hatte.
Steinfeld nahm sich Zeit für ein langes Gespräch mit Sarah. Er erklärte ihr genau die Organisationsstruktur, die Ziele und die Gefahren der Technologie, er sprach darüber, wie schwierig es sei, rechtsstaatlich einzugreifen aufgrund der liberalen Gesetzgebung, aber auch wegen der Gleichgültigkeit und Unwissenheit führender Politiker, und wohl auch wegen der Erpressbarkeit Einzelner. Es helfe nur offensive Aufklärung. Er gab ihr vom Staat herausgegebene Broschüren und eine Literaturliste mit Büchern, die das Thema von den verschiedenen Seiten beleuchteten.
Sarah ging sehr nachdenklich nach Hause, geplagt von widersprüch-

lichen Gefühlen. Sie hatte ein großes Bedürfnis, mit ihrem Vater zu sprechen, wusste aber, dass er noch von 18.00 bis 20.00 Uhr seine Montagssprechstunde für Berufstätige abhalten musste.
Als sie gegen 17.00 Uhr die Wohnung betrat, hörte sie, dass ihr Vater telefonierte - und er sprach über die *OfAP*. Perplex ließ sie sich in einen Sessel fallen und wartete ungeduldig auf das Ende des Gespräches.
„Was ist los, Papa. Was weißt denn du über die *Organisation für Angewandte Philosophie*?"
Der Vater musterte sie nachdenklich:
„Vielleicht sagst du mir erst einmal, was du darüber weißt. Ich bin gerade angerufen worden, dass der Elternbeirat diese Woche ein außerplanmäßiges Treffen dringend anberaumt, um dieses Thema zu erörtern. Morgen soll außerdem eine Sitzung beim Schulamt mit den Lehrern des Gymnasiums stattfinden. Da ist ganz schön was aufgewirbelt worden. Es sollen Lehrer und auch ein paar Schüler von eurer Schule verstrickt sein. Ist dir diesbezüglich etwas zu Ohren gekommen?“
Sarah stand auf, ging zum Fenster, schaute in den Innenhof und dachte an Klaus Wagner. Sie wollte ihm helfen, wusste aber nicht, wie. Er gefiel ihr und sie spürte, dass er nicht nur wegen der Organisation mit ihr in Kontakt getreten war.
Doch alleine war sie überfordert, dies war ihr vollkommen klar. Schon seit ihrem ersten Gespräch mit Ramona hatte sie erkannt, dass alles kontrolliert wurde. Sie wollten alles über jeden wissen und aufschreiben. Nein, sie brauchte Anleitung und Hilfe. Sie drehte sich langsam zu ihrem Vater um und erzählte ihm die Geschichte von Klaus Wagner, dass er ihr eine Eintrittskarte für einen Film gegeben, sie ihm das Fahrrad ihres Bruders geliehen hatte, weil ihm sein eigenes vor der Türe gestohlen worden war, sie die Freikarte benutzt, den Film angeschaut und anschließend einen Test gemacht hatte, und wie sie sich seither fühlte. Herr von Düngen war ein sehr feinfühliger Mensch. Sensibilisiert durch die Gespräche mit einigen Kollegen vom Elternbeirat erkannte er, in welcher Zwickmühle sich seine Tochter befand.
„Sarah, sehe ich das richtig? Du willst Klaus Wagner helfen? Geht es nur um die Sache oder gefällt dir Klaus?“
Diese sehr direkte Frage konnte Sarah nicht aus dem Stand beantworten. Sie zuckte nur mit den Schultern und erhoffte sich einen Tipp vom Vater.
„Nun, ich sehe zwei Möglichkeiten. Klaus kann gerne herkommen,

und ich rede mit ihm. Du kannst selbstverständlich dabei sein. Oder du redest alleine mit ihm und sagst ihm, dass du nur aus Neugierde und ihm zuliebe die Organisation aufgesucht hast, dass du keinerlei Interesse daran hast, weitere Kontakte wahrzunehmen. Spiel am besten mit offenen Karten. Ich werde es auch nicht dulden, dass du dich in Gefahr begibst. Das sage ich dir sehr eindringlich. Wenn du Klaus helfen willst, bin ich bereit, dich zu unterstützen. Aber ich werde nicht zulassen, dass du nur aus Gutmütigkeit hier blind in etwas hineingezogen wirst. Habe ich mich klar ausgedrückt? Es ist sehr wichtig, dass du mich genau verstehst. Und schließlich weißt du, dass du immer mit mir rechnen kannst."
Seine klaren Worte halfen Sarah, eine Entscheidung zu treffen.
„Ja, Vater, du hast recht. Ich werde ganz offen mit ihm reden. Er wird sich entscheiden müssen. Wenn er Hilfe will, werden wir ihm helfen. Ansonsten wird er eben lernen müssen, dass nicht alle auf seine Organisation hereinfallen."
Der Vater nahm zufrieden die Tageszeitung und ging in sein Arbeitszimmer, um sich vor der Abendsprechstunde noch etwas zu entspannen. Sarah ging in ihr Zimmer und fand dort die Notiz der Haushälterin über den Besuch von Klaus Wagner, und dass dieser sich am Abend telefonisch melden wollte. Sie versuchte, Klaus sofort anzurufen, aber es meldete sich nur der Anrufbeantworter. Das junge Mädchen wusste nicht, dass Klaus mit dem Fahrrad blind durch die Gegend fuhr und verzweifelt darüber nachdachte, wie er seine Gefühle mit den Befehlen der *OfAP* in Einklang bringen konnte. Nachdem die Haushälterin ihm etwas von Gästen erzählt hatte, hatte er Hemmungen, noch einmal bei Sarah anzuklopfen. Er schaute auf die Uhr. Es war kurz vor sieben, endlich konnte er anrufen, was er von der nächsten Telefonzelle aus auch tat.
„Sarah von Düngen."
„Hallo Sarah, hier ist Klaus. Ich war heute schon einmal bei dir, aber du warst nicht zu Hause. Ich wollte dich noch ein paar Sachen fragen. Hast du heute abend Zeit oder musst du zu Hause sein, wenn ihr Gäste bekommt?"
Sarah überlegte. Sie wusste nichts von Gästen, vielleicht hatte die Haushälterin Klaus abwimmeln wollen.
„Es wäre mir recht, Klaus, wenn du jetzt gleich vorbeikommen würdest. Wenn meine Eltern Besuch bekommen, können wir uns ja in meinem Zimmer unterhalten. Hast du Zeit?"
Klaus hatte gelernt, nicht allzu schnell und bereitwillig eine Zusage zu geben. Es war besser, einen vielbeschäftigten Eindruck zu

machen. Er überlegte ein paar Sekunden und antwortete dann mit ruhiger Stimme:
„Ich werde eine andere Verpflichtung zurückstellen und komme dann bei dir vorbei. So in einer halben Stunde - einverstanden?"
Sarah stimmte zu und legte den Hörer auf. Klaus durchflutete wieder dieses Gefühl, das er überhaupt nicht einschätzen konnte. Er kannte es nicht, weil man ihn von Kindesbeinen an gelehrt hatte, seine Gefühle im Keim zu ersticken. Wie angenehm, wie elektrisierend war es, an Sarah zu denken. Flüchtig kam ihm der Gedanke, dass ein Leben ohne Gefühle eigentlich eher trostlos war, wie tot.
Er fuhr noch ein paar Runden, bis die halbe Stunde vergangen war, stellte sein Fahrrad ab und klingelte. Sarah öffnete ihm. Ihren Vater hatte sie über den zu erwartenden Besuch informiert. Die jungen Leute gingen in das Zimmer, das Klaus schon kannte. Befangen unterhielten sie sich über alle möglichen Themen. Sarah bot Klaus etwas zum Trinken an, fragte ihn, welche CD er gerne hören würde, zeigte ihm das Buch, das sie gerade las. Klaus saß bequem in dem Sessel, den seine Gastgeberin zu Weihnachten von ihren Großeltern bekommen hatte, einem Designerstück, nicht jedermanns Geschmack von der Optik her, aber so bequem, dass man gar nicht mehr aufstehen wollte. Er hörte zu, genoss die Gesellschaft seiner ersten Liebe und fühlte sich einfach wohl, während Sarah fieberhaft überlegte, wie sie ihm ihre Meinung über seine Organisation am besten nahe bringen konnte. Sie ärgerte sich bereits, dass sie ihrem Vater versprochen hatte, die Situation noch heute zu klären. Ohne diesen Druck hätte dieses Zusammensein so schön sein können. Immer wieder fanden sich die Blicke der beiden, Klaus betrachtete Sarah, er schaute sich in ihrem Zimmer um, empfand die wohltuende Atmosphäre und ahnte, dass diese Familie eine ganz andere Verbindung untereinander hatte als seine eigene. Als Sarahs Mutter nach kurzem Anklopfen das Zimmer betrat, empfanden beide dies als Störung.
„Hallo, du bist Klaus, nicht wahr?"
begrüßte sie den jungen Mann freundlich. Klaus stand auf, nahm die Hand, die sie ihm reichte und nickte. Widerwillen setzte auch gleich das Denkmuster der *OfAP* wieder ein:
„Mach einen guten Eindruck, es wäre toll, Frau von Düngen zu gewinnen".
In Gedanken arbeitete er schon an seinem Wissensbericht über diese Situation.
„Setz dich nur wieder hin, Klaus. Ich wollte fragen, ob du Lust hast, zum Abendessen zu bleiben. Wir bekommen nachher noch Besuch

und grillen im Garten."
Klaus war angenehm überrascht. Damit hatte er nicht gerechnet. In seinem Kopf wirbelten die Gedanken durcheinander, sofort verbuchte er die Einladung als positiven Fortschritt seines Auftrages. Er konnte den engeren Familienkreis kennenlernen und „*handhaben*". Dann, wie öfter in letzter Zeit, klopfte leise das schlechte Gewissen gegenüber Sarah an. Es war ihm wichtig, dass sie sein Interesse persönlich nahm. Er verdrängte seine Gedanken, nickte und bedankte sich herzlich für die Einladung. Sarah blickte ihre Mutter an und dachte:
„Wenn das mal gut geht. Hoffentlich fangen die nicht nachher ein Gespräch über die Organisation an. Das wäre mir mehr als peinlich. Klaus käme sich hintergangen vor, und das will ich nicht."
Schlagartig wurde ihr klar, dass es ihr schon viel mehr um Klaus ging als um diese Leute. Eine leichte Röte überzog ihr Gesicht, als sie hinter ihrer Mutter die Zimmertür schloss. Sie hörten noch ein wenig Musik, dann schlug Sarah vor, bei den Vorbereitungen zum Grillen zu helfen. Auch das war für Klaus neu. Bei ihm zu Hause lebte jeder für sich, immer beschäftigt, seine Statistik nach oben zu treiben. Gäste einzuladen, gemeinsam zu kochen, einen fröhlichen Abend zu verbringen, das war in seiner Familie undenkbar. Gähnende Leere war die Devise im Haushalt der Wagners.
Ein großer, ummauerter Grill, in dem bereits die Holzkohle glühte, ein langer, gedeckter Tisch unter den Bäumen - das alles erschien Klaus so ungewohnt. Nacheinander kam die ganze Familie von Düngen zusammen, die Großeltern, die Brüder und zwei befreundete Ehepaare. Man stellte sich gegenseitig vor, wie selbstverständlich legte jeder nach Belieben sein Stück Fleisch oder Gemüse auf den Grill. Erst gegen 21.00 Uhr kam Sarahs Vater aus der Praxis, noch angespannt von einem langen Arbeitstag, sich auf einen erholsamen Abend freuend. Er begrüßte Klaus per Handschlag und lachte ihn an. Doch je freundlicher die Menschen um ihn herum waren, desto unsicherer wurde Klaus innerlich. Er war hin- und hergerissen zwischen dem, was er tun sollte und dem, was er wollte. Solch ein intaktes Familienleben hatte er nie erlebt und ahnte zum erstenmal, was er verpasst hatte, was ihm vorenthalten worden war. Er fühlte sich hier so unglaublich wohl, das Essen schmeckte ihm köstlich, er konnte und wollte seinen Hunger jetzt nicht verdrängen, wie er es in den Kursen gelernt hatte. Sein Appetit war ihm ein bisschen peinlich, aber Sarah, die ihm gegenübersaß, lachte ihn an.
„Ich lege dir nochmal ein Steak auf den Grill. Es freut mich wirklich,

dass es dir schmeckt! Ach, und den mexikanischen Salat da hinten solltest du unbedingt probieren, das ist eine Spezialität meiner Mutter."

Sie stand auf, legte das Fleisch auf den Grill und stellte dann die Schüssel mit dem mexikanischen Salat direkt vor Klaus.

Es ging schon auf Mitternacht zu, als sich die Tafel langsam auflöste.

„Klaus, ich fahr dich schnell nach Hause. Ich will nicht, dass du um diese Zeit noch mit dem Fahrrad unterwegs sein musst. Wir legen das Rad einfach in den Kofferraum."

Auch das war ihm neu. Jemand sorgte sich um ihn und war bereit, etwas für ihn zu tun, was in keiner Statistik stehen würde. Ein weiteres Mal an diesem Abend stand sein Weltbild auf dem Kopf. Der Vater stand auf, Klaus verabschiedete sich, bedankte sich bei Frau von Düngen, tauschte noch einen langen Blick mit Sarah und ging mit Herrn von Düngen zum Auto. Er genoss die kurze Fahrt nach Hause, und hätte man ihn in diesem Augenblick gefragt, was denn sein größter Wunsch sei, hätte er bestimmt gesagt:

„Weiterfahren, irgendwohin, nur weiterfahren. Weg von hier! Dorthin, wo man seine Gedanken ausblenden kann, nicht erreichbar ist, sich in Ruhe über vieles klarwerden kann."

Viel zu schnell kamen sie an. Klaus stieg aus, holte das Fahrrad aus dem Kofferraum, verabschiedete sich und bedankte sich noch einmal. Sarahs Vater legte die Hand auf seine Schulter und schaute ihn an.

„Klaus, falls du irgendwann ein Problem haben solltest, dann möchte ich dir sagen, dass ich für dich da bin. Es gibt für alles eine Lösung, und ich helfe dir gerne."

Er verabschiedete sich mit einem festen Händedruck, stieg ein und fuhr nach Hause. Klaus starrte dem Wagen nach, er wusste nicht, wie lange er mit seinem Fahrrad auf der Straße stand, wie gelähmt und einfach nicht in der Lage zu funktionieren. Er ahnte, dass Herr von Düngen mehr wusste, als er ausgesprochen hatte. Als er endlich die stille, leere Wohnung betrat, wollte er nur noch eines: Nichts mehr hören, nichts mehr sehen, nichts mehr denken. Seine Zweifel waren an diesem Abend so sehr gewachsen, dass er nicht mehr weiter wusste.

Als Herr von Düngen nach Hause kam, war seine Tochter bereits ins Bett gegangen. Er saß noch eine Weile mit seiner Frau und einigen engen Freunden im Garten, sie genossen die angenehme Kühle, ein gutes Glas Wein und besprachen, wie sie Klaus, der allen gut gefallen hatte, helfen konnten. Weder Sarah noch Klaus ahnten, dass sich

die Eltern vorgenommen hatten, aktiv in das Geschehen am Gymnasium einzugreifen und wenigstens zu versuchen, den jungen Mann von dieser Organisation loszureißen.
Am nächsten Morgen war Klaus wie gerädert. Er duschte eiskalt, trank eine Tasse starken Kaffee und aß, nach kurzem Zögern, ein Käsebrot dazu. Das Wohlgefühl des Abends war endgültig verflogen. Was noch nie vorgekommen war: Klaus Wagner dachte darüber nach, wie er sich vor den nächsten Kursprogrammen drücken konnte. Er hatte den Drang, den gestrigen Abend als sein persönliches Geheimnis für sich zu behalten und keinen Wissensbericht darüber abzugeben.

Sarah hatte es auch eilig, den Frühstückstisch zu verlassen. Sie wollte einem Gespräch mit dem Vater aus dem Weg gehen, weil sie Klaus nicht, wie versprochen, reinen Wein über ihre Meinung bezüglich der *OfAP* eingeschenkt hatte sowie über ihre Absicht, keinerlei weitere Kontakte mit dieser zu pflegen. Ihr schlechtes Gewissen sowie das Chaos in ihrer Gefühlswelt plagten sie, sie wollte sich gerade leise davonstehlen, als der Vater sie ansprach.
„Sarah, ich denke, du hast nicht, wie abgemacht, mit Klaus darüber geredet, oder?"
Sie schüttelte den Kopf und antwortete:
„Ich habe es einfach nicht fertiggebracht. Er hat sich bei uns so wohlgefühlt, und er hat mir irgendwie so leid getan. Ich wollte die Stimmung nicht verderben, und ich wollte ihn nicht verärgern."
Der Vater nickte verständnisvoll und ließ es dabei bewenden.

Kapitel 18

Im Gymnasium herrschte hektische Betriebsamkeit. Die Lehrer waren damit beschäftigt, die tausend Sonderaufgaben zum Schuljahresende termingerecht zu bewältigen.
Die Vorfreude auf die Ferien wäre weitaus ungetrübter gewesen, wenn die Verantwortlichen des Gymnasiums gewusst hätten, wie sie das Problem mit der *OfAP* angehen sollten. Die vorhandene Mischung aus Halbwissen, Angst und der Versuchung der Verdrängung aus Bequemlichkeit war nicht dazu angetan, die Lösung zu erleichtern. Der Kunstlehrer Frank entwickelte von allen Lehrern die meiste Aktivität, er tauchte überall auf, wo ein Gespräch stattfand, beschwichtigte, belehrte und - drohte.
Um 17.00 Uhr sollte das Treffen zwischen den Klassenlehrern, den Elternvertretern und dem Schulrat stattfinden. Auf Schulamtsebene hatte man schon geraume Zeit versucht, das Problem zu verdrängen bzw. auszusitzen. Das war nun nicht mehr möglich. Mehrere Schulen hatten aufgrund der Schmierereien an den Fahrzeugen ihrer Ethik-Lehrer die Polizei eingeschaltet. Diese hatte bei ihren Ermittlungen sehr schnell herausgefunden, dass alle Betroffenen nur eine Gemeinsamkeit hatten - Aufklärung über die *OfAP*. Unter den Eltern hatten sich diese Erkenntnis sowie andere Vorkommnisse wie ein Lauffeuer herumgesprochen.
In der Pause standen die Schüler in Gruppen zusammen und diskutierten. Robin bemerkte, dass bei jeder Gruppe aus der Oberstufe ein Schüler dabeistand, der nach seinem Wissensstand in Kontakt mit der *OfAP* stand.
Abseits von den anderen sprach Markus Klaus Wagner an:
„Sag mal, wo warst du eigentlich gestern abend? Wir haben bei dir angerufen. Es gab eine Sitzung wegen unseres Gymnasiums."
„Ich hatte gestern das Bedürfnis, allein zu sein, ich bin nur so durch die Gegend geradelt und erst sehr spät heimgekommen."
„Das kannst du dir aber in der jetzigen Situation nicht leisten. Mal sehen, was dein Ethikoffizier dazu sagt."
Klaus antwortete nicht, ließ Markus stehen und verschwand in seiner Klasse.

Lange vor dem vereinbarten Zeitpunkt drängten sich im Konferenzraum die Teilnehmer an der Veranstaltung. Die Elternvertreter waren vollzählig anwesend, im Gegensatz zu sonst oft spärlich besuchten Sitzungen. Dem Schulrat, der überrascht war von der Resonanz, merkte man an, dass ihm das Thema nicht nur unangenehm war, er war sichtlich überfordert damit umzugehen.
„Meine Damen und Herren, es ist eine Situation eingetreten, mit der wir nicht gerechnet haben. An dieser Schule ist nach Aussage von verschiedenen Eltern in den Klassen mit Erfolg für die *Organisation für Angewandte Philosophie* geworben worden. Eine ganze Reihe von Kursen wurde anscheinend gebucht. Ich möchte hier nicht über einzelne Personen namentlich sprechen, da uns der zuständige Beamte für Sektenfragen vor den Angriffen dieser Organisation gewarnt hat. Aus diesem Grund werden wir einen kleinen Kreis von Vertrauenslehrern bilden, die in enger Zusammenarbeit mit aktiven Elternbeiräten für die Betroffenen zur Verfügung stehen. Ich denke, wir sollten die Dinge diskret angehen, weil wir ja auch nicht wissen, wer heute hier als Opfer oder als Täter anwesend ist."
Man spürte, dass ihm diese Worte schwer fielen, sie verfehlten ihre Wirkung jedoch nicht. Der Kunstlehrer Frank schrieb eifrig mit und wechselte verstohlene Blicke mit Martin Eisenhorn. Dieser dachte an die große Summe, die er für das Schulfest spendiert hatte und rieb sich nervös die Hände.
Die Eltern von Anna waren ebenso anwesend wie Herr und Frau von Düngen. Alle hörten interessiert zu, als der Bauunternehmer Heinz Friedel, Vater von Annas Klassenkameradin Manuela, zu sprechen begann, ohne abzuwarten, bis ihm der Schulrat das Wort erteilte.
„Meine Damen und Herren, nach dem, was ich bisher gehört habe, kommt es mir so vor, als ob jeder Angst vor den Angriffen dieser *Organisation für Angewandte Philosophie* hat. Man hat ja schon einiges darüber in der Zeitung gelesen. Nur, wenn es hier an dieser Schule Leute gibt, die für diese Gruppierung werben, wenn es dadurch bereits betroffene Schüler gibt, dann weiß ich nicht, auf was wir eigentlich noch warten. Wenn wir uns untätig zurücklehnen, die Vertrauenslehrer alleinlassen und einfach abwarten, dann können wir wahrscheinlich zusehen, wie unsere Kinder bei denen verschwinden und diese mit ihrer Unterwanderungstaktik die Macht an unserer Schule komplett übernehmen. So ist es ja wohl von diesem Haufen Psychopathen geplant. Keine Beschwichtigungstour, ich will ganz klar wissen: Welcher Lehrer gehört zu dieser Organisation?

Welche Schüler werben im Sinne und im Auftrag dieser Leute?"
Heftiger Beifall zeigte, dass die Ausführungen des Bauunternehmers von einem Großteil der Anwesenden unterstützt wurde. Er, der gewohnt war, sich knapp und klar auszudrücken, hatte die Situation auf den Punkt gebracht. Die Lehrer hielten sich zurück. Sie wollten es sich nicht mit dem merklich zurückhaltend reagierenden Schulrat verscherzen.

Frau Reichert fühlte die Blicke ihrer Kollegen auf sich gerichtet und hatte das Gefühl, dass diese von ihr erwarteten, das Wort zu ergreifen. Bevor sie reagieren konnte, sprach die Mutter von Anna sie direkt an:

„Frau Reichert, Sie wissen doch inzwischen, warum Ihr Auto verschmiert wurde. War es nicht eine Warnung, wie bei Ihren anderen Kollegen? - Wenn dem so ist, wollen wir von Ihnen hören, was diese Leute wollen, wo die Gefahr für unsere Kinder liegt und wie man gegensteuern kann. Sie sind wohl darüber unterrichtet."

Die Eltern applaudierten wieder, der Schulrat wurde immer nervöser, die entschlossene Haltung der Eltern gefiel ihm nicht, er wollte eine offene und öffentliche Auseinandersetzung vermeiden. Er wusste, dass auch unter den Beamten des Kultusministeriums ein Mitglied der *OfAP* saß. Nachdenken, beraten und alles mit dem Ministerium abklären, nichts tun, was Ärger bringen könnte, das war seine Devise.

Aber anscheinend interessierte diese Devise an diesem Dienstagabend niemanden.

Frau Reichert stand auf und räusperte sich, wobei sie sorgfältig jeden Blickkontakt mit dem Kunstlehrer vermied.

„Meine Damen und Herren, ich möchte keinen langen Vortrag halten, aber die Dinge auch nicht verharmlosen. Die *Organisation für Angewandte Philosophie* ist eine militärisch strukturierte Organisation, die zum Ziel hat, eine neue Gesellschaftsordnung zu etablieren. Jugendliche werden kontaktiert, um sie im Sinne der Ideologie dieser Vereinigung umzuerziehen, damit das Gedankengut der Vereinigung in alle Gesellschaftsschichten vordringen kann. Auf Angriffe wird von Seiten der Organisation mit Psychoterror, Telefonterror, Schwarzer Propaganda, das heißt mit Verleumdung, Rufmord etc. reagiert. Gegensteuern können Sie, indem Sie sich um Ihre Kinder kümmern, ihnen Werte vermitteln und den Unterschied zwischen Gut und Böse aufzeigen. Leider ist es der Organisation tatsächlich gelungen, Positionen an dieser Schule zu besetzen."

Sie holte tief Luft, nahm all ihren Mut zusammen, dachte an die Ver-

antwortung, die sie als Lehrerin hatte, an ihre seit den Anfängen als Junglehrerin leider etwas verblassten Ideale, und begann nun, viel mehr zu sagen, als sie ursprünglich vorgehabt hatte.
„Nach den Gesprächen mit meinen Kollegen, deren Autos ebenfalls besprüht wurden, und weil ich mich durchaus als persönlich Betroffene sehe, will ich Ihnen meine Ansicht über die Situation an dieser Schule schildern. Ich hatte heute Nachmittag ein Treffen mit der Vertreterin einer Elterninitiative, die mir Dokumente über diese Organisation überließ, sowie über die Tarnorganisationen, die wie die Fangarme einer Krake unter einem Gehirn agieren. Unter anderem bin ich in Besitz von Beweismaterial, dass auch an unserer Schule Lehrkräfte dieser Organisation angehören."
Erregtes Gemurmel aus dem Zuschauerkreis steigerte sich im Konferenzraum wie ein drohendes Gewitter, das nicht zu stoppen war. Frau Reichert wusste, sie würde sich wegen dieser Aussage vor dem Schulleiter und insbesondere dem Schulrat rechtfertigen müssen. Doch das Gespräch mit der Vertreterin der Elterninitiative, die seit Jahren engagiert und unter vielen Opfern gegen gefährliche Psychogruppierungen ankämpfte, hatte ihre Zivilcourage neu erweckt, sie entschied sich, nicht einfach aus Angst, Bequemlichkeit und Karrieredenken den Mund zu halten, nach Hause zu gehen und alles anderen Leuten zu überlassen. Die Vorsitzende von „Direkt Dagegen" hatte sie genau aufgeklärt und ihr erschreckende Dinge mitgeteilt, unter anderem, dass nicht nur der Kunstlehrer Frank auf der Kursliste dieser Vereinigung stand, sondern auch die Deutschlehrerin Claudia Rose, die zusätzlich noch Sport unterrichtete.
Nun griff der Schulrat ein.
„Meine Damen und Herren, beruhigen Sie sich doch. Auch für mich ist das alles neu. Ich konnte bis jetzt mit Frau Reichert die Sachlage noch nicht besprechen. Bitte lassen Sie uns doch überlegen, wer sich als Vertrauenslehrer zur Verfügung stellt und welche Eltern bereit sind, aktiv mitzuarbeiten."
Er wollte die Sitzung verkürzen, in vertraute Bahnen lenken, denn er spürte, dass die Situation kurz vor der Eskalation stand.
Nun erhob sich Norbert Berger und begann, seine Sichtweise der Dinge zu erklären.
„Meine Damen und Herren, angeregt durch meine Tochter Anna und durch Gespräche mit meinen anderen Töchtern setze ich mich seit einiger Zeit mit diesem Thema auseinander und weiß definitiv, dass an dieser Schule Material der genannten Organisation unter den Schülern verbreitet wird. Außerdem ist mir bekannt, dass Schüler

eingeladen werden, die Kurssysteme bei diesen Leuten zu durchlaufen. Ich stelle mich hiermit als Ansprechpartner für Personen, die entweder von dem Thema betroffen sind oder Informationen benötigen, zur Verfügung. Nach Rücksprache mit Herrn von Düngen haben wir uns entschlossen, einen Eltern-Arbeitskreis zu bilden, der sich mit der Situation auseinandersetzt. Ich denke, wenn es bisher von Seiten der Lehrerschaft allein nicht möglich war, die Sache zu unterbinden, ist jetzt auch die Initiative der Eltern vonnöten. Jedoch erwarte ich als Vater, dass die Schulleitung vertrauensvoll mit uns zusammenarbeitet und dass die Lehrer, die sich dieser Organisation verpflichtet haben, aus dem Schuldienst entfernt werden. Es kann nicht sein, dass faschistisch geschulte Personen mit totalitärem Hintergrund unsere Kinder unterrichten mit der Zielsetzung, sie mit diesem Gedankengut zu infiltrieren. Ich für meinen Teil werde nicht zusehen, wie die Angelegenheit unter den Teppich gekehrt wird. Ich werde reagieren. Nach diesem Termin hier treffe ich mich mit einem Journalisten und werde diesem genau mitteilen, was los ist und was dagegen getan wird. Die Öffentlichkeit hat ein Recht darauf, diese Dinge zu erfahren. Nur durch Information kann man sich schützen. Machen wir uns doch nichts vor - wir sind mit Sicherheit nicht die einzige Schule, die betroffen ist. Wir sind nur anscheinend bisher die einzigen, die es gemerkt haben und etwas dagegen unternehmen."
Wieder tosender Applaus von vielen Eltern, aber auch von Lehrern, was zeigte, dass Annas Vater ihnen aus der Seele sprach.
Der Schulrat versuchte wieder zu entschärfen.
„Also, meine Damen und Herren, ich denke, wir sollten nichts überstürzen, und das mit der Presse möchte ich nicht verantworten, ohne mit dem Ministerium Rücksprache gehalten zu haben. Wenn Sie als Elternvertreter das für nötig halten, nun, Sie handeln in Eigenverantwortung, ich bitte Sie aber, auch meine Position zu bedenken. Nachdem Frau Reichert offensichtlich mit der Thematik sehr vertraut ist, darf ich sie bitten, als Anlaufstelle innerhalb der Schule zu agieren. Wir können selbstverständlich auch noch andere Lehrer benennen, die Frau Reichert als Vertrauenslehrer unterstützen. Wir werden Ihnen eine Liste mit Telefonnummern für Sie und Ihre Kinder zukommen lassen. Ich hoffe, dass wir gemeinsam Ruhe bewahren und das Ganze nicht noch schwieriger gestalten, als es ohnehin schon ist. Ich danke Ihnen für Ihr Erscheinen und löse hiermit die Sitzung auf."
Er klappte seine Mappe zu, nickte eilig nach links und rechts und entfernte sich. Eltern und Lehrer standen noch eine Weile in Grup-

pen herum und diskutierten weiter. Um die Väter von Anna und Sarah bildete sich eine Traube von Menschen, die alle unbedingt im neugegründeten Arbeitskreis mitwirken wollten. Frau Reichert schrieb ihre Telefonnummer auf Zettel, die ihr von Eltern gereicht wurden, die nicht auf die angekündigte Liste warten wollten. Sofort nach dem Abgang des Schulrats waren auch Herr Frank und Frau Rose verschwunden, ohne mit jemandem zu sprechen. Sie befürchteten, entdeckt worden zu sein und waren schon auf dem Weg zum Büro der Organisation, um sich neue Instruktionen zu holen.
Herr von Düngen vereinbarte mit Annas Vater den Termin für die erste Sitzung des Arbeitskreises, welche noch vor den großen Ferien stattfinden sollte, um zu verhindern, dass die Angelegenheit durch die lange Pause im Sande verlief, und die Organisation im neuen Schuljahr einfach dort begann, wo sie jetzt aufhören musste.
Der Journalist, der in der nahegelegenen Pizzeria auf Herrn Berger wartete, war überrascht und erfreut, dass sich ihm andere Eltern angeschlossen hatten, um sich ebenfalls für aktive Aufklärung zu engagieren.

Kapitel 19

Die Büroräume der *OfAP* waren hell erleuchtet, es herrschte reges Kommen und Gehen. Eine Reihe von Schülern, die Aufgaben am Gymnasium zu erfüllen hatten, waren aufgeregt mit ihren Wissensberichten erschienen. Herr Frank und Frau Rose wurden von den jeweiligen Ethik-Offizieren verhört. Sie lieferten unabhängig voneinander einen Bericht über die abgelaufene Konferenz und erzählten beide übereinstimmend, dass man zwar davon ausgehen könne, das Ganze noch in den Griff zu bekommen, aber erhebliche Schwierigkeiten durch Eltern zu erwarten wären. Jeder Einzelne der heute eifrig frequentierten Reminding-Spezialisten lieferte umgehend seinen Bericht über die Verhöre bei Johann Neudorfer ab. Der brütete die halbe Nacht über den Aussagen. Es fiel ihm auf, dass der Bericht von Klaus Wagner fehlte. Desto umfassender war der von Markus ausgefallen. Er nannte namentlich alle Schüler, die sich heute im Schulhof über das Thema geäußert hatten und endete mit der Aussage, dass sich Klaus Wagner zurückgezogen und nicht an der Überwachung der einzelnen Gruppengespräche der Mitschüler beteiligt hatte. Neudorfer überprüfte stirnrunzelnd noch einmal alle ihm vorliegenden Wissensberichte - tatsächlich, der von Klaus Wagner fehlte. Er griff zum Telefon und ließ sich mit dem zuständigen Ethikoffizier verbinden.

„Wann hast du zum letzten Mal Klaus Wagner gesehen? Wann hat er seinen letzten Bericht abgegeben?“

„Ich schaue eben nach und komme dann sofort in dein Büro.“

Zehn Minuten später stand der Ethikoffizier mit der Akte des Jungen in Neudorfers Büro.

„Als ich ihn das letzte Mal zur Besprechung seiner Statistik sah, musste ich ihm mitteilen, dass er aufpassen muss, damit Markus ihn nicht überholt. Dann hab ich ihn noch zum Wortklärungsprogramm geschickt, ich glaube, vor drei Tagen. Seitdem habe ich nichts mehr von ihm gehört. Am Montagabend hat Markus versucht, ihn telefonisch zu erreichen, weil wir die Situation an der Schule noch einmal besprechen wollten, aber er hat nicht abgenommen. Heute habe ich

ihn auch nicht gesehen. Ungewöhnlich, er ist sonst jeden Tag da."
Neudorfer runzelte die Stirn, nahm sich die Ethikakte, griff zum Telefon und bestellte die noch im Haus anwesende Frau Rose sofort zu sich. Im Beisein des Ethikoffiziers stellte er ihr die Frage:
„Wer hat den Arbeitskreis der Eltern am Gymnasium initiiert? Kann man schon definitiv Namen nennen?"
Frau Rose überlegte sorgfältig und schilderte die Situation. Sie nannte die Namen des aufgebrachten Bauunternehmers Friedel, den von Annas Vater, Norbert Berger, und den Zahnarzt von Düngen. Bei letzterem gingen Neudorfers Augenbrauen in die Höhe, er ließ Frau Rose und den Ethikoffizier gehen, ohne seine Gedanken preiszugeben. Als er allein war, griff er zum Hörer und meldete ein Gespräch in die Zentrale in den USA an. Er wusste, er brauchte jetzt Unterstützung. Allein konnte er es nicht mehr schaffen. In seiner Hektik registrierte Neudorfer nicht, dass auch Markus' Vater, Martin Eisenhorn, keinen Bericht zur Situation am Gymnasium abgegeben hatte, obwohl er dort gewählter Elternvertreter war und die Schule bei verschiedenen Projekten finanziell unterstützte, sei es beim Schulfest oder im letzten Jahr beim Ankauf von Instrumenten für das Schulorchester.
Herr Eisenhorn hatte sich nach der Versammlung an der Schule den Eltern angeschlossen, die sich in der Pizzeria mit dem Journalisten trafen. Er hörte aufmerksam zu und erfuhr an diesem Abend mehr über die wahren Ziele der Organisation, als ihm lieb war. Er hatte seine eigenen Kurse und die Schulungen seiner Mitarbeiter immer unter dem Aspekt der Weiterentwicklung und des Erfolges seiner Firma betrachtet und die internen ideologischen Richtlinien kaum registriert. Dass sein Sohn Markus sich unglaublich verändert hatte, dass seine Ehe keine Ehe mehr war und ein Familienleben nicht mehr stattfand, das registrierte er aber sehr wohl. Auch die hektische Betriebsamkeit nach den Recherchen der Journalistin und das Entfernen von Beweismaterial aus seiner Firma bereiteten ihm große Sorgen. So saß er im Kreis der Eltern in der Pizzeria, nippte an einem Glas Rotwein und hörte sich die einzelnen Berichte an. Besonders die Ausführungen der Herren Berger und von Düngen ließen ihn aufhorchen, die Sachlichkeit imponierte ihm. Es ging hier nicht um das Outing und die Blamage einzelner Personen. Die Machenschaften der Organisation sollten enttarnt und jedem geholfen werden, der Hilfe brauchte und auch wollte. Der Elternkreis würde aber auch diejenigen, die die *OfAP* unterstützten, zur Verantwortung ziehen. Weit nach Mitternacht löste sich die Gruppe auf, der begeisterte

Journalist versprach, sofort mit seinen Recherchen zu beginnen und zum Wochenende einen Artikel zu veröffentlichen. Annas Vater wunderte sich, dass der Manager Eisenhorn, den er nur flüchtig kannte, nicht von seiner Seite wich, bis sie allein am Auto standen.
„Ich muss unbedingt mit Ihnen reden - und zwar allein. Es eilt. Ich brauche Ihre Hilfe, aber Sie müssen mir absolute Vertraulichkeit zusichern. Ansonsten bin ich verloren."
Herr Berger war verwundert über die spürbare Erregung des Mannes. Er dachte natürlich, dass dieser seine Hilfe benötigte, um seinem Sohn zu helfen.
„Selbstverständlich werden wir uns bemühen, Markus zu helfen. Und die Vertraulichkeit ist wirklich kein Problem."
„Oh nein, es geht nicht nur um Markus, sondern um unsere ganze Familie und genauso auch um meine Firma. Ich bin selbst bis zum Hals verwickelt in diese unselige Geschichte und habe große Probleme. Gleich morgen nehme ich mir einen Anwalt. Ich kann und will nicht mehr so tun, als sei nichts gewesen. Ich kann und will diese Organisation auch nicht mehr unterstützen. Ich habe viel auf mich geladen, aber ich hatte ja keine Ahnung."
Die beiden Männer lehnten am Auto, der eine verzweifelt, der andere entsetzt und zum ersten Mal annähernd das wirkliche Ausmaß dieser Organisation begreifend.
„Kommen Sie morgen vormittag in mein Büro. Ich werde einen befreundeten Rechtsanwalt hinzuziehen, und wir werden die Sache besprechen. Ich werde alles Menschenmögliche unternehmen, um Ihnen zu helfen. Seien Sie auch ehrlich zu sich selbst - nachdem, was ich bisher über diese Organisation erfahren habe, kann man niemanden aus der Vereinigung herauslösen, der nicht selbst den Willen dazu mitbringt, es kommt also viel auf Sie zu."
Mit einem festen Händedruck verabschiedeten sich die beiden Väter voneinander, und zum ersten Mal seit langer Zeit fühlte sich Martin Eisenhorn frei und leicht, als er in seinem Auto nach Hause fuhr. Nein, er machte sich keine Illusionen. Die Organisation würde versuchen, ihn unter Druck zu setzen mit dem, was er tatsächlich getan hatte. Er würde sich nicht erpressen lassen. Schließlich wusste er im Gegenzug auch einiges über die *OfAP*. Und da war auch noch seine Frau, die von einem Kurs zum nächsten jagte und Markus, der sich mit der Hilfe dieser Leute eine große Karriere versprach. Würde er die beiden zurückholen können? Er hoffte es von Herzen, wusste aber nur eines ganz sicher: Mit mir nicht mehr. Ich steige aus. Endgültig.

Anna saß fassungslos am Frühstückstisch, als die Eltern über den Verlauf des Gespräches am gestrigen Abend berichteten. Neben ihr lag das Buch „*Wie man seine Eltern erzieht*", das sie Sibylle heute zurückgeben wollte, um ihr bei dieser Gelegenheit mitzuteilen, dass sie keinerlei Interesse an weiteren Informationen dieser Art habe. Judith war Feuer und Flamme für den Arbeitskreis und wollte unbedingt mitmachen. Als die aufgeregt plappernden Töchter aus dem Haus waren, erzählte Herr Berger seiner Frau, die gleich nach der Sitzung mit ihrem Schwager nach Hause gefahren war, von dem Gespräch mit dem Unternehmer Eisenhorn, beide reflektierten noch einmal den gestrigen Abend und waren froh, dass die Eltern so positiv auf die Lösungsvorschläge reagiert hatten.
Pünktlich um 10.00 Uhr traf Markus' Vater zu der vereinbarten Besprechung bei Herrn Berger in dessen Büro ein und erzählte, wie er auf die Versprechungen einer Management-Beratungsfirma hereingefallen war, Kurse gebucht hatte und sich in diese Vereinigung hineinziehen ließ, was er dort erlebt hatte, dass Unsummen für Kurse vieler Mitarbeiter und fast sämtlicher Führungskräfte in die *OfAP* geflossen waren. Der hinzugezogene Rechtsanwalt schüttelte immer wieder den Kopf über das, was er da hörte. Der schwerste Schritt stand dem reuigen Sünder aber noch bevor. Er musste seiner Frau und seinem Sohn klar machen, dass er die *OfAP* nicht weiter unterstützen, als Mitglied austreten und dem Arbeitskreis der Eltern des Gymnasiums beitreten würde. Er wusste sehr genau, dass dieses Gespräch eines der schwersten seines Lebens sein würde. Aber er war nicht mehr allein. Die Elterninitiative würde ihn unterstützen und stärken, der Jurist sich der rechtlichen Dimension annehmen.
Im Hause von Düngen war der vorangegangene Abend ebenfalls Thema Nummer 1 am Frühstückstisch.
„Sarah, es hat sich etwas ganz Entscheidendes getan. Seit gestern gibt es einen Arbeitskreis von engagierten Eltern gegen diese Organisation. Ich bin Mitglied dieses Arbeitskreises und habe mich als Ansprechpartner zur Verfügung gestellt. Wenn du nachher in die Schule gehst, versuch einfach mit Klaus zu reden und sag ihm noch einmal, ich bin bereit, ihm zu helfen, ihn voll und ganz zu unterstützen, wenn er sich von denen lösen will. Immerhin ist er volljährig und kann selbst entscheiden, was er machen will. Für alle, die unter 18 sind, ist der Ausstieg praktisch unmöglich, wenn die Eltern diese Gruppierung mit unterstützen."
Sarah hatte ein mulmiges Gefühl und zog es vor, keinen Kommentar dazu abzugeben. Sie wusste nicht, wie sie sich verhalten sollte,

kämpfte mit ihren Gefühlen und fürchtete sich vor der Aussprache mit Klaus. In Gedanken versunken lief sie Richtung Bushaltestelle, wo der Gegenstand ihrer Gedanken mit dem Fahrrad ihres Bruders auf sie wartete. Man sah ihm an, dass er die ganze Nacht nicht geschlafen hatte.

„Mensch, Klaus, was machst du denn hier?"

„Ich hab ein Problem. Die suchen mich, weil ich nicht in der Organisation war und keinen Wissensbericht abgegeben habe. Die wollen auch wissen, wo ich am Montag Abend war. Ich habe gelogen und nichts erzählt von dem Grillabend bei euch. Meine Eltern sind beide in den USA auf Kurs. Ich habe gegrübelt und gegrübelt, und ich muss dir etwas sagen: Du bist mir wichtiger als die Organisation, wichtiger als alles andere. Aber ich weiß, dass ich keine Möglichkeit habe, auszutreten. Ich schaffe das nicht. Man hat mich völlig umgedreht, ich reagiere automatisch, was für dich ganz normal ist, kenne ich nicht. Selbst wenn ich offiziell Schluss mache, mit dem Kopf kann ich es nicht schaffen. Da ist alles bombenfest verankert. Ich habe die ganze Nacht darüber nachgedacht, mit mir gerungen. Aber die Entscheidung über mich ist längst gefallen, und ich will dich weder hineinziehen noch verletzen. Gleich nach der Schule stelle ich dir das Fahrrad vors Haus, dann muss ich in die Organisation und alles erzählen, sonst laufe ich Gefahr, dass sie mich ins Ausland versetzen oder sogar ins Straflager."

Sarah spürte, wie die Tränen in ihren Augen brannten und ihr das Leid der ersten unglücklichen Liebe die Kehle zuschnürte. Sie brachte kein Wort heraus, sah Klaus nur an und sah die dunkle Verzweiflung in seinen Augen.

„Sarah".

Sie sah ihn weiter an.

„Ich werde dich nie vergessen."

Der Bus unterbrach ihr Gespräch. Klaus setzte sich aufs Rad und fuhr weg. Sarah stieg in den Bus und verstand die Welt nicht mehr.

An diesem Morgen fehlten Markus, Klaus und Sibylle. Dem Direktor wurde per Boten ein Schreiben der Organisation überbracht. Es enthielt eine scharfe Verurteilung der „Kampagne" an der Schule und drohte mit juristischen Schritten, falls der neugegründete Arbeitskreis seine „verleumderische" Arbeit aufnehmen würde. Eine Entschuldigung für die Schüler Klaus, Markus und Sibylle lag bei. Der Direktor informierte die zuständigen Klassenlehrer und ließ das Schreiben in Kopie sofort an den Schulrat weiterleiten. Dann blickte er sehnsüchtig auf den Kalender und zählte die Tage, bis endlich die Ferien begannen. In sechs Wochen sommerlicher Freiheit würde sich alles beruhigen.

Anna war ganz aus dem Häuschen und konnte an diesem Mittwochmorgen die große Pause kaum erwarten. Natürlich war die *OfAP* Tagesgespräch auch unter den Schülern. Lediglich einige Lehrer versuchten, alles herunterzuspielen. Erst jetzt, während dieser Gespräche, kristallisierte sich heraus, wie viele Schüler bereits angesprochen worden waren, den Persönlichkeitstest und sogar Kurse mitgemacht hatten. Robin und Anna saßen auf der Treppe und überlegten, was sie jetzt noch beitragen konnten. Sie waren einerseits schwer enttäuscht, dass die Erwachsenen ihnen die ganze Angelegenheit aus der Hand genommen hatten, andererseits war ihnen klar, wie gefährlich weitere Alleingänge und Detektivspiele gewesen wären. Eine effektive Auseinandersetzung mit der *OfAP* war eine Nummer zu groß für sie, da hatten die Erwachsenen ganz andere Möglichkeiten. Aber spannend war es doch gewesen, und sie hatten ja auch Bewegung in die Sache gebracht.
Anna kniff Robin fest in den Arm, als sie Lena im Gespräch mit Frank, Sibylles Bruder, sah.
„Also, wenn der Job als Zwischenträger zu einer Freundschaft zwischen Lena und Frank führt, dann ist aus unseren Aktivitäten noch etwas Positives hervorgegangen. Stimmts, Robin?“
Sie zwinkerte ihrem Cousin zu und schlenderte zu ihrer Clique hinüber.

Am Samstagmorgen brachte die Zeitung einen langen Artikel über die Situation am Gymnasium. Sie berichtete auch, dass sich Eltern zu einem Arbeitskreis zusammengeschlossen hatten, vermittelte allgemeines Hintergrundwissen über die *Organisation für Angewandte Philosophie* und am Ende stand ein langes Interview mit Martin Eisenhorn, Markus Vater.
Norbert Berger legte zufrieden die Zeitung zur Seite und bemerkte: „Der erste Schritt in die richtige Richtung ist getan. Öffentlichkeit herstellen, über die Machenschaften laut reden, dann wird es der Organisation immer schwerer fallen, ihre Zielsetzungen zu verwirklichen.“
Anna lümmelte bequem auf ihrem Stuhl, kaute an einem Croissant und sinnierte vor sich hin:
„So, jetzt habt ihr Erwachsenen wieder einmal ein Problem in eure

bewährten Hände genommen. Man gründet einen Arbeitskreis und diskutiert. Alles ist jetzt öffentlich, wird untersucht, eine Menge Leute geben ihren Senf dazu, es hagelt Verbote. Eines haben alle vergessen: Wie geht nun ein Jugendlicher mit dem Thema in Zukunft um? Es sind unsere Freunde, unsere Klassenkameraden, die betroffen sind. Kommen sie raus, werden sie noch tiefer hineingezogen, wie geht es mit den Schülern weiter?
Und was werdet ihr unternehmen, um solche Auswüchse nicht nur hier bei uns, sondern in allen Schulen oder anderen Bereichen zu unterbinden? Reicht da ein Eltern-Arbeitskreis, reicht da diskutieren?"
Anna schüttelte den Kopf, als wollte sie ihn von schweren Lasten befreien. Sie schob ihren Stuhl zurück, stand auf und wandte sich an ihren Vater:
„Ihr solltet in eurem Arbeitskreis auch einmal besprechen, warum so lange niemand etwas gemerkt hat. Erst als ihr Angst um mich bekommen und das Buch gefunden habt, wurdet ihr aktiv. Wenn wir von der Clique nicht reagiert hätten, hättet ihr alle nichts gemerkt."
Ein leiser Vorwurf war aus diesen Worten zu hören, und er war wohl auch nicht ganz unberechtigt, wie der Vater fand. Seine jüngste Tochter hatte recht. Über das Erkennen und Vorbeugen musste im Arbeitskreis intensiv geredet werden.
Anna ging in ihr Zimmer und holte das Buch, das sie vor Beginn der Ereignisse ins Regal gestellt hatte, wo es seither unberührt liegenblieb. Sie wollte es mit an den Baggersee nehmen. Um 14.00 Uhr war die Clique dort verabredet, und sie freute sich nicht nur auf eine Abkühlung an diesem heißen Tag, sondern auch darauf, mit ihren Freunden wieder einmal etwas ganz Ungezwungenes zu unternehmen.

ENDE